古典詩歌研究彙刊

第二五輯

龔鵬程 主編

第 6 冊

陸游田園詩研究（下）

何映涵 著

國家圖書館出版品預行編目資料

陸游田園詩研究（下）／何映涵 著 — 初版 — 新北市：花木蘭文化事業有限公司，2019〔民 108〕

目 4+210 面；17×24 公分

（古典詩歌研究彙刊 第二五輯；第 6 冊）

ISBN 978-986-485-634-3（精裝）

1.（宋）陸游 2. 田園詩 3. 詩評

820.91　　　　　　　　　　　　　　　　108000646

ISBN-978-986-485-634-3

9 789864 856343

古典詩歌研究彙刊
第二五輯　第 六 冊　　　　　ISBN：978-986-485-634-3

陸游田園詩研究（下）

作　　者　何映涵
主　　編　龔鵬程
總 編 輯　杜潔祥
副總編輯　楊嘉樂
編　　輯　許郁翎、王筑　美術編輯　陳逸婷
出　　版　花木蘭文化事業有限公司
發 行 人　高小娟
聯絡地址　235 新北市中和區中安街七二號十三樓
　　　　　電話：02-2923-1455／傳真：02-2923-1452
網　　址　http://www.huamulan.tw 信箱 hml810518@gmail.com
印　　刷　普羅文化出版廣告事業
初　　版　2019 年 3 月
全書字數　486057 字
定　　價　第二五輯共 6 冊（精裝）新台幣 10,000 元

陸游田園詩研究(下)

何映涵 著

目

次

第七章　陸游田園詩語言藝術的特色（二）

　　上一章討論的主要是陸詩經營個別字詞的語音特徵或語音關係、或運用其形象色彩所呈現的修辭特色。而除了個別字詞的層面以外，陸詩在語句形式、超語言要素（語音、詞彙與句式）的修辭格、[註1] 以及表達方式等層面，都各自具鮮明的特徵，並且在總體上呈現細密、精巧又不失平易流暢的美感風貌。

第一節　圓穩整煉的對偶

　　陸游詩歌向來以工於偶對著稱，清人對此尤其讚譽有加，如沈德潛云：「放翁七言律，隊仗工整，使事熨貼，當時無與比埒。」[註2] 趙翼云：「放翁以律詩見長，名章俊句，層見疊出，令人應接不暇。使事必切，屬對必工。無意不搜，而不落纖巧；無語不新，而不事塗澤，實古來詩家所未見也。」[註3] 直至近代，錢鍾書仍

〔註 1〕關於「語言要素」爲語音、詞彙與句式，以及文學作品表達手段包括「非語言要素」（即超出語言要素範圍）的表達手段等觀念，曾參考黎運漢：《漢語風格學》（廣州：廣東教育出版社，2000），頁121〜122。

〔註 2〕《説詩晬語》，卷下，頁544，收入王夫之等撰：《清詩話》（上海：上海古籍出版社，1999）。

〔註 3〕《甌北詩話》，卷6，頁1222，收入王夫之等撰：《清詩話》（上海：上海古籍出版社，1999）。

盛讚陸詩「比偶組運之妙，冠冕兩宋。」〔註4〕值得注意的是，除了近體詩之外，陸游田園詩中不少七言、五言古詩也有較大篇幅的精美對偶。趙翼又指出：「放翁古詩好用儷句，以炫其絢爛。」〔註5〕「蘇、陸古體詩，行墨間尚多排偶，一則以肆其辨博，一則以侈其藻繪，固才人之能事也。」〔註6〕總之，工整的對偶是陸詩無論古體、近體中都很普遍的現象。

　　對偶是美文裡的重要組成部分。它的基本特徵在於兩句之間的語言要素均勢對稱。尤其是近體詩中，對偶句「在兩兩並行的句子裡，字數的長短相同，平仄的順拗相協，詞性的虛實對舉，語義的事類相關，這些語言要素的對稱相等，都表現出一種力量均等的態勢平衡。能給人以舒適、流動、賞心悅目的美感；能造成組織精密、結構完整的印象。」〔註7〕正因如此，善於創造巧妙對偶的詩人往往也能使其詩形成工緻的語言風格。陸游善於對偶的寫作能力在其田園詩中得到充分的發揮。陸詩中對仗性質的工整、出現的密度、與層次的細膩，都達到田園詩史上空前的程度。

一、門類眾多的工對

　　對仗的一般要求是詞性相對，但有些詩人不以此為滿足，還追求在同一詞類中相為對仗，此即所謂「同類對」，又稱「工對」。陸游田園七律的對偶中，首先引人注意的是各種工對層出不窮。王力依古代韻書的說法，將工對分為二十八類，〔註8〕以王氏之說為基礎，可以發現陸游田園七律中較頻繁出現的工對類型有以下幾種。

〔註4〕　《談藝錄》（北京：中華書局，1999），頁118。
〔註5〕　《甌北詩話》卷5，頁1202，收入王夫之等撰：《清詩話》（上海：上海古籍出版社，1999）。
〔註6〕　《甌北詩話》卷8，頁1267，收入王夫之等撰：《清詩話》（上海：上海古籍出版社，1999）。
〔註7〕　朱承平：《對偶辭格》（長沙：岳麓書社，2003），頁2。
〔註8〕　詳參氏著：《漢語詩律學》（上海：上海教育出版社，2002），頁158～172。

　　（一）天文對，如：「風暖緊催蠶上簇，雨餘閑看稻移秧。」〔註9〕「林杏半丹禁宿雨，叢萱自斂避斜陽。」〔註10〕「日出並湖初曬網，雨餘乘屋旋添茅。」（二）地理對，如：「蓼岸刺船驚雁起，煙陂吹笛喚牛歸」〔註11〕、「山路獵歸收兔網，水濱農隙架魚梁。」〔註12〕「黃犢盡耕稀曠土，綠苗無際接旁村。」〔註13〕（三）時令對：「先秋葉已時時墮，失旦雞猶續續啼。」〔註14〕「**時**平里巷吹彈鬧，**歲熟**人家嫁娶多。」〔註15〕「外戶徹扃停夕柝，齊民相勸力**春耕**。」〔註16〕（四）方位對：「小聚數家秋靄裏，平波千頃夕陽西。」〔註17〕「小市叢祠湖上路，短垣高柳埭西村。」〔註18〕「陌上微風搖稗穟，溝中殘水出籬根。」〔註19〕（五）草木花果對，如：「槿籬護藥纏通徑，竹筧分泉自遍村」〔註20〕「枝上花空閑蝶翅，林間葚美滑鶯吭。」〔註21〕「新苗畦**蔬**經宿雨，半開籬槿弄斜暉。」〔註22〕（六）鳥獸蟲魚對，如：「旱餘**蟲**鏤園蔬葉，寒淺蜂爭野菊花。」〔註23〕「社**燕**免教嘲作客，海**鷗**曾是信忘機。」〔註24〕「出籠**鵝**白輕紅掌，藉藻魚鮮淡墨鱗。」〔註25〕（七）飲食對，如：「苦筍先調**醬**，青梅小蘸**鹽**」；「長

〔註9〕〈村居初夏〉五首之三，卷22，頁1663。
〔註10〕〈戲詠村居〉二首之一，卷24，頁1757。
〔註11〕〈舟過樊江憩民家具食〉，卷13，頁1059。
〔註12〕〈初冬從父老飲村酒有作〉，卷23，頁1716。
〔註13〕〈五月得雨稻苗盡立〉，卷29，頁2020。
〔註14〕〈湖邊曉行〉，卷14，頁1155。
〔註15〕〈秋夜獨坐聞里中鼓吹聲〉，卷68，頁3807。
〔註16〕〈有年〉，卷37，頁2388。
〔註17〕〈林居秋日〉，卷35，頁2274。
〔註18〕〈肩輿至湖桑埭〉，卷75，頁4134。
〔註19〕〈意行至神祠酒坊而歸〉，卷78，頁4235。
〔註20〕〈出縣〉，卷1，頁32。
〔註21〕〈村居書觸目〉，卷16，頁1275。
〔註22〕〈西鄰亦新葺所居復與兒曹過之〉，卷25，頁1800。
〔註23〕〈西村〉，卷13，頁1065。
〔註24〕〈示客〉，卷15，頁1184。
〔註25〕〈村居初夏〉五首之二，卷22，頁1665。

絲出簫蓴羹美，白雪翻匙稻飯香。」〔註26〕「暑天漸近便餐酪，吳俗相傳尚鱠虀。」〔註27〕（八）人倫對，如「原上老翁眠犢背，籬根小婦牧羊群。」〔註28〕「父子力耕春漸老，婦姑共績夜猶長。」〔註29〕「蠶妾趁時爭鹽繭，農夫得雨正移秧。」〔註30〕「俗美農夫知讓畔，化行蠶婦不爭桑。」〔註31〕

　　除了同類事物相對之外，古人還認爲數目、顏色、地名等若能成對，也屬極其工整的工對類型。陸詩在這些方面也有精彩表現，如地名對：

> 雪暗杜陵無雁下，雲迷遼海有人歸。（〈自法雲回過魯墟故居〉，卷69，頁3847）
>
> 春雨負薪蘭渚市，秋風采藥石帆村。（〈幽居〉二首之二，卷71，頁3928）
>
> 箕潁元非爭奪場，瀟湘自古水雲鄉。（〈初夏喜事〉，卷76，頁4156）

其中兩兩並出的「杜陵」與「遼海」；「箕潁」與「瀟湘」；「蘭渚市」與「石帆村」，不僅均爲地名，且詞組的結構型態也完全相同，對得十分精巧。又如數字對：

> 世態十年看爛熟，家山萬里夢依稀。（〈過野人家有感〉，卷7，頁574）
>
> 三冬暫就儒生學，千耦還從父老耕。（〈觀村童戲溪上〉，卷1，頁103）
>
> 萬花掃跡春將暮，百草吹香日正長。（〈春晚〉，卷14，頁1153）

〔註26〕〈村居書事〉二首之一，卷50，頁3012。
〔註27〕〈過鄰曲〉，卷76，頁4160。
〔註28〕〈以事至城南書觸目〉，卷23，頁1692。
〔註29〕〈三月十一日郊行〉，卷32，頁2140。
〔註30〕〈東窗小酌〉二首之二，卷37，頁2374。
〔註31〕〈書喜〉三首之二，卷37，頁2417。

一霜驟變**千**林色，兩犢新犁**百**畝荒。（〈舍北行飯〉，卷 38，
頁 2431）

百世不忘耕稼業，**一**壺時敍里閭情。（〈示鄰曲〉，卷 61，頁
3487）

家受**一**廛修本業，鄉推**三**老主齊盟。（〈賽神〉，卷 67，頁
3774）

陸詩中的這類對偶或以數量多寡帶出小景與大景的對照；或以概數的
誇示突出沛然的氣勢、表現深沉開闊的意境。陸游詩中的數字對，大
抵皆能與詩人的情感或詩中的畫面、意境相一致，因此能造成詩境的
韻味，而不給人堆砌造作之感。

　　陸詩的工對中還有一類極富特色，那就是雙聲疊韻對。雙聲與疊
韻即前後相連的聲母與韻母基本相同。雖然詩中不是所有雙聲疊韻現
象都必然是詩人刻意經營的，有些可能是基於達意的需要選詞時無意
採用；但若在一聯中以雙聲疊韻構成工致的對偶，則大多數應該都是
詩人有意爲之的。在陸游之前，杜甫是最善用、多用雙聲疊韻對仗的
詩人，自覺程度遠超前人。〔註32〕陸游則是首先在田園詩中大量使用
雙聲、**疊韻**對仗形式的詩人，其詩中此類組合至少有三十七處，包括
雙聲對：

野風**蕭瑟**知秋早，社酒**淋漓**喜歲穰。（〈散步東邨〉，卷 29，
頁 2031）

亭皋草木猶**葱蒨**，天上風雲已**慘悽**。（〈林居秋日〉，卷 35，
頁 2274）

羹臛芳鮮新刈雁，衣襦輕暖自**繅**絲。（〈歲暮〉，卷 16，頁
1292）

繡羽觸機余**耿介**，錦鱗出網尚**噞喁**。（〈冬日觀漁獵者〉，卷

〔註32〕段曹林：《唐詩修辭論》（北京：中國社會科學出版社，2014），頁 4。
　　　按：清人洪亮吉甚至云：「唐詩人以杜子美爲宗，其五七言近體，無
　　　一非雙聲疊韻也。」《北江詩話》，卷 1，頁 2，收入《續修四庫全書》
　　　（上海：上海古籍出版社，2002）。

26，頁 1830）

半衰半健意蕭散，不雨不晴天晏溫。（〈遊近村〉二首之一，卷 63，頁 3614）

百世不忘耕稼業，一壺時敘里閭情。（〈示鄰曲〉，卷 61，頁 3487）

路繚長堤北，**家居**小市西。（〈幽居初夏〉四首之一，卷 43，頁 2674）

詰曲穿桑徑，**嘔啞**響竹門。（〈幽居初夏〉四首之三，卷 43，頁 2674）

疊韻對：

老翁醉著看**龍鍾**，小婦出窺鬧**婭奼**。（〈瑞草橋道中作〉，卷 4，頁 391）

曉色入簾初**混漾**，幽禽窺戶已**間關**。（〈晨起〉，卷 39，頁 2487）

酒保**殷勤**邀淪茗，道翁**傴僂**出迎門。（〈與兒孫同舟泛湖至西山旁憩酒家遂遊任氏茅菴而歸〉，卷 75，頁 4107）

柳邊煙**掩苒**，堤上草**芊眠**。（〈出行湖山間雜賦〉四首之四，卷 57，頁 3303）

刈茅苫**鹿屋**，插棘護**雞棲**。（〈幽居歲暮〉五首，卷 80，頁 4319）

跡是**滄浪**客，家居**穩穩**村。（〈題齋壁〉，卷 27，頁 1906）

舒嘯**蓬籠**底，經行**略彴**西。（〈晚自北港泛舟還家〉，卷 39，頁 2484）

冰開地**沮洳**，雲破日**瞳矓**。（〈雪後〉二首之二，卷 56，頁 3268）

芳茶綠酒進雜遝，長魚大胾高**嵯峨**。（〈秋賽〉，卷 37，頁 2402）

睡美到明三**輾轉**，飯甘捧腹一**摩挲**。（〈蓬門〉，卷 27，頁 1880）

剝啄敲村舍，丫叉揖主人。（〈村舍〉，卷 55，頁 3230）

野風吹慘澹，海氣起嵯峨。（〈野步〉，卷 54，頁 3205）

雙聲疊韻對：

殘花**零落**不禁折，香草**丰茸**如可藉。（〈瑞草橋道中作〉，卷 4，頁 391）

參差樓閣高城上，**寂歷**村墟細雨中。（〈橫塘〉，卷 13，頁 1073）

陌上**秋千**喧笑語，擔頭**秬秠**簇青紅。（〈九里〉，卷 36，頁 2320）

漸喜綠秧分**穉稏**，又看畫柱圻**鞦韆**。（〈春欲盡天氣始佳作詩自娛〉，卷 50，頁 3019）

前山雨過雲無迹，**別浦**潮回岸有痕。（〈秋思〉九首之七，卷 72，頁 4001）

前山雲起樹無影，**別浦**潮生船有聲。（〈雜賦〉十二首之十二，卷 79，頁 4296）

澗底束薪供**晚爨**，街頭糴米續**晨舂**。（〈園中晚飯示兒子〉，卷 75，頁 4112）

栗烈三冬近，**團欒**一笑同。（〈農家〉六首之三，卷 78，頁 4248）

行蟻君臣初**徙穴**，鳴鳩夫婦正**爭巢**。（〈夏雨〉，卷 46，頁 2807）

嵯峨寶林塔，**迢遞**天章鐘。（〈贈湖上父老十八韻〉，卷 33，頁 2189）

先鳴雞**膃膊**，徐上日**蒼涼**。（〈村舍〉二首之一，卷 47，頁 2867）

漁翁足**蹮踔**，牧豎手**丫叉**。（〈村興〉，卷 48，頁 2891）

雞豚雜遝祈**蠶社**，鼓笛喧譁競渡船。（〈春欲盡天氣始佳作詩自娛〉，卷 50，頁 3019）

> 風暖市樓吹絮雪，蠶生村舍采桑黃。（〈東關〉二首之二，
> 卷 22，頁 1649）
>
> 蠶收戶戶繅絲白，麥熟村村搗麨香。（〈初夏閒居〉八首之
> 八，卷 66，頁 3738）
>
> 蚍蜉布陣雨將作，蛺蝶成團春已濃。（〈園中晚飯示兒子〉，
> 卷 75，頁 4112）
>
> 潺湲亂雲外，屈曲明月中。（〈予讀元次山與瀼溪鄰里詩意
> 甚愛之取其間四句各作一首亦以示予幽居鄰里・誰家無泉
> 源〉，卷 39，頁 2518）

其中，除了「前山」、「別浦」這組雙聲疊韻出現過兩次之外，其餘均不曾重複。而且「漸喜」一聯與「雞豚」一聯；「蚍蜉」一聯與「澗底」一聯甚至各自被運用於同一首詩中，亦即陸游偶爾會在一首律詩中連續使用兩次雙聲疊韻對。

　　陸詩中雙聲疊韻對的類型也頗為多樣，有些屬連綿詞，如「踟躕」、「潺湲」、「雜遝」、「迢遞」、「嵯峨」、「蕭瑟」、「淋漓」、「芊眠」、「傴僂」、「團欒」等；有些是組合比較固定的合成詞，如「喧譁」、「蒼涼」、「殷勤」、「耿介」、「夫婦」、「君臣」等；還有許多是臨時組成的、組合不固定的合成詞，如「鹿屋」、「雞棲」、「蓬籠」、「略彴」、「前山」、「別浦」、「絮雪」、「桑黃」等。第三種情形尤可見出陸游對雙聲、疊韻的語音效果確實頗有會心，因此在視表意需要組合字詞時，也能注意聲母或韻母的重疊，並刻意使之構成對偶。

　　陸詩的雙聲、疊韻對絕大多數出現在律詩中。陸游在採取音韻特殊的詞相搭配之際，還得符合律詩一聯之中平仄相對的格律，已屬不易。更難得的是，無論現成的雙聲疊韻詞、或是詩人就當前表意需要組成的合成詞，這些雙聲疊韻對與詩的上下語境往往銜接無痕，十分自然，彷彿信手拈來卻貼切精當，顯見他對此種手法的嫻熟程度。

　　詩人使用雙聲、疊韻字詞，主要為了追求音韻上的優美和諧。清人李重華云：「疊韻如兩玉相扣，取其鏗鏘；雙聲如貫珠相聯，取其

宛轉。」〔註33〕譚汝爲亦指出，雙聲、疊韻詞特別悅耳動聽的原因是：「這些詞的音節中某一個構成要素（聲母或韻母）是有規律的重複出現，造成音素的回旋，形成聽覺上的美感。」〔註34〕雙聲疊韻若再形成對偶，則音韻的往復更多了一種前呼後應的秩序感，使其詩的讀音更顯和諧、優美。

二、多重工對與密集工對

在陸游田園七律中，不僅單音詞同屬一個小詞類可以形成工對，合成詞也可以在多重層次上互爲對偶，形成所謂「多重工對」。〔註35〕如「**梅青巧配吳鹽白，筍美偏宜蜀豉香**。」〔註36〕「吳鹽」與「蜀豉」爲飲食對；「吳」與「蜀」又爲地名對。〔註37〕「**猩紅帶露海棠濕，鴨綠平堤湖水明**。」〔註38〕「猩」與「鴨」爲鳥獸對，「紅」與「綠」則爲顏色對；「樓陰雪在玉三寸，雲罅月生**銀一勾**。」〔註39〕「玉三寸」與「銀一勾」均爲用以比喻之物，「玉」與「銀」又爲珍寶對；「三」與「一」又爲數目對。

陸游七律中還有一種多重工對，即兩個用作專名的複音節詞對仗，而且這兩個雙音詞拆開後，單個字的意義也能對仗。這是唐詩中

〔註33〕《貞一齋詩說》，頁 935，收入王夫之等撰：《清詩話》（上海：上海古籍出版社，1999）。

〔註34〕氏著：《詩歌修辭句法與鑑賞》（澳門：澳門語言學會，2003），頁 73。

〔註35〕關於「多重工對」的名義，詳參周裕鍇：《宋代詩學通論》（上海：上海古籍出版社，2007），頁 478。按：周氏是在分析王安石詩對偶特徵時提出「多重工對」這一名稱的。他舉王氏詩歌爲例，指出「草深留翠碧，花遠沒黃鸝」中，「翠碧」和「黃鸝」既是鳥類對，又是顏色對（「翠」與「黃」）；又如「含風鴨綠鱗鱗起，弄日鵝黃裊裊垂」中，「鴨綠」和「鵝黃」均是借代詞，同時鴨、鵝同屬禽鳥；綠、黃並是顏色，兩者無論字面義、借代義均相對。詳參前揭氏著，頁 478～479。

〔註36〕〈村居初夏〉五首之三，卷 22，頁 1663。

〔註37〕〈以事至城南書觸目〉，卷 23，頁 1692。

〔註38〕〈春行〉，卷 35，頁 2314。

〔註39〕〈晚晴閒步隣曲間有賦〉，卷 49，頁 2974。

比較少出現的對仗類型，〔註40〕陸游田園詩卻屢見不鮮。例如「吳蠶滿箔含桃熟，壟麥登車搏黍鳴。」〔註41〕「含桃」和「搏黍」既可作為「櫻桃」和「黃鸝」的別名相對，又可作為普通的動賓詞組相對。又如「重碧飛觴心未老，硬黃臨帖眼猶明」〔註42〕，「重碧」為酒名，「硬黃」為紙名，「碧」與「黃」又成色彩詞的工對。「野客就林煨燕筍，蠶家負籠采雞桑」〔註43〕中，「燕筍」與「雞桑」為農作物專名，詩人取「燕」、「雞」的動物之義使之成為鳥獸蟲魚對。又如「春深水暖多魚婢，雨足年豐少麥奴」〔註44〕中的「魚婢」、「麥奴」，亦為專名，但詩人都取「婢」、「奴」常用的「奴僕」之義，使之成為工對。其他如「奪攘不復憂山越，安樂渾疑是地仙」〔註45〕、「將雛燕子漸離巢，過母龍孫已放梢」〔註46〕；「蟲鏤烏桕葉，露濕豨薟叢」〔註47〕；「野父編龍具，樵兒習兔園」〔註48〕等，亦為其例。

周裕鍇指出，多重工對「較一般唐詩稱斤掂兩的『單純工對』更顯出構思的精巧和美感的豐富，它不是天平兩邊『銖兩不差』的砝碼，而是建築物複雜均衡的結構，門窗、梁柱、裝飾等的形狀、線條、色彩一一對稱。」〔註49〕一般工對只需兩句間某兩個字同屬一小類即可，多重工對則是兩句間的兩組複音詞拆開、合併都能成對，無疑更能見出詩人對詞語的用心選擇與巧妙安排。

〔註40〕蔣紹愚舉「馬頰河」和「熊耳山」為例說明此種對仗的特點，並稱之為「奇對」，指出在唐代近體詩中較為少見。詳參氏著：《唐詩語言研究》（鄭州：中州古籍出版社，1990），頁71。
〔註41〕〈閒身〉，卷36，頁2324。
〔註42〕同前注。
〔註43〕〈自九里平水至雲門陶山歷龍瑞禹祠而歸凡四日〉八首之三，卷70，頁3914。
〔註44〕〈村居書事〉二首之二，卷50，頁3012。
〔註45〕〈書喜〉三首之三，卷37，頁2417。
〔註46〕〈夏日〉五首之一，卷37，頁2376。
〔註47〕〈出行湖山間雜賦〉四首之四，卷57，頁3303。
〔註48〕〈舍北野望〉四首之三，卷38，頁2437。
〔註49〕氏著：《宋代詩學通論》（上海：上海古籍出版社，2007），頁479。

　　陸詩中工對的「密度」也大為提高，一聯中幾乎「字字工對」的現象經常出現。這些詩例中七言詩例如：

　　風翻翠浪千畦麥，水漾紅雲一塢花。（〈舟過季家山小泊〉，
　　卷 24，頁 1740）

　　露拆渚蓮紅漸鬧，雨催陂稻綠初齊。（〈湖邊曉行〉，卷 14，
　　頁 1155）

　　旱餘蟲鏤園蔬葉，寒淺蜂爭野菊花。（〈西村〉，卷 13，頁
　　1065）

　　數蝶弄香寒菊晚，萬鴉回陣夕楓明。（〈步至近村〉，卷 25，
　　頁 1819）

　　路如劍閣逢秋雨，山似爐峰鎖暮雲。（〈以事至城南書觸
　　目〉，卷 23，頁 1692）

　　水陂漫漫新秧綠，山壟離離大麥黃。（〈三月十一日郊行〉，
　　卷 32，頁 2140）

　　紅橋梅市曉山橫，白塔樊江春水生。（〈村居書喜〉，卷 50，
　　頁 3002）

在以上詩例中，每聯十四字間都有超過一半以上的字數形成工對。五言詩中也有類似的例子，如：

　　柳斜風帶北，花斂日平西。（〈春行〉，卷 31，頁 2120）

　　蝶舞蔬畦晚，鳩鳴麥野晴。（〈野步〉，卷 32，頁 2150）

　　荷鋤通北澗，腰斧上東峰。（〈野興〉，卷 40，頁 2543）

　　茆舍菱陂北，柴門藥圃西。（〈舍西夕望〉，卷 23，頁 1693）

同一門類中名物屢次相對，且多為形象鮮明的物象，在令人目不暇接的同時，又富於整齊勻稱的美感。王力云：「對仗很難字字工整，但只要每聯有一大半的字是工對，其他的字雖差些，也已經令人覺得很工。尤其是顏色、數目和方位，如果對得工了，其餘各字就跟著顯得工。」〔註50〕這種一聯中幾乎字字工對的詩句，顯然能給讀者特別突

〔註50〕氏著：《漢語詩律學》（上海：上海教育出版社，2002），頁 177。

出的銖兩悉稱，均衡平整的印象。

三、當句對

　　上文論及的都只是兩句間的對偶，陸游田園詩還有一類有特色的工對形式，即「當句對」，亦即一聯句中既兩句互對，又本句自成工對。〔註51〕當句對的出現可遠溯至《詩》、《騷》，《文鏡祕府論》中正式提出了「當句對」的名目，但直到晚唐溫庭筠、李商隱筆下才得到普遍運用。〔註52〕在田園詩這一詩類中，陸游是大量運用此法的第一人，其詩中當句對不僅數量多，而且用得工穩、純熟、自然。

　　我們知道，七言詩句是由四個音步（三個雙音步加一個單音步）構成的，陸游田園詩中當句對的位置頗爲靈活多樣，其中以出現在一、二音步者最多：「**白鹽赤米**已過足，早韭**晚菘**猶恐奢」〔註53〕；「**落雁昏鴉**集遠洲，**青林紅樹**擁平疇」〔註54〕；「**山重水複**疑無路，**柳暗花明**又一村」〔註55〕；「**園公溪父**逢皆友，**野寺山郵**到即家」〔註56〕；「**小市孤村**眞送老，**浩歌起舞**最關身」〔註57〕；「**築陂濬畎**更相勉，**伐荻剝桑**敢愛勞」〔註58〕；「**半衰半健**意蕭散，不雨不

〔註51〕　其實「當句對」只是指每句中有兩個詞語形成一組對仗，但這兩組對仗不一定還得是「工對」。例如李商隱〈當句有對〉中的「平陽」與「上蘭」；「紫府」對「碧落」；「三星」與「三山」等，就不對得很工，但同樣屬於當句對。（詳參張巍：〈溫李詩的對仗、聲律、用典技巧——兼論類書和駢文對溫李詩的影響〉，氏著：《杜詩及中晚唐詩研究》，濟南：齊魯書社，2011，頁125～126。）陸游田園詩中也有極多當句對並非工對，但爲了突出他對偶精密的特點，此處特別挑選既是「當句對」，又屬「工對」的詩例。

〔註52〕　張巍：〈溫李詩的對仗、聲律、用典技巧——兼論類書和駢文對溫李詩的影響〉，氏著：《杜詩及中晚唐詩研究》，濟南：齊魯書社，2011，頁125。

〔註53〕　〈村居書事〉，卷46，頁2821。

〔註54〕　〈舍北行飯書觸目〉二首之二，卷36，頁2344。

〔註55〕　〈遊山西村〉，卷1，頁102。

〔註56〕　〈自詠〉，卷47，頁2860。

〔註57〕　〈村飲〉，卷62，頁3562。

〔註58〕　〈村居遣興〉三首之三，卷58，頁3389。

晴天晏溫」〔註59〕。「南陌東村初過社，輕裝小隊似還鄉。」〔註60〕
「芋羹豆飯家家樂，桑眼榆條物物春」〔註61〕

　　又如二、三音步：「已無歎老嗟卑意，卻喜分冬守歲時」〔註62〕；
「同嘗春韭秋菘味，共聽朝猿夜鶴聲」〔註63〕；「頓寬公賦私逋責，
一洗兒啼婦歎聲」〔註64〕；二、四音步：「野實似丹仍似漆，村醪如
蜜復如饘」〔註65〕；「行歷茶岡到藥園，卻從釣瀨入樵村」；「耆老往
來無負戴，比鄰問道有提攜」〔註66〕。由以上詩例可知，陸游對當句
對的運用相當熟練，不僅能以之抒情、寫景、敘事、狀物，而且可以
將之安插在詩句中的多種位置，形成多變的句式節奏。

　　對偶原本要求兩句間相對即可。陸游的當句對則在兩句互對之
外，還在各句中用了本句自對，從而更能顯出詩人作詩對中有偶、偶
外有對的高超技巧。當句對的形式也更加精緻，因為一句之中，詞語
對峙，層次分明；兩句之間，銖兩相稱，節奏整齊。〔註67〕可以說，
當句對不僅充分展現對偶的形式之美，也在描繪情景方面更具有渲
染、強調的效果。

　　總而言之，陸游田園詩的工對類型豐富、層次細膩、以及各類對
偶聯繫緊密的程度，是之前田園詩中幾乎不曾出現的。更妙的是，陸
詩的工對還沒有「合掌」的問題，亦即不至於因求工太過導致同義相
對，如「室」對「房」、「懶」對「慵」之類，反而使事物的同類相對
產生相互補充、映照的效應，達成和諧統一之美。

〔註59〕　〈遊近村〉二首之一，卷63，頁3614。
〔註60〕　〈還縣〉，卷1，頁32。
〔註61〕　〈肩輿歷湖桑堰東西過陳灣至陳讓堰小市抵暮乃歸〉，卷81，頁4361。
〔註62〕　〈歲暮〉，卷16，頁1292。
〔註63〕　〈示鄰曲〉，卷61，頁3487。
〔註64〕　〈秋穫後即事〉二首之一，卷68，頁3823。
〔註65〕　〈今年立冬後菊方盛開小飲〉，卷25，頁1817。
〔註66〕　〈過鄰曲〉，卷76，頁4160。
〔註67〕　此處關於當句對的審美效果，曾參考朱承平：《對偶辭格》（長沙：
　　　　　岳麓書社，2003），頁252。

　　工對容易產生的另一弊病是板滯堆砌，或者是同類詞語相對導致的詩境不易開展。陸游的其他閒適詩或也難以避免此種缺點，例如「重簾不卷留香久，古硯微凹聚墨多」、「白菡萏香初過雨，紅蜻蜓弱不禁風」等句，就曾爲清人許印芳批評爲「意境太狹，對偶太工。」〔註68〕但陸游從廣闊農村取材的田園詩中，多數工對並無此種缺陷。仔細觀察可以發現，這是因爲他能巧妙地兼顧同中之異，使工對之句間經常呈現動靜、聲色、遠近、時空、古今、色調、多寡、巨細等對比。不僅增添了詩境的層次感，也避免了對仗內容的單調、繁冗，形成和而不同、精緻豐富的語言美。

　　陸游的工對還有一種傾向，就是暢達、自然。陸詩的工對多半是將即目所見之情景事物攝入詩中而構成，相對於閉門覓句，這種作法既無須費太多思力，又能展示廣闊且具有實感的田園畫面。錢鍾書云：「以入畫之景作畫，宜詩之事賦詩，如鋪錦增華，事半而工則備。」〔註69〕陸游也自陳其創作經過：「山光染黛朝如濕，川氣熔銀暮不收。詩料滿前誰領略，時時來倚水邊樓。」〔註70〕「眼邊處處皆新句，塵務經心苦自迷。今日偶然親拾得，亂松深處石橋西。」〔註71〕其田園詩的工對之句很大程度上也得自於外在世界的觸發。善於將富有詩意或美感的景物剪截入詩，因此陸詩中的工對顯得既工穩圓融，又渾然天成，往往如一張鋪展開來的畫卷，極爲和諧悅目。

第二節　廣博熨貼的用典

　　所謂典故，最通行的概念即是詩文中引用的古代故事或有來歷的詞語、佳句。它能使詩歌在簡潔的篇幅中包蘊豐厚的內涵，增添詩歌的精緻淵雅之美。幾乎可以說，沒有一流詩人能完全不用典故。

〔註68〕方回選評，李慶甲校點：《瀛奎律髓彙評》（上海：上海古籍出版社，2005），卷32，頁1373。
〔註69〕《談藝錄》（北京：中華書局，1999），頁118。
〔註70〕〈雜題〉六首之六，卷23，頁1720。
〔註71〕〈山行〉二首之二，卷33，頁2206。

－406－

　　但是爲了切合田園題材純樸清新的性質，古代田園詩所用之典大多屬熟典，而且一般次數不會太過頻繁。部份詩論家甚至認爲，田園詩若用典便有傷「本色」。如沈德潛即指出：「援引典故，詩家所尚。然亦有羌無故實而自高，臚陳卷軸而轉卑者。假如作田家詩，只宜稱情而言；乞靈古人，便乖本色。」〔註72〕表示優秀的田園詩只需即目直尋、直書其懷。依王宏林的箋注，沈氏所謂「稱情而言」的田園詩，其典範即是「一時興到」、即興成篇的陶詩。沈氏此處之論雖意在強調不同題材之詩對用典的注重應有差別，但「稱情而言」、較不留心於典實的陶鎔，確實也是古人公認爲田園詩代表的陶、王、孟、儲、韋之作的共同傾向。〔註73〕

　　北宋作有較多田園詩的詩人包括梅堯臣、蘇轍與張耒。除了以作詩手法平直、語言淺易著稱的張耒在田園詩中幾乎不用典之外，梅堯臣與蘇轍多數時候也不太刻意於典故經營。蘇轍常使典故在一句中單獨出現，〔註74〕梅堯臣則會將一個典故用兩句詩、而且是散句來表

〔註72〕清・沈德潛撰，王宏林箋注：《說詩晬語箋注》（北京：人民文學出版社，2011），頁341。

〔註73〕在唐代著名田園詩人中，王維是用典較多的一位，其詩的特點在於喜歡連用兩個典故抒情達意，例如「野老與人爭席罷，海鷗何事更相疑。」（〈積雨輞川莊作〉，卷128，頁1298）前句用《莊子・寓言》典，後句用《列子・黃帝》典；「披衣倒屣且相見，相歡語笑衡門前」（〈輞川別業〉，卷128，頁1298），前句用《三國志・王粲傳》典，後句用《詩經・衡門》典等。此種特點在孟浩然田園詩中也有。例如「謂予搏扶桑，輕舉振六翮」（〈山中逢道士雲公〉，卷159，頁1626），前句中的「扶桑」用《山海經・海外東經》語典；後句「六翮」用《戰國策・楚策》語典。「伏枕嗟公幹，歸山羡子平」（〈李氏園林臥疾〉，卷160，頁1651），前句用劉楨〈贈五官中郎將〉詩；後句用《後漢書・逸民傳》中向長之典等。但他們用典的密度與用心程度，均離陸游遠甚。

〔註74〕例如「傳聞四方同此苦，不關東海誅孝婦」（〈次韻子瞻吳中田婦嘆〉，卷853，頁9874）、「請君早具蹲堂飲，退食委蛇正自公」（〈次韻和人丰歲〉，卷860，頁9979）、「讀書非求解，食粟姑自遂」（〈和遲田舍雜詩〉九首之九，卷868，頁10101）等句中的後句，與「卜營蒐裘閱歲三，西成黍豆餘石甔」（〈將築南屋借功田家〉，卷869，頁10115）的前句等。

達。〔註75〕這種低密度的用典方式，使詩意更顯明暢，詩句也更為疏散。

　　總的來說，田園題材的詩歌多數都有用典並不綿密、手法未臻精緻、範圍不夠廣博的情形。可以說，田園詩到了陸游筆下才進入用典技巧精彩紛呈的階段。陸游詩中量多且質精，從而最能代表其成就的用典方式，是典故成對而出的模式。而且在這種成對並出的模式中，陸游對前人的突破不只是將用典的頻率提高，更在於典源的範圍廣度、或用典的手法變化等方面，均有長足的發展。

一、典故範圍廣闊

　　陸游田園詩用典有別於前人詩歌的一大特徵，就在於所用之典的範圍廣闊，尤其是史書之典甚多，此外襲用古詩成句的情形也大增。〔註76〕

　　陸游史學修養深厚，其田園詩中不僅「四史」等古代士人熟習之書中的典故層出不窮，《戰國策》、《晉書》、《宋書》、《南史》、《新唐書》、《新五代史》、《高士傳》、甚至自撰的史書《南唐書》中的典故，都是他信手拈來的作詩材料。大量用史書之典，使他抒情寫意打破了此時此地的侷限，得以與千百年來的世情百態、人事興衰相交會。陸游或是藉他人酒杯消自我塊壘；或是藉「反其意而用之」使詩意曲折，無論是那種情形，都使詩境較前人更加深沉含蓄。

　　其次，陸游田園詩中襲用古人詩句至少有十例，這是之前未曾見到的現象。如〈十二月八日步至西村〉云：「多病所須唯藥物，差科未動是閑人。」〔註77〕方回評云：「五、六集句體，亦天成也。」紀昀則指

〔註75〕例如「桑間耦耕者，誰復來問津」（〈野田行〉，卷238，頁2760）；「當時彼何人，獨能識洗耳」（〈潁水費公渡觀飲牛人〉，卷247，頁2901）；「南箕成簸揚，寺孟詠侈哆」（〈見牧牛人隔江吹笛〉，卷249，卷2955）等。
〔註76〕此處我們著重於列舉陸詩中取自史書，以及襲用古詩成句的典故。至於其詩用典範圍遍及經書、子書的情形，從「用典密度提高」、「同類之典相對」、「用典手法多樣」等部份中所舉詩例即可見出。
〔註77〕卷26，頁1847。

出：「五杜工部句，六韓吏部句。」〔註78〕「多病」句出自杜甫〈江村〉，「差科」句出自韓愈〈游城南十六首・賽神〉。詩人將它們一字不改地移入詩中，不僅相互形成對仗，而且與全詩悠然自適的情境甚爲相合，毫無堆砌硬湊之感，無怪方回有「天成」的讚語。

　　又如〈村居遣興〉三首之三：「野堂疏豁近江皋，喜見南山秋氣高。」〔註79〕「喜見」句很可能襲用了杜甫〈王閬州筵奉酬十一舅惜別之作〉的「千崖秋氣高」〔註80〕。陳師道云：「世稱杜牧『南山與秋色，氣勢兩相高』爲警絕，而子美才用一句，語益工，曰：『千崖秋氣高』也。」〔註81〕杜甫詩之句意與杜牧相近，卻因字面更爲濃縮，使千山更顯氣勢非凡。〔註82〕對杜詩極爲熟悉的陸游很可能也受其影響，此詩直接以「秋氣高」爲山的謂語，又將五字衍爲七字，遂使詩句在警拔有力的寫景中，融入一份從容觀賞的意趣。

　　其他如「一篙湖水鴨頭綠，千樹桃花人面紅」〔註83〕，前句出自李白〈襄陽歌〉：「遙看漢水鴨頭綠」〔註84〕；後句出自崔護〈題都城南莊〉：「人面桃花相映紅」〔註85〕。「花貪結子無遺蕚，燕接飛蟲正哺雛。」〔註86〕前句取自王建〈宮詞〉一百首之八十八：「自是桃花貪結子，錯教人恨五更風。」〔註87〕後句來自杜甫〈絕句漫興〉九首之三：「熟知茅齋絕低小，江上燕子故來頻。銜泥點汙琴書內，更接飛

〔註78〕方回選評，李慶甲校點：《瀛奎律髓彙評》（上海：上海古籍出版社，2005），卷13，頁497。
〔註79〕卷58，頁3389。
〔註80〕卷228，頁2472。
〔註81〕《後山詩話》，頁184，收入清・何文煥編訂：《歷代詩話》（臺北：藝文印書館，1991）。
〔註82〕黃永武曾舉老杜與小杜的這兩組詩句爲例，說明應如何鍛鍊詩句以提高詩的密度。詳參氏著：《中國詩學：設計篇》（臺北：巨流圖書公司，1999），頁100～101。
〔註83〕〈春晚村居雜賦絕句〉六首之三，卷24，頁1755。
〔註84〕卷166，頁1715。
〔註85〕卷368，頁4148。
〔註86〕〈初夏閒居〉八首之四，卷66，頁3736。
〔註87〕卷302，頁3445。

蟲打著人。」〔註88〕都是連續將前人成句化入自我的詩句中,不僅平仄合律,而且毫無拼湊的痕跡。讀者即便不知出處,仍能感到詩境的生動;若是知道出處,則會對詩人用典之純熟留下深刻印象。至於將古人個別詩句融入己詩的某一句中,陸游更是駕輕就熟,如自己出。如〈倚杖〉:「倚杖柴門外,踟躕到日斜」,〔註89〕「倚杖」句為王維〈輞川閑居贈裴秀才迪〉詩句;〈幽居初夏〉四首之三:「疏泉灌藜莧,倚杖牧雞豚」〔註90〕,「倚仗」句為鮑照〈代東武吟〉詩句等,均為其例。

陸游田園詩擷取的古人文句,除了同樣來自詩這個文類,偶爾也旁及詞。如〈郊行〉云:「賣劍買牛知盜息,乞漿得酒喜時平。」〔註91〕即取自蘇軾〈浣溪沙〉:「賣劍買牛吾欲老,乞漿得酒更何求。」〔註92〕蘇詞寫的是自我的閒適之情,陸詩則描述田園間的太平氣象,只是將蘇軾原作兩句中的後三字稍作改動,遂將蘇詞裡淡淡的落寞之情一掃而盡,呈現出迥然不同的意境。

二、用典密度提高

陸游用典藝術的又一特徵,在於用典的密度大幅提高。陸詩中典故相並而出的密度與頻率均有所提升,或是在一句中連用兩典,如「款門路近時看竹,送酒人多不典衣。」〔註93〕後句將《宋書》〈陶潛傳〉載王弘送酒事與杜甫〈曲江〉詩句融為一句,並反用杜詩。又如「園公溪父逢皆友,野寺山郵到即家」〔註94〕,前句中的園公為商山四皓之一;溪父則為《列仙傳》所載仙人。

陸游也經常在相鄰的四句中連用數個典故,例如「酒徒散去稀中

〔註88〕卷 227,頁 2451。
〔註89〕卷 32,頁 2149。
〔註90〕卷 43,頁 2675。
〔註91〕卷 82,頁 4403。
〔註92〕宋・蘇軾撰,龍榆生校箋:《東坡樂府箋》(上海:上海古籍出版社,2009),卷 3,頁 405。
〔註93〕〈自詠閒適〉,卷 43,頁 2705。
〔註94〕〈自詠〉,卷 47,頁 2860。

聖，詩思衰來媿小山。一炷沉煙北窗底，曲肱臥看不勝閑。」〔註95〕
首句用《三國志》〈徐邈傳〉事，次句用淮南小山作〈招隱士〉事。
三、四句的「北窗」與「曲肱」，分別出自陶淵明〈與子儼等疏〉與
《論語》。又如「東作已趨堯舊俗，南薰方詠舜遺風。謝安勳業能多
少，枉是忽忽起剡中。」〔註96〕首句引〈堯典〉語典；次句出自舜所
作的南風之詩；三、四句反用謝安寓居會稽，後為桓溫請為司馬事。
再如「為農得飯常半菽，出仕固應甘脫粟。藜羹自美何待糝，況復畏
人嘲苜蓿。」〔註97〕前兩句均為正用，分別出自《漢書》〈項籍傳〉
與《晏子春秋》。後兩句則皆為反用，分別典出《莊子》〈讓王〉與唐
代薛令之〈自悼〉詩。

三、同類之典相對

　　陸游田園詩用典的精細度，更是遠過前人。陸詩中將同出於經部、
史部、子部或集部之典組合在一起，兩兩相對的情形比比皆是。這是在
王、孟田園詩中非常罕見的技巧，〔註98〕在陸詩中卻大量出現。其中最
為常見的，是史書典對史書典。例如「民有袴襦知歲樂，亭無桴鼓喜時
康」〔註99〕，前句用《後漢書》〈廉范傳〉；後句用《漢書》〈張敞傳〉。
又如「叢祠懷肉有歸遺，官道橫眠多醉人」〔註100〕，前句用《漢書》〈東
方朔傳〉事；後者則用陸游自撰的《南唐書》中毛炳之事。再如「張蒼
飲乳元難學，綺季餐芝未免飢」〔註101〕，前句用《史記》所載張蒼老年

〔註95〕　〈晨起〉，卷39，頁2487。
〔註96〕　〈舍外彌望皆青秧白水喜而有賦〉，卷51，頁3025。
〔註97〕　〈飯飽晝臥戲作短歌〉，卷54，頁3202。
〔註98〕　只有孟浩然詩中出現兩次，包括「既笑接輿狂，仍憐孔丘厄」（〈山中逢道士雲公〉，卷159，頁1626）、「不種千株橘，惟資五色瓜」（〈南山下與老圃期種瓜〉，卷160，頁1652）。但由於例子實在太少，因此很可能是出於無意的偶合。
〔註99〕　〈初夏閒居〉八首之八，卷66，頁3736。
〔註100〕　〈村飲〉，卷62，頁3562。
〔註101〕　〈鄰人送蔬菜〉，卷78，頁4250。

飲乳事；後句用皇甫謐《高士傳》所載商山四皓作歌事。「古道泥塗居士屬，荒畦煙雨故侯瓜。」〔註102〕前句用《新唐書》〈朱桃椎傳〉事；後句用《史記》載東陵侯召平事。這些相對的典故都位於七律的對仗句裡。在平仄、詞性均須銖兩相稱的對仗句中用典，且均用史書之典，應非偶然，而是出於陸游有意的安排。〔註103〕

其他如以經書典對經書典：「授時〈堯典〉先精讀，陳業〈豳詩〉更力行。」〔註104〕以集部典對集部典，如以西晉賦相對：「繡羽觸機余耿介，錦鱗出網尚嗋唲」〔註105〕前句出自潘岳〈射雉賦〉，後句出自左思〈吳都賦〉。〔註106〕

陸游田園詩中這種同類相對的用典方式，有時使用到極為精密的程度。不僅相對之典出於四部之「同一部」，甚至出於「同一本書」。例如以《詩經》對《詩經》：「扶翁兒大兩髦髮，溉水渠成千耦耕」〔註107〕，前句出自〈鄘風‧柏舟〉；後句出自〈周頌‧噫嘻〉。又如：「吳農耕澤澤，吳牛耳淫淫」〔註108〕，前句出自〈周頌‧載芟〉；後句出自〈小雅‧

〔註102〕〈自詠〉，卷47，頁2860。
〔註103〕此類例子尚有「尚棄登山屐，寧須下澤車？」（〈雜興〉七首之三，卷59，頁3424）前句反用《宋書》載謝靈運著木屐登躡事；後句反用《後漢書》載馬少遊事，寫自我晚年恬淡的心態，也暗示自己既不同於豪奢的謝靈運，也並非胸無大志的馬少遊。又如「平生本不營三窟，此日何須直一錢」（〈幽居〉二首之一，卷71，頁3927），前句反用《戰國策》〈齊策〉「狡兔三窟」故事。後句反用《史記》〈魏其武安侯傳〉。再如「解刀尚可謀黃犢，揮帖無由致白鵝。」（〈冬晴閒步東村由故塘還舍作〉二首之一，卷26，頁1846）前句正用《漢書》〈龔遂傳〉，後句反用《晉書》載王羲之寫字換鵝事。
〔註104〕〈視東皋歸小酌〉二首之二，卷64，頁3632。
〔註105〕〈冬日觀漁獵者〉，卷26，頁1830。
〔註106〕以集部典對集部典的類似之例還有以詩對記：「柳邊煙掩苒，堤上草芊眠」（〈出行湖山間雜賦〉四首之四，卷57，頁3303），前句出自柳宗元〈袁家渴記〉，後句出自陸機〈赴洛道中作〉。以詩對賦：「已遣買撲握，亦可致嗋唲。」（〈贈湖上父老十八韻〉，卷33，頁2189），「撲握」用〈木蘭詩〉；「嗋唲」用〈吳都賦〉。
〔註107〕〈賽神〉，卷67，頁3774。
〔註108〕〈農家〉，卷68，頁3819。

無羊〉。又如以《史記》之典相對：「俗美農夫知讓畔，化行蠶婦不爭桑。」
〔註109〕前句正用〈五帝紀〉舜耕歷山事；後句反用〈吳太伯世家〉楚、
吳二地之女爭桑事。「虞卿著書晚，伏叟授經訛」〔註110〕，前句用〈虞
卿傳〉事；後句用〈儒林傳〉載伏生事。再如以《莊子》典相對：「吾
今井蛙耳，敢復慕鵬鯤」〔註111〕，「井蛙」出自〈秋水〉；「鵬鯤」出自
〈逍遙游〉。又如以杜詩對杜詩，如：「無錢溪女亦留魚，有雨東家每借
驢」〔註112〕前句反用杜詩：「溪友得錢留白魚。」〔註113〕後句正用杜詩：
「東家蹇驢許借我，泥滑不敢騎朝天。」〔註114〕

　　陸游甚至以特定人物之典相對，如將有關周顒的兩個典故納入一
聯中：「同嘗春韭秋菘味，共聽朝猿夜鶴聲」〔註115〕前句用《南史》
〈周顒傳〉：「文惠太子問顒：菜食何味最勝，顒曰：『春初早韭，秋
末晚菘。』」後句用孔稚珪諷刺周顒的〈北山移文〉中「蕙帳空兮夜
鶴怨，山人去兮曉猨驚。」〔註116〕陸游詩中這兩聯寫的是自我與農
家鄰曲朝夕相處的生活細節，引隱士周顒之典，既出於意料之外，又
合乎情理之中。而且「春韭秋菘」、「朝猿夜鶴」不僅均屬當句對，更
重要的是與農家生活情境極為貼合，真是精巧絕倫。

　　吳景旭云：「蓋宋人用事，貴出處相等。」〔註117〕在宋代，能作
到「經對經，史對史，釋氏事對釋氏事，道家事對道家事」〔註118〕
的詩人普遍得到極高的讚譽，因為這能體現詩人豐富的知識積累與高

〔註109〕〈書喜〉三首之二，卷37，頁2417。
〔註110〕〈生涯〉四首之三，卷72，頁3991。
〔註111〕〈舍北野望〉四首之三，卷38，頁2437。
〔註112〕〈庵中獨居感懷〉三首之三，卷38，頁2470。
〔註113〕〈解悶〉十二首之一，卷230，頁2517。
〔註114〕〈逼仄行贈畢曜〉，卷217，頁2278。
〔註115〕〈示鄰曲〉，卷61，頁3487。
〔註116〕梁・蕭統編，唐・李善等注：《六臣注文選》，卷43，頁818，收入
　　　　《四部叢刊正編》（臺北：臺灣商務印書館，1979）。
〔註117〕清・吳景旭：《歷代詩話》（北京：中華書局，1958），卷59，頁896。
〔註118〕宋・曾季貍：《艇齋詩話》，頁349，收入丁福保編：《歷代詩話續編》
　　　　（臺北：藝文印書館，1983）。

超的駕馭典故能力。陸游則是將這種用典的講究大量引進田園詩的第一位詩人。除了陸詩以外，宋代之前從未有詩人在田園詩中如此頻繁的展現這種法度精嚴的用典技巧。

四、用典手法多樣

陸游田園詩用典的手法也更爲精彩多樣。首先，唐代王、孟等人雖也有在相連兩句中以兩典相對的詩句，但大多爲正用之典。陸詩則兩典均爲反用或正反合用的情形大幅增加，例如：「有圃免煩官送菜，叩門翻喜吏徵租。」〔註119〕前句反用杜詩序：「園官送菜把」〔註120〕；後句反用《梁溪漫志》載催租人敗詩興之事。「洛陽二頃言良是，光範三書計本狂」〔註121〕，前句反用《史記》中蘇秦事典；後句反用韓愈三度上書宰相事。「睡任門生嘲，醉無官長罵。」〔註122〕前句反用《後漢書》載邊韶反駁弟子嘲諷事；後句反用杜詩：「醉則騎馬歸，頗遭官長罵。」〔註123〕「齋居每袖持螯手，妄想寧流見麴涎」〔註124〕，前句反用《世說新語》〈任誕〉載畢茂世語，後句反用杜詩：「道逢麴車口流涎。」〔註125〕「不恨閑門可羅爵，本知窮巷自多泥。」〔註126〕分別反用翟公與杜甫感慨人情冷暖的典故。

還有兩句所用之典一正一反之例，如：「不辭陋巷如漿冷，自愛新醅似粥醲」〔註127〕，前句反用《三國志》〈夏侯玄傳〉，後句正用蘇軾詩。「平生不售屠龍技，投老眞爲種菜人」〔註128〕，前句正用《莊子》〈列禦寇〉朱評漫學屠龍三年技成，而無所用其巧事；後句反用

〔註119〕 〈歸耕〉，卷7，頁569。
〔註120〕 〈園官送菜・序〉，卷221，頁2343。
〔註121〕 〈冬晴閑步東村由故塘還舍作〉二首之二，卷26，頁1846。
〔註122〕 〈書意〉，卷72，頁3995。
〔註123〕 〈戲簡鄭廣文虔兼呈蘇司業源明〉，卷216，頁2262。
〔註124〕 〈村居〉四首之三，卷54，頁3183。
〔註125〕 〈飲中八仙歌〉，卷216，頁2259。
〔註126〕 〈村居〉四首之一，卷54，頁3182。
〔註127〕 〈閑趣〉，卷33，頁2211。
〔註128〕 〈歲末盡前數日偶題長句〉五首之二，卷74，頁4080。

《三國志》〈蜀書先主傳〉注載劉備閉門種蕪菁事。「雖非五鼎豈無食，未辦複褌猶著襦」〔註129〕，前句反用《漢書》載主父偃語；後句正用《世說新語》〈夙慧〉載韓康伯幼年故事。「載醪問字今牢落，猶有鄰翁裹飯來」〔註130〕，前句反用《漢書》〈揚雄傳〉事，後句正用《莊子》〈大宗師〉子輿裹飯往食子桑之事。「老身長子知無憾，泛宅浮家苦未能」〔註131〕，前句「老身長子」正用《荀子》〈儒效〉中語典；後句反用《新唐書》〈張志和傳〉中之事典。「築居正可茨生草，出市何妨借蹇驢」〔註132〕，前句正用《莊子》〈讓王〉原憲居魯之典；後句反用杜詩：「東家蹇驢許借我，泥滑不敢騎朝天。」〔註133〕再如「道心寧感兩雌雉？生計惟存五母雞。」〔註134〕前句反用李白〈雉朝飛〉典；後句正用《孟子》〈盡心上〉語典等。

其次，陸詩在使典故相並而出時，也注意調控兩典字面，使之成爲肯定句與否定句（或反詰句）的結合。此類例子在上文已舉出的詩例中有甚多，爲節省篇幅，恕不一一列舉。

相鄰二句連用二典，且一爲正用一爲反用；或皆爲反用，可避免堆垛故實之感。蔣士銓曾如此評價用典高手庾信之文：「隸事之法，以虛活反側爲上，平正者下矣；謀篇之法，以離縱開宕爲上，鋪敘者下矣。試觀庾氏之文，類皆一虛一實，一反一側，而正用者絕少。甫合即開，乍即旋離，而順敘者寡。是以向背往來，瀠洄取勢，夷猶蕩漾，曲折生姿。」〔註135〕此處雖然評價的是庾信的駢文，但指出的用典效果頗爲中肯，適用於各種文體中的情況。誠然，組織起來的兩典若均爲正用，可能產生呆板或陳舊之弊；反之，若是兩典均爲反用，「意義更曲折，更

〔註129〕〈刈穫後書事〉二首之一，卷64，頁3623。
〔註130〕〈村居即事〉三首之二，卷84，頁4487。
〔註131〕〈書志〉，卷58，頁3367。
〔註132〕〈秋穫後即事〉二首之二，卷68，頁3823。
〔註133〕〈逼仄行贈畢曜〉，卷217，頁2278。
〔註134〕〈村居〉四首之一，卷54，頁3182。
〔註135〕明・王志堅編，清・蔣士銓評：《評選四六法海・總論》（臺北：德志出版社，1963）。

深刻，更具獨創性，它使典故的聯想範圍得到變化、擴大和轉移。」〔註136〕尤其是若將一正一反的兩個典故組合在一起，則不僅能造成開合動宕的效果，而且見出作者的人格性情與富於個性的價值判斷，從而使用典之人的形象更爲鮮明，用典之文的意味也更加深長。

相對的兩典一爲肯定句，一爲否定句（或反詰句）的修辭效應也與此相類。陸詩所用之典多爲「明用」，且在層出不窮的「正用」中，典故的原意原貌也得到較多保留。因此，兩個接連的用典句若在字面上呈現肯定與否定的起伏變化，有助大爲淡化明用易造成的「掉書袋」或排比故實之感，產生曲折生姿的美感。

再者，王、孟並用的兩個典故之間大致只是並舉、羅列的關係，〔註137〕陸詩並用的兩個典故，則形成語意連貫、上下相依的整體，展現更高超的經營典故之技巧。例如（一）主語和謂語分散在兩句中：「吾今井蛙耳，敢復慕鵬鯤」〔註138〕、「今」字以下皆爲「吾」的謂語；或述語和賓語分佈於相連兩句：「一炷沉煙北窗底，曲肱臥看不勝閑」〔註139〕北窗下的沉煙是「看」的賓語；（二）彼此先後發生，過程連貫，例如先有「平生不售屠龍技」〔註140〕的回顧，才有「投老眞爲種菜人」〔註141〕的感慨。又如「東作已趨堯舊俗，南薰方詠舜遺風」〔註142〕，「已」、「方」兩個虛詞點出兩句的先後關係；（三）語意上有遞進關係，如「藜羹自美何待糝，況復畏人嘲苜蓿」〔註143〕、

〔註136〕 此爲周裕鍇對「反用故事」修辭效果的總結。詳參氏著：《宋代詩學通論》（上海：上海古籍出版社，2007），頁524～525。

〔註137〕 相反的例子只有共三個，包括：「野老與人爭席罷，海鷗何事更相疑」（王維〈積雨輞川莊作〉，卷128，頁1298）、「披衣倒屣且相見，相歡語笑衡門前」（王維〈輞川別業〉，卷128，頁1298）；「謂子搏扶桑，輕舉振六翮。」（孟浩然〈山中逢道士雲公〉，卷159，頁1626）。

〔註138〕 〈舍北野望〉四首之三，卷38，頁2437。

〔註139〕 〈晨起〉，卷39，頁2487。

〔註140〕 〈歲未盡前數日偶題長句〉五首之二，卷74，頁4080。

〔註141〕 同前注。

〔註142〕 〈舍外彌望皆青秧白水喜而有賦〉，卷51，頁3025。

〔註143〕 〈飯飽晝臥戲作短歌〉，卷54，頁3202。

「平生本不營三窟，此日何須直一錢」〔註144〕；「生憎快馬隨鞭影，寧作癡人記劍痕」〔註145〕；（四）彼此間有轉折關係，如「載醪問字今牢落，猶有鄰翁裹飯來」〔註146〕、「雖慚市門卒，聊作葛天民」〔註147〕、「堯民擊壤雖難繼，芹美懷君未敢忘」〔註148〕；（五）彼此有因果關係，如「不恨閑門可羅爵，本知窮巷自多泥」〔註149〕。

清人張潛云：「先輩云，熟事要生用，生事要熟用，始可與用事。何謂熟事？六經、《史》、《漢》、所常見之文也。詩人用之，如稽繡儲繒，裁剪由我，此之謂熟事生用。」〔註150〕陸游正是因爲使用了上述的種種技巧，達到了「裁剪由我」之境，因此雖然其所用均爲熟典，卻仍煥發出新穎、富於個性的藝術魅力。

綜上所述可知，陸游田園詩中的用典方式遠較前人精巧豐富。但同樣值得注意的是，他的用典之詩仍能保持流暢自然的風格。這與他善於使典故融化在整個詩境中，達到「如鹽著水」之境有密切關聯。

用事「如鹽著水」，指故事的「所指意義」與詩歌的意義系統緊密融合，不分彼此；以及故事的「符號能指」能融合於詩句中。〔註151〕陸游用典，幾乎都能符合這些要求。他使所用之典在詩中融合無痕的方法主要有二。首先是將典故融化在實景描寫、或實事敘述中。上文所舉所有陸詩中襲用古人詩句之處，都屬於此類例子。又如「睡任門生嘲，醉無官長罵」〔註152〕，既寫出自我日常生活情態，又傳達自我的任眞疏狂。這些詩句選取與現實中的景物、事件相合的典故

〔註144〕　〈幽居〉二首之一，卷71，頁3927。
〔註145〕　〈村居〉，卷1，頁64。
〔註146〕　〈村居即事〉三首之二，卷84，頁4487。
〔註147〕　〈自詠〉，卷24，頁1767。
〔註148〕　〈三月十一日郊行〉，卷32，頁2140。
〔註149〕　〈村居〉四首之一，卷54，頁3182。
〔註150〕　《詩法醒言》，卷2，頁678～679。《四庫未收書輯刊》（北京：北京出版社，2000），陸輯第30冊。
〔註151〕　馬強才：《中國古代詩歌用事觀念研究》（北京：中國社會科學出版社，2014），頁133。
〔註152〕　〈書意〉，卷72，頁3995。

融入其中,「毫不妨礙詩意的傳達,卻加深了詩意的內涵與詩情的氛圍」〔註153〕,是極爲高明的用典方式。

其次是提煉與典故原文較接近的詞語或意象,使人一見即知所用之典;再加入個人的觀點、感想與評價,使典故與全詩的情趣、色澤更爲協調,又大爲淡化刻意用典之跡。例如「灞橋風雪吟雖苦,杜曲桑麻興本濃。老大斷非金谷友,生存惟冀酒泉封。」〔註154〕首句用計有功《唐詩記事》載鄭綮事;次句用杜詩:「杜曲幸有桑麻田。」〔註155〕三句反用《世說新語》載石崇、潘岳事;四句又正用杜詩:「恨不移封向酒泉。」〔註156〕連用四典卻不令人感到堆垛,正在於典故與詩人所要表達的生活感觸、人生抉擇融合無痕。又如「萬錢近縣買黃犢,襏襫行當東作時。堪笑江東王謝輩,唾壺塵尾事兒嬉。」〔註157〕末句連用《北堂書鈔》載王敦酒後詠詩,以如意擊珊瑚唾壺事,與《世說新語》〈容止〉載王衍手捉白玉柄塵尾事。將貴族子弟的逸事付之一「笑」,評之爲「兒嬉」,既使所用故實成爲前兩句自食其力生活的反襯,也格外流露詩人傲視世俗的意態。其他如上文舉過的「爲農得飯常半菽,出仕固應甘脫粟」、「張蒼飲乳元難學,綺季餐芝未免飢」、「尙棄登山屐,寧須下澤車」、「病馬何勞斥,輕鷗未肯馴」等,也都是此類例子。它們均出自熟典,但因爲與個人感觸、評論緊密結合,融入全詩的情感之流中,成爲詩人抒情寫意難以割裂的一部分,所以又使人不覺其爲刻意用典。

馬強才指出,「古代詩學家主張『如鹽著水』,並非意指詩人在創作之時需隱藏所用之事,而是隱藏用事這種行爲本身。換句話說,就是讓讀者在感受到詩歌的藝術魅力之時,看不見詩人的藝術之手,注

〔註153〕 陶文鵬:〈化用典故 如鹽融水〉,《古典文學知識》,2002年第1期,頁157。
〔註154〕 〈耕罷偶書〉,卷38,頁2451。
〔註155〕 〈曲江三章五句〉三首之三,卷216,頁2260。
〔註156〕 〈飲中八仙歌〉,卷216,頁2259。
〔註157〕 〈農舍〉四首之三,卷59,頁3411。

意詩歌的本質任務。」〔註158〕陸游高明的用典技巧，使其詩中典故不僅有替代的功能，更擔當著寫景、敘事、抒情等任務，與詩的脈絡融合無間，並強化詩意的表達。因此，即便所用多爲熟典，典故的存在與來歷也一見可知，仍能遠離堆砌澀滯，顯得曉暢自然。陸詩可謂古代詩歌用典最高境界——事、義合一的最佳範例之一。

　　雖然陸游的田園詩並非篇篇用典，其中也有很多純粹白描、寫景的作品，但他的確是將用典技巧大量且巧妙地施用於此詩類的第一人。也因爲如此，其詩在一定程度上擺脫了一般田園詩純粹抒情寫景而容易造成的內涵單薄、格局褊狹、手法單調之弊。陸游能繼承並發展田園詩「歌唱閒居樂境」與「吟詠身世懷抱」的兩大傳統，將更爲深廣的內心世界表達的醇厚優美，與他豐厚的書卷涵養、高超的用典技巧均有重要的關聯。

第三節　顯著的敘事性與細膩的寫景

　　以上討論的都是陸游田園詩中個別的寫作技巧，本節則探討陸詩兩大類主要的表達經驗感受的方式或角度，即敘事與寫景。顯著的敘事性與細膩的寫景爲陸游田園詩表達方式上最具個性的兩個特點。而且在陸游作品中，一首詩裡兩者經常互相搭配：以敘述爲或隱或顯的主要脈絡、並以描寫爲畫龍點睛的焦點。然而，爲了更充分地挖掘陸詩在敘事、寫景兩方面各自的特色，我們仍將分別細論它們與前人的不同。

一、因體而異的敘事手法

　　「詩的敘事性」與「敘事詩」既有重疊，又有區別。所謂「敘事」，即陳述事情、陳說事實。當詩中包含相對完整的事件；或以事爲主要表現對象、以講述事情爲主要表現手法時，此詩可以稱爲敘事詩。但

〔註158〕氏著：《中國古代詩歌用事觀念研究》（北京：中國社會科學出版社，2014），頁133～134。

在中國古代詩歌的實際情況中，通首敘事的作品並不太多，多數詩歌都是敘事、抒情、寫景、議論摻雜並行。這種情況下，對事件的敘述若在詩中居於主要線索的地位，詩歌就會具備比較鮮明的敘事性。〔註159〕陸游詩的情況即屬於後者。他的許多田園詩，雖不能算作嚴格意義上的敘事詩，但的確較前人表現出更明顯的敘事性。

在陸游之前，王、孟等人的山水詩或田園詩，向來以「詩中有畫」，亦即景物的靜態性、描繪性呈現為最明顯的特徵與最突出的成就所在。王維、孟浩然、韋應物等人的田園詩，敘事意味往往比較淡薄，只是透露「詩人觀景」的事實。詩中最刻意經營的，通常是某個定點所見到的、平行呈列且處於凝定瞬間的各種景物。雖然偶有行動的描寫或歷時性的經驗，但多數偏於零星、散碎，並不是貫串全篇的主要線索。〔註160〕儲光羲的〈田家即事〉、〈田家雜興〉八首等詩中有明顯的行為描寫，靜態的景物描繪比重下降。但事件發生的時間、地點仍偏於模糊，敘事的手法比較樸野單調，題材和詩體的類型也缺少變化。

〔註159〕關於「敘事」與「敘事性」的界說，詳參周劍之：《宋詩敘事性研究》（北京：中國社會科學出版社，2013），頁8～10。

〔註160〕在以下詩例中，描寫「行動」或「歷時性經驗」者以粗黑體標出。如王維〈淇上田園即事〉（卷126，頁1278）：「屏居淇水上，東野曠無山。日隱桑柘外，河明閭井間。**牧童望村去，獵犬隨人還。**靜者亦何事，荊扉乘晝關。」〈積雨輞川莊〉（卷128，頁1298）：「積雨空林烟火遲，蒸藜炊黍餉東菑。漠漠水田飛白鷺，陰陰夏木囀黃鸝。**山中習靜觀朝槿，松下清齋折露葵。**野老與人爭席罷，海鷗何事更相疑。」孟浩然〈田家元日〉（卷160，頁1655）：「昨夜斗迴北，今朝歲起東。我年已強仕，無祿尚憂農。**桑野就耕父，荷鋤隨牧童。**田家占氣候，共說此年豐。」韋應物〈春日郊居寄萬年吉少府中孚三原少府偉夏侯校書審〉（卷187，頁1913）：「谷鳥時一囀，田園春雨餘。光風動林早，高窗照日初。**獨飲澗中水，吟咏老氏書。**城闕應多事，誰憶此閒居。」〈秋郊作〉（卷192，頁1979）：「清露澄境遠，旭日照林初。**一望秋山靜，蕭條形迹疏。登原忻時稼，采菊行故墟。**方願沮溺耦，淡泊守田廬。」從中不難體會其零星、散碎的特點。

中唐元稹、白居易等新樂府詩人的田園詩中，開始出現比較鮮明的敘事性，但多半只表現在以揭露田家疾苦、抨擊政府擾民聚斂為旨的作品中。

北宋田園詩中樸素質直的一類由於引進散文的筆法，敘事性也比較明顯，且有擴散至各種內容田園詩的趨向。但在數量眾多、含括各種體裁的田園詩中融入敘事手法，且達到較高藝術水平的詩人卻尚未出現。直到陸游筆下，田園詩的敘事性才到達新的高峰。在其中，敘事不僅在方式上發展得更為豐富，分佈的詩歌題材與體裁也更為多元。

首先，陸游的許多五、七古體田園詩中，事件的要素更為齊全，亦即事件的時間、地點、人物、行為狀態、因果變化等，有更明確的交待。例如〈賽神曲〉：

> 叢祠千歲臨江渚，拜貺今年那可數。須晴得晴雨得雨，人意所向神輒許。嘉禾九穗持上府，廟前女巫遞歌舞。嗚嗚歌謳坎坎鼓，香煙成雲神降語。大餅如槃牲腊肥，再拜獻神神不違。晚來人醉相扶歸，蟬聲滿廟鎖斜暉。（卷16，頁1283）

全詩圍繞著臨江的千歲祠廟舉行賽祭的始末展開敘述。先從由於神明有求必應，因此農民屢次設祭酬神說起；再敘寫祭祀的過程與節目；並以傍晚眾人醉歸，廟門回歸岑寂作結。另一首〈賽神曲〉（擊鼓坎坎）則在精簡勾勒祭神的場景後，極為詳細地記敘了老巫致詞的經過，最後以「神歸人散醉相扶，夜深歌舞官道隅」收尾，同樣展現了賽祭的全過程，以及農民們對美好生活的素樸期盼。

除了記敘民俗活動的詩篇以外，在詩人寫自己田園生活的詩篇中也可見明顯的敘事性，如〈督下麥雨中夜歸〉：

> 細雨暗村墟，青煙濕廬舍。兩兩犢並行，陣陣鴉續下。紅稠水際蓼，黃落屋邊柘。力作不知勞，歸路忽已夜。犬吠閩籬隙，燈光出門罅。豈惟露沾衣，乃有泥沒胯。誰憐甫里翁，白首學耕稼？未言得一飽，此段已可畫。（卷13，頁

1072）

此詩從詩題就點出了時間（夜）、地點（雨中）、行為（督下麥、歸），鉤勒出全詩的基本情境。「兩兩」、「陣陣」等疊字在增強「犢」、「鴉」的形象感的同時，彷彿也加深了其動態感。「力作不知勞，歸路忽已夜」既寫出耕作時間之長，又點出回家時間之晚。「犬吠」兩句暗示隨著腳步的移動詩人離家漸近，「豈惟」兩句呼應「力作不知勞」的辛苦，也是對一天勞作生活的總結。從這首詩的主體段落中，不難想見詩人終日辛勤勞動的整個過程、他踽踽前行的孤獨身影，以及返家路程中的種種經歷。又如〈贈湖上父老十八韻〉云：

> 一鏡三百里，環以碧玉峰，天公賜我厚，極目為提封。煙收見石帆，雨霽望臥龍，嵯峨寶林塔，迢遞天章鐘。興來思一出，霜晴及初冬。父老舍杖迎，衣冠頗嚴恭，語我：「相識久，幸未棄老農，間者傳伏枕，喜聞足音跫。貧舍有盤餐，勿責異味重，蕎餅新油香，黍酒甕面濃，已遣買撲握，亦可致喎喎，願公領此意，秫寒聊從容。」我起為太息：「厚意敢不從，吾生行逆境，平地九折邛，況今又老退，如子豈易逢，但願從今健，衰疾緩見攻，遇興即扣門，草具煩炊舂，但恐乘月來，妨子睡味濃。」（卷33，頁2189）

此詩先概述鏡湖周圍群峰環繞的美景，接著從出遊的時間：初冬的霜晴之日開始記敘此次遊程。詩中依序紀錄了父老歡迎詩人的情景，與對詩人一番情意深厚的話語；詩人對此的感動與回應等互動過程。雙方之間情誼之濃厚、交往之融洽，在這些細節的紀錄中流露無遺。再如〈春晚書齋壁〉云：

> 海棠已成雪，桃李不足言。纖纖麥被野。鬱鬱桑連村。稚蠶細如螘，杜宇號朝昏。展墓秔餌美，坐社黍酒渾。早筍漸上市，青韭初出園；老夫下箸喜，盡屏雞與豚。幽居亦何樂，且洗兩耳喧。呼兒燒柏子，悠然坐東軒。（卷32，頁2129）

此詩前六句寫景，還處於平列鋪展的格局，「展墓秔餌美」以下則轉

而描述詩人春晚時分享用時令美食的內容與過程、感想。此詩以「悠然坐東軒」收尾，又似乎回應開頭六句的寫景，暗示讀者們：此時映入詩人眼簾的，正是暮春時節綠肥紅瘦的美景。

像這類詳細敘寫詩人田園生活中的事件，以及與事件密切相關的經驗感受的五、七言古詩還有許多，例如〈乍晴風日已和泛舟至扶桑埭徘徊西村久之〉紀錄一次出遊，從出門的動機說起，再依序敘述行舟情景、上岸所見，並期待豐年來臨時再度造訪；〈蔬圃〉（「山翁老學圃」）紀錄詩人帶領奴僕治圃，從畫畦、剪草、除磊塊、橫略彴、作小塔、建設瓜援，開闢芋區等細節。〈後一日復雨〉詳細記述了久雨初晴，不久又開始下雨的經過，與農村中人們隨天候起伏不定的心情變化等。又如〈過鄰家〉、〈記東村父老言〉、〈若耶村老人〉、〈歲暮與鄰曲飲酒用前輩獨酌韻〉、〈村老留飲〉、〈農事休小憩東園十韻〉、〈獨行過柳橋而歸〉等五、七言古，用詳細的篇幅（長達數十句）敘說與農人交流往還的過程、或自己農閒時的活動、或出遊漫步鄉間一路上的經歷情景等等。

在這些詩篇中，或也融合了寫景、議論等表現手段，但由於其中清晰地提供了關於時間、地點、人物、因果與變化等事件的要素，因此依然能敘寫出事件的梗概，使讀者能輕易地掌握詩中所寫之事的大體情境，並且這部份在詩中佔據重要的地位。從這些方面來看，可以說陸游詩體現了相當明顯的敘事性。

陸游田園詩的敘述性，還體現在七言絕句這種短小的體裁上。絕句由於篇幅極為有限，因此古代詩人以之敘事，往往擷取少數富於啟發性、動態性的事件片段（包含畫面、場景），營造出一種隱含著更大故事的詩意氛圍；讀者則從這一鱗半爪領略故事的梗概，推想故事的整體或發展趨勢，進而理解詩人的情感指向和創作動機。〔註161〕陸游絕句正是如此。有時寫出的雖然只是事件的一個小部份，但目的

〔註161〕此處對古代絕句敘事特點的論述，曾參考董乃斌：〈古典詩詞研究的敘事視角〉，《文學評論》，2010年第1期，頁29。

卻在反映它背後的一個更長期、更大型的事件。例如：例如〈東村〉
二首云：

> 野人知我出門稀，男輟鉏耰女下機。掘得茈菇炊正熟，一
> 杯苦勸護寒歸。（卷41，頁2594）

> 野人喜我偶閑遊，取酒忽忽勸小留。舍後攜籃挑菜甲，門
> 前喚擔買梨頭。村人謂小梨為梨頭。（卷41，頁2594）

詩人略去與「野人」互動的其他經過與完整始末，而是只採取其中的
幾個小片段，便將他們的熱情好客烘托的淋漓盡致。「知我」與「喜
我」的細節，則暗示這種交往並非第一次，而且彼此有頗深的交情。
讀者也可從中想見此次（甚至是屢次）雙方相會賓主盡歡的整個過
程，並從中感受到詩人對農村純樸人情的熱愛。又如：

> 閑行偶復到山村，父老遮留共一尊。曩日見公孫未晬，如
> 今已解牧雞豚。（〈山村經行因施藥〉五首之一，卷65，頁
> 3673）

> 驢肩每帶藥囊行，村巷歡欣夾道迎。共說向來曾活我，生
> 兒多以陸為名。（〈山村經行因施藥〉五首之四，B7，p3674）

> 致主初心陋漢唐，暮年身世落農桑。草煙牛跡西山口，又
> 臥旗亭送夕陽。（〈飲村店夜歸〉二首之一，卷15，頁1171）

首例主要寫的是詩人閑行至山村時遇到父老挽留共飲的兩個小細
節，但「復到」與「曩日」和「如今」的對比，則顯示彼此交往已持
續一段時間。次例只摘取詩人行經村落受到夾道歡迎的一個片段，「向
來曾活我」卻分明指出他與此村居民有頗深的交情。至於雙方往來的
詳細經過，則不難依據這些片段推想而得。詩人對這段緣份的珍惜，
洋溢於行間言外。第三例將筆端轉向自己的一生，先推出兩個既有關
聯又互相對比的片段，最後凸顯自我在鄉間旗亭中目送落日的孤獨。
自我遭遇的變化、心境的落差與如今的無限苦澀，更是盡在不言中。
除此之外，陸游田園絕句中截取事件的某些環節或發展段落，以引起
讀者對事的理解和聯想的例子尚有許多。這種以富於暗示性與表現力

的微小片段，引發讀者對事件整體的聯想的手法，使得陸游絕句的敘事表現較古詩更顯得含蓄、精緻。

二、詳細具體的詩題與自注

陸游田園詩敘述性較爲明顯，還由一類跨越各種詩體的現象體現出來，那就是遠較前人更爲詳細的詩題與自注。在陸游之前，陶淵明即頗爲重視詩題在闡明事件、時間、場合中的作用。〔註 162〕但這種現象在他的田園詩中出現得並不多。〔註 163〕唐代王、孟等人的詩題則通常以高度凝煉的語言敘述創作的旨意與緣起，並在簡遠的語言中追求豐富的藝術意味和審美情調，〔註 164〕但往往只是提供大概的寫作背景，並不重視時地、人物、因果、行爲等事件要素的詳細記載。

陸游則不然。他的不少詩在詩題中或題下小注記載日期，如：〈正旦後一日〉、〈三月十一日郊行〉、〈喜雨〉（題下自注：六月二十七日。）、〈大風雨中作〉（題下自注：甲寅八月二十三日夜。）、〈五月一日作〉、〈上巳書事〉、〈己未多至〉、〈十月旦日至近村〉、〈十二月八日步至西村〉、〈三月二十日兒輩出謁，孤坐北窗〉、〈九月七日，子坦子聿俱出斂租穀，雞初鳴而行，甲夜始歸，勞以此詩〉、〈入夏多雨，雖止復作，六月甲寅始大晴〉、〈十一月十一日聞雨聲〉、〈紹熙辛亥九月四日雨後，白龍挂西北方，復雨三日，作長句記之〉。

有的詩題雖未點明日期，但指出詩中爲特定時節發生之事，如〈孟夏方渴雨，忽暴熱，雨遂大作〉、〈今年立冬後菊方盛開小飲〉、〈九月下旬即事〉、〈五月初作〉、〈九月初郊行〉、〈五月得雨稻苗盡立〉、〈入梅〉、〈夏四月渴雨恐害布種代鄉鄰作插秧歌〉。

〔註 162〕詳參吳承學：〈論古詩制題制序史〉，《文學遺產》，1996 年第 5 期，頁 12。

〔註 163〕僅有〈癸卯歲始春懷古田舍〉二首、〈庚戌歲九月中于西田穫早稻〉、〈丙辰歲八月中於下潠田舍穫〉等寥寥四首。

〔註 164〕詳參吳承學前揭文，頁 13。

　　更多時候，陸游會在詩題中記載出遊的整個歷程梗概，包括當時的天候、時刻，與所至的地點、採用的方式，如：〈雪晴步至舍傍〉、〈乍晴行西村〉、〈日暮自大匯村歸〉、〈初冬步至東村〉、〈晚步湖塘，少休民家〉、〈散步至三家村〉（題下自注：湖桑埭西村名。）、〈野步至村舍暮歸〉、〈步至湖上，寓小舟還舍〉、〈小舟遊近村，舍舟步歸〉、〈晚自北港泛舟還家〉、〈自九里、平水至雲門、陶山，歷龍瑞禹祠而歸。凡四日〉、〈肩輿歷湖桑堰東，西過陳灣至陳讓堰小市，抵暮乃歸〉、〈冬晴閑步東村由故塘還舍作〉、〈乍晴，風日已和，泛舟至扶桑埭，徘徊西村久之〉、〈雨中宿石帆山下民家〉、〈舟過樊江，憩民家具食〉、〈六峰項里看采楊梅，連日留山中〉等等。

　　他也習慣在紀錄經過梗概的同時，點明事件中參與的人物、甚至對方的反應，如：〈與兒子至東村遇父老共語，因作小詩〉、〈冬晴與子坦、子聿遊湖上〉、〈過東鄰歸小憩〉、〈歲暮與鄰曲飲酒，用前輩獨酌韻〉、〈與兒孫同舟泛湖至西山旁，憩酒家，遂遊任氏茅菴而歸〉、〈夜與兒子出門閒步〉、〈西鄰亦新葺所居，復與兒曹過之〉、〈泛舟至近村，茅、徐兩舍勞以尊酒〉、〈秋晚閒步，鄰曲以予近嘗臥病，皆欣然迎勞〉；或是著墨自我的情態，如：〈意行至神祠酒坊而歸〉〈秋夜獨坐，聞里中鼓吹聲〉、〈雨過行視舍北菜圃，因望北村久之〉、〈居三山時方四十餘，今三十六年，久已謝事，而連歲小稔，喜甚有作〉、〈獨行過柳橋而歸〉、〈閒行至西山民家〉。

　　這種詳細的寫作風格，使詩題本身就具有明顯的敘事性質。有些較長的詩題單獨摘出來，簡直與詩人筆記或日記上的一則紀錄沒多大區別。而且如果我們比對詩題與詩歌本文，會發現兩者經常是高度重合的。詩題提及的人、事、時、地、物等要素，往往會被詩歌以韻文的形式再加工編寫一次。這也從側面反映陸詩重視敘事的特徵。

　　陸詩中的詩題不僅概括詩中內容的梗概始末，有時還能補充詩中

沒有挑明的細節。〔註165〕這兩點都能使詩中所寫情事的背景更加具體、線索更爲清晰，情境更顯細緻、豐滿。而且，讀者在詩題引導下也更易進入詩中情境，從而揣摩詩人所要表達的細微感受。再者，時、地、人物、前後經過等事件要素的摻入，給讀者的印象是，詩人所欲表達的詩歌內容是特定時空下發生的具體事件，而不是某種類型化經驗的重複甚至複製。〔註166〕如此詳細紀錄、描摹自我個別經驗的熱情，也是之前的田園詩很少看到的。

　　吉川幸次郎指出：傳統抒情詩「那種只表現心中之興奮或激動的頂點的詩，已經不能滿足宋代詩人的需求。他們更進一步，想要知道是什麼刺戟人心而引起興奮或激動，於是把眼光盡可能轉向外界，從事客觀的考察，找出新的題材來加以詳細的敘述。或者，即使是舊的題材，他們也會採取敘述的態度，而避免只抓住對象頂點的籠統寫法。」〔註167〕並舉陸游作於成都爲官時的〈乾明院觀畫〉爲例，評論道：「陸游把這個寺院的氣氛，以及他自己留連半日的感觸，表現

〔註165〕例如〈秋晚閒步鄰曲以予近嘗臥病皆欣然迎勞〉云：「放翁病起出門行，績女窺蘺牧豎迎。酒似粥醲知社到，餅如盤大喜秋成。歸來早覺人情好，對此彌將世事輕。紅樹青山只如昨，長安拜免幾公卿！」（卷27，頁1912）詩歌正文並未挑明績女、牧豎等人的「欣然迎勞」之意，但詩題告訴了讀者這點。於是使頷聯兩句彷彿帶有鄰曲們歡迎勸慰詩人之意，也使詩人「對此彌將世事輕」的感動落到實處，顯得更爲深厚動人。

〔註166〕周劍之即指出，宋詩對於時間、地點、人物、過程，乃至具體細節的說明，意味的是，「詩人不是將其作爲某一類型的事情來認識，而是要作爲只此一次、只此一件的事情來表現。」目的在於「讓人在每一個獨特的情境中體驗詩人所特有的感受。」氏著：〈宋詩記事的發達及宋代詩學的敘事性轉向〉，《文學遺產》，2012年第5期，頁83。陸游詩篇（包括田園詩在內）經常爲讀者指出的缺點就是詩句構思的重複。但從其詩敘事性的明顯可以想見，他其實也樂於記錄生活中特定情境的經驗。這兩種看似矛盾的現象何以會出現於同一人詩中，與彼此是否並存於陸游的一首詩中，應是值得繼續思考的問題。

〔註167〕日・吉川幸次郎撰，鄭清茂譯，《宋詩概說》（臺北：聯經出版股份有限公司，2012），頁13。

得淋漓盡致。」〔註168〕陸游作詩重視敘述的作風也延續到田園詩中，而且表現出不僅較唐代詩人，也遠比北宋詩人更詳細的敘述筆法，將自我從田園生活中得到各種感動的經過與具體內容，細緻周詳地敘述出來。

在陸游的田園生活中，尤其是在晚年閒暇時光裡，他豐沛的審美感受經常得自於出遊散懷的經過。在記述這些出遊經驗的詩篇裡，各種觀察認真、描寫細緻的寫景句於是成為其田園詩的又一特徵。

三、精密細緻的描寫方式

在陸游之前，以王、孟為代表的唐代田園詩人有較多明秀的寫景句，但仔細辨別即可發現，他們多半寫的是「印象式的景物，常渾融而不切」〔註169〕。再加上王、孟田園詩多為五言，有限的篇幅一定程度上影響了詩人寫景的細密度。北宋田園詩的語言以質樸疏散為主流，其中雖有一些寫景工巧細緻的詩篇，但出現得很零星，而且不時有生硬奇僻的缺陷。直到陸游，才將田園詩寫景手法的細緻秀潤之美推到了一個新的高度。

陸游田園詩寫景細密的特點，最常體現在「一句一景」式的勾勒。先看五言的表現。在王維等人詩中，「青菰臨水拔，白鳥向山翻」〔註170〕、「綠竹含新粉，紅蓮落故衣」〔註171〕、「白水明田外，碧峰出山後」〔註172〕、「泓泓野泉潔，熠熠林光初」〔註173〕等詩句中的每一句，都算是以描寫單一景物為主，且手法較為工細的句子，其作法是精簡地交待該景物所處空間位置、顏色、狀態。陸游基本上繼承了此種作法，但重心稍有轉移，即經常抓住其中一個

〔註168〕同前注，頁 14。
〔註169〕蔣寅：《大歷詩風》（南京：鳳凰出版社，2009），頁 188。
〔註170〕王維〈輞川閒居〉，卷 126，頁 1277。
〔註171〕王維〈山居即事〉，卷 126，頁 1277。
〔註172〕王維〈新晴野望〉，卷 125，頁 1250。
〔註173〕韋應物〈休沐東還胄貴里示端〉，卷 187，頁 1909。

面，加以精心刻劃，如：

> 奇雲去人近，澹月傍簷低。（〈舍西夕望〉，卷 23，頁 1693）
>
> 溪雲易成雨，崖樹少開花。（〈小憩村舍〉，卷 17，頁 1367）
>
> 風花嬌作態，野水細無聲。（〈新晴〉，卷 18，頁 1442）
>
> 寒日晚更明，村巷曲折見。（〈石堰村〉，卷 69，頁 3855）
>
> 瓜蔓緣籬竹，蘆芽刺岸沙。（〈晚步湖塘少休民家〉，卷 71，
> 頁 3955）

在這些詩句中，謂語都更加細緻，專就「主語某種狀態的細節」深入刻劃。而且遣詞也更爲用心，主語的定語（如首例的「奇」、「澹」，次例的「溪」、「崖」）與謂語（如首例的「去人近」、「傍簷低」，次例的「易成雨」、「少開花」）不再如「嫩竹含新粉」、「泓泓野泉潔」那樣，呈現「嫩」與「新」；「泓泓」與「潔」那樣語意的重疊。

　　這種細密的寫作方式在篇幅較大的七言詩句更是體現得淋漓盡致。王健指出：「五言詩比較質樸、原始，不能也不需用過多的形容詞來修飾；而七言詩，因爲容量增大，修飾性的詞語也就多了起來，更趨於一種鮮明富麗濃墨重彩。」〔註 174〕陸游擅長七言，這使他創作出大量與王、孟等人風味頗殊的寫景詩句。王維等人的田園七言詩極少，因此這類繁豐精美的七言寫景句，可說是陸游田園詩的獨門特色。例如：

> 槿籬護藥繞通徑，竹筧分泉自遍村。（〈出縣〉，卷 1，頁 32）
>
> 薯蕷傍籬寒引蔓，菖蒲絡石瘦生根。（〈遊近村〉二首之一，
> 卷 63，頁 3614）
>
> 山從樹外參差出，水自城陰曲折來。（〈泛舟至近村舍徐兩
> 舍勞以尊酒〉，卷 66，頁 3748）
>
> 健犢破荒耕犁确，幽禽除蠹啄槎牙。（〈舟過季家山小泊〉，
> 卷 24，頁 1740）

〔註 174〕宋緒連、趙乃增、董維康主編：《唐詩藝術技巧分類辭典》（北京：
中國人民大學出版社，1996），頁 1269。

新茁畦蔬經宿雨，半開籬槿弄斜暉。（〈西鄰亦新茸所居復
與兒曹過之〉，卷 25，頁 1800）

鋤麥正忙人滿野，營巢未定鵲爭枝。（〈北園籬外放步〉，卷
35，頁 2299）

花貪結子無遺蕚，燕接飛蟲正哺雛。（〈初夏閒居〉八首之
四，卷 66，頁 3736）

以上詩例還不包括使用顏色詞的詩句。但即便在這些不強調設色的詩例
中，景物的形象依然那樣明晰具體。句中的景物在各種修飾語或謂語的
修飾、限定之下，舉凡線條、質地、動態、構成細部乃至環境關係，都
得到不厭其詳的精確描繪。在這樣的詩句中，景物的各方面性狀得到逼
真的再現，其形象的具體性、特殊性得到了極大的彰顯，成為詩人在特
定情境下見到的「這一個」，而非泛指的對象或朦朧的印象。

陸游寫景細膩的特徵，不僅體現在單一景物的勾畫，還突出地表
現於多種景物構成的詩句，尤其是「條件式」的句式中，即每句中包
含「時空狀況」與「在這時空狀況下產生的狀態或結果」的句式。〔註
175〕在王維等人詩中，「時空條件、環境」或「結果」這類景物組合
的描寫多半也比較簡煉、樸素，少有兼具形象細緻，呼應巧妙的例子。
但這類詩句到陸游詩中大增，如：

墟落煙生含暮色，園林風勁作秋聲。（〈村居〉，卷 37，頁
2401）

草根螢墮久開闔，雲際月行時吐吞。（〈夜與兒子出門閒
步〉，卷 24，頁 1759）

泥融無塊水初渾，雨細有痕秧正綠。（〈岳池農家〉，卷 3，
頁 218）

日長巷陌曬絲香，雨霽郊原割麥忙。（〈初夏幽居〉四首之
一，卷 66，頁 3746）

〔註 175〕關於「條件式句式」的說明，詳參王國瓔師：《中國山水詩研究》（臺
北：聯經出版事業股份有限公司，1996），頁 345～346。

斷岸煙迷耕處草，孤村雨送釣時舟。（〈野渡用前韻〉，卷 67，
頁 3787）

淺瀨水清雙立鷺，橫林葉盡萬棲鴉。（〈初寒示鄰曲〉，卷 59，
頁 3426）

藤葉成陰山鳥下，檜花滿地蜜蜂忙。（〈東窗小酌〉二首之
一，卷 37，頁 2374）

荷浦未疏魚正美，豆畦欲暗雉初肥。（〈自詠閒適〉，卷 43，
頁 2705）

梧楸凋落風高後，瓜瓠輪囷雨足時。（〈舍北行飯〉，卷 59，
頁 3399）

鱏魚出後鶯花鬧，梅子熟時風雨頻。（〈仲夏風雨不已〉，卷
62，頁 3535）

地暖小畦花汞長，泥融幽徑藥苗肥。（〈初夏〉二首之一，
卷 82，頁 4401）

在以上詩例裡，「時空條件、環境」或「結果」得到極為細膩的刻劃。由於兩者存在因果的關係，因此其中一方寫得細緻具體，往往也陪襯出另一方的狀況。如「日長」一聯，由滿巷的曬絲香可見日光多麼充足；郊原上辛勤收穫的身影烘托出「雨霽」特有的清新空氣。又如「藤葉」一聯，我們彷彿可以看到為濃密葉蔭、滿地落花吸引而下的山鳥與蜜蜂各自的安閒或繁忙。陸游這類寫法，創造出一幅幅構圖細緻的圖畫，將鄉間景物的豐富多彩清晰地呈現出來。

但就詩的整體來看，陸游的寫景句雖然精緻，一般卻並不顯得過於刻意或纖巧。這不僅是因為他實際上很少以過於瑣細的景物入詩，更在於他往往使大景、遠景與近景、小景相互搭配，構成具整體性的畫面；或是與詩人的足跡相結合，使細密的景物觀察，成為整個出遊經驗的有機組成部份。而且無論屬上述何種情況，景物多能統一在該詩意欲傳達的總體情調中，從而顯得意到筆隨、渾成流暢。例如：

湖塘西去兩三家，杖屨經行日欲斜。靨靨水紋生細縠，蜿蜒沙路臥修蛇。早餘蟲鏤園蔬葉，寒淺蜂爭野菊花。老夫

　　郊居多樂事，脫巾未用歎蒼葦。（〈西村〉，卷 13，頁 1065）
　　垣屋參差桑竹繁，意行漫漫不知村。眼明可數遠山疊，足
　　健直窮流水源。鷺引釣船經荻浦，牛隨牧笛入柴門。試尋
　　高處休行李，清絕應須入夢魂。（〈閒遊所至少留得長句〉
　　五首之二，卷 72，頁 3968）

在首例中，頷聯所寫為廣闊的水面與伸向遠方的小路；頸聯所寫為近處所見的細微景物，遠近巨細的相互搭配，使畫面濃淡相間，富於層次感。景物無論小大，都帶有活潑的特質，隱然與詩人之「樂」相呼應。次例先泛寫此行所見的整體景象，再將鏡頭先移至瞻眺、漫行所感知到的遠方；再細寫身旁所見的浦溆、村戶，最後以虛寫投宿處的「清絕」作結。其中景物大都具備悠遠、閒適的特點，巧妙地烘托出詩人「意行漫漫」的悠閒。在這樣的安排下，精緻工細的寫景句於是成為詩裡一個特出卻絕不突兀的存在，而且在構圖勻稱的畫面、與詩人觀察體味的態度中，散發更具意蘊的美感。

四、感性豐富的景物組合

　　陸游田園詩的又一特色，在於其中各種感官攝取到的景物意象極為豐富。在王、孟等前人詩中，在詩聯裡相互搭配的往往只是由「視覺」與「聽覺」獲致的意象。這與他們著重捕捉一片環境中各種景物造成的整體印象是相應的。視覺與聽覺屬於遠距離感覺，亦即對遠方的刺激產生的感覺；嗅覺、味覺、觸覺則屬於近距離感覺。〔註 176〕因此，與其他感覺相較，視覺與聽覺更容易產生某種整體感，它們捕捉到的形象、色彩、運動、聲音等很容易被接合成各種空間與時間的組織結構，〔註 177〕也有助於構成渾然一體的整個印象，因此為王維等人所常用。

　　陸游詩中的寫景絕大多數出現於記遊之詩中。景物由於經常能得

〔註 176〕劉雨：《寫作心理學》（高雄：麗文文化公司，1994），頁 114。
〔註 177〕【美】魯道夫‧阿恩海姆（Rudolf Arnheim）著，滕守堯譯：《視覺
　　　　思維：審美直覺心理學》（成都：四川人民出版社，1998），頁 23。

到詩人近距離的感受、體會，因此陸詩的各種感官意象，即與視、聽、嗅、觸等感覺相關的一切有意味的物象，〔註 178〕類型與組合匯通的方式更爲多采多姿。首先來看觸、嗅覺與視覺、聽覺等意象的結合。

視覺與嗅覺的結合如：

　　高下山花發，青紅粉餌香。（〈平水道中〉，卷 22，頁 1655）

　　拂窗桐葉下，繞舍稻花香。（〈六七月之交山中涼甚〉，卷 22，頁 1675）

　　露濃壓架葡萄熟，日嫩登場穤稏香。（〈秋思〉九首之一，卷 72，頁 4001）

　　橫林點點暮鴉集，平疇離離新稻香。（〈門外追涼〉，卷 83，頁 4454）

　　飛飛鷗鷺陂塘綠，鬱鬱桑麻風露香。（〈還縣〉，卷 1，頁 32）

　　急雨橫斜生土香，草木蘇醒起仆僵。（〈喜雨〉，卷 27，頁 1899）

　　野店茶香迎倦客，市街犬熟傍行人。（〈肩輿歷湖桑堰東西過陳灣至陳讓堰小市抵暮乃歸〉，卷 81，頁 4361）

視覺與觸覺的結合，如：

　　野氣增霜力，窗光淡月痕。（〈晨興〉，卷 16，頁 1292）

　　雨斷歸雲急，沙乾步屧輕。（〈新晴〉，卷 18，頁 1442）

　　霧雨林塘晚，風霜聚落寒。（〈秋冬之交雜賦〉六首之五，卷 73，頁 4022）

　　水落沙痕出，天高野氣嚴。（〈秋晚歲登戲作〉二首之一，卷 25，頁 1804）

　　灎灎陂塘秧水滿，陰陰門巷麥風涼。（〈自笑〉，卷 43，頁 2682）（視、觸）

　　農事正看春水白，客途漸愛午陰涼。（〈散策至湖上民家〉，

〔註 178〕此處關於「感官意象」的定義，曾參考高峰：〈姜夔詞的感官意象及其幽冷詞風〉，《江海學刊》，2011 年第 6 期，頁 195。

卷 70，頁 3911）

爽氣收回騎月雨，快風散盡滿天雲。（〈村社禱晴有應〉，卷 57，頁 3334）

農事漸興人滿野，霜寒初重雁橫空。（〈橫塘〉，卷 13，頁 1073）

鴨腳葉黃烏臼丹，草煙小店風雨寒。（〈十月旦日至近村〉，卷 13，頁 1077）

日暖遊絲垂百尺，花殘新蜜釀千房。（〈南堂晨坐〉，卷 71，頁 3947）

風暖市樓吹絮雪，蠶生村舍采桑黃。（〈東關〉二首之二，卷 22，頁 1649）

聽覺與嗅覺的結合，如：

臥時幽鳥語，行處野花香。（〈幽居歲暮〉五首之三，卷 80，頁 4319）

庭木集奇聲，架藤發幽香。（〈時雨〉，卷 29，頁 2024）

暖日生花氣，豐年入碓聲。（〈過東鄰歸小憩〉，卷 50，頁 2996）

采茶歌裏春光老，煮繭香中夏景長。（〈初夏喜事〉，卷 76，頁 4156）

視、聽、觸覺的結合，如：

晴光生蝶粉，暖律變鶯吭。（〈山家暮春〉二首之二，卷 24，頁 1746）

村深麥秀蠶眠後，日暖鳩鳴鵲乳時。（〈春晚出遊〉六首之三，卷 56，頁 3299）

日暖林梢鵓鳩鳴，稻陂無處不青青。（〈寓舍聞禽聲〉，卷 14，頁 1152）

野外漸寒群木脫，草根薄暮百蟲號。（〈村居遣興〉三首之三，卷 58，頁 3389）

視覺、聽覺、嗅覺的結合，如：

亂山落日漁歌長，平疇遠風粳稻香。（〈村酒〉，卷 57，頁
3341）

日長處處鶯聲美，歲樂家家麥飯香。（〈戲詠村居〉二首之
一，卷 24，頁 1757）

風傳高樹珍禽語，露濕幽叢藥草香。（〈散策至湖上民家〉，
卷 70，頁 3911）

視覺、觸覺與嗅覺的結合，如：

八月風吹粳稻香，九月蕎熟天始霜。（〈初冬步至東村〉，卷
69，頁 3840）

雨霽郊原刈麥忙，風清門巷曬絲香。（〈村居書觸目〉，卷 16，
頁 1275）

萬里秋風菰菜老，一川明月稻花香。（〈秋日郊居〉八首之
二，卷 25，頁 1781）

桑柘成陰百草香，繅車聲裏午風涼。（〈示客〉，卷 30，頁
2024）

萬花掃迹春將暮，百草吹香日正長。（〈春晚〉，卷 14，頁
1153）

由以上詩句，可以充分看出陸游寫景時對感官感受的重視。構成景境的
各種景物不同方面的特徵，被詩人以精緻的形式組織入詩，其色、形、
聲、味彷彿紛至沓來，在很大程度上再現了風景中各種性徵同時投向人
的感官的現實經驗，因此詩中的整個景境也顯得分外立體、鮮明。

　　除了將耳聞目見、膚觸鼻嗅所攝入的感知統合於詩句中之外，陸
詩中「聯覺」或「通感」的現象也大幅增加。最常見的是視覺與觸覺
的交滲溝通，尤其是視覺與溫暖、溼潤的觸覺感受的交通，如：

暖浸千畦稻，橫通十里村。（〈梅雨陂澤皆滿〉，卷 14，頁
1155）

簷日桑榆暖，園蔬風露清。（〈邠風〉，卷 48，頁 2930）

鴉棲先小泊，魚暖已群行。（〈晚步〉，卷 35，頁 2311）

溝港淺來無鷺下，郊原暖處有牛耕。（〈野步晚歸〉，卷 24，

頁 1727）

別浦回潮魚滬密，孤舟春近雁沙溫。（〈江村道中書觸目〉，
卷 29，頁 1977）

猩紅帶露海棠濕，鴨綠平堤湖水明。（〈春行〉，卷 35，頁
2314）

地暖小畦花汞長，泥融幽徑藥苗肥。（〈初夏〉二首之一，
卷 82，頁 4401）

在這些詩句中，「溫」、「暖」、「濕」等詞描寫的都是遠處的、或主要
為詩人視覺所接受的景物。但它們都帶有一般情況下膚觸才能接受到
的感覺特徵，顯然是詩人有意地表現觸覺向視覺的交流匯通的結果。
這些詩句中的視覺形象多半是明麗清新的，再搭配上這些溫暖溼潤的
聯覺意象，更使字裡行間流動著萬物的活力與生命的歡欣。其他飽滿
有力、喧鬧活潑的聯覺意象也具有類似的效果，如：

露拆渚蓮紅漸鬧，雨催陂稻綠初齊。（〈湖邊曉行〉，卷 14，
頁 1155）

紫葚狼籍桑林下，石榴一枝紅可把。（〈江村初夏〉，卷 22，
頁 1666）

花氣襲人知驟暖，鵲聲穿樹喜新晴。（〈村居書喜〉，卷 50，
頁 3002）

桑間葚熟麥齊腰，鶯語惺惚野雉驕。（〈初夏道中〉，卷 1，
頁 98）

枝上花空閑蝶翅，林間葚美滑鶯吭。（〈村居書觸目〉，卷 16，
頁 1275）

花色、花香具有彷彿能產生聲音、力度與重量，尤其是第三例，使無
形的花氣化為有形，反常合道地畫出了花香在初晴之日清新空氣中格
外濃烈馥郁的特點，為陸詩中的名句。第四例中的「惺惚」為色澤鮮
明之意，詩人用以形容鳥啼的清脆嘹亮，新奇動人。第五例使原本不
可捉摸的聲音彷彿產生滑溜的視覺感，充分地寫出了鶯吭圓潤流利的

特徵。這類新巧鮮活的寫法不僅在王、孟田園詩中未曾出現，連整個北宋田園詩也並不多見。

即便是以往田園詩常見的視覺意象與聽覺意象的搭配，在陸游筆下也更爲強調感受對象的細膩區別。我們不妨將陸游的詩句與前人的田園詩句略加比較，以見陸詩之特色。例如同樣將鳥鳴與視覺景物相組合，王維云：「屋上春鳩鳴，村邊杏花白」〔註179〕；「雀乳青苔井，雞鳴白板扉」〔註180〕；韋應物云：「谷鳥時一囀，田園春雨餘」〔註181〕。關於禽鳥的啼鳴，他們主要指出的是此一現象的「存在」，至於其聲音的具體特徵則並無涉及。與之搭配的視覺意象同樣以極爲簡練、素淡的筆觸呈現。陸游則緊貼住鳥鳴細碎多變的特點，依據個別情形採取不同的寫作策略。有時用狀聲詞直接形容，如：「曉色入簾初溟濛，幽禽窺戶已間關」〔註182〕；有時以擬人法表現，如：「印泥接跡牛羊過，投宿爭林鳥雀喧」〔註183〕、「橫林未脫色已盡，孤鳥欲棲鳴更悲」〔註184〕；「低燕爭泥語，浮魚逆水行」〔註185〕、「鳥語如相命，魚浮忽自驚」〔註186〕；有時不特別形容，而是使之化入明麗的景色中，卻因景境的暗示而仍能吸引讀者想像其聲的清亮悅耳，如「稻秧正青白鷺下，桑椹爛紫黃鸝鳴」〔註187〕、「蝶舞蔬畦晚，鳩鳴麥野晴」〔註188〕。在這些詩聯中，視覺意象的描寫同樣就著具體對象的特徵細膩描繪。這點在上一段「形容角度細密盡致」已有較多著墨，此不贅述。

〔註179〕〈春中田園作〉，卷125，頁1248。
〔註180〕〈田家〉，卷127，頁1293。
〔註181〕〈春日郊居寄萬年吉少府中孚三原少府偉夏侯校書審〉，卷187，頁1912。
〔註182〕〈晨起〉，卷39，頁2487。
〔註183〕〈與兒孫同舟泛湖至西山旁憩酒家遂遊任氏茅菴而歸〉，卷75，頁4107。
〔註184〕〈農家〉，卷77，頁4219。
〔註185〕〈晨雨〉，卷46，頁2809。
〔註186〕〈舍傍晚步〉二首之一，卷79，頁4272。
〔註187〕〈小憩前平院戲書觸目〉，卷12，頁967。
〔註188〕〈野步〉，卷32，頁2150。

綜上所述可知，陸游田園詩中多種感官意象的組合、感知經驗的融匯，既使詩境活色生香，也讓讀者產生更立體的實臨感與更豐滿全面的美感。吉川幸次郎早已發現陸詩感性豐沛的特點。他指出陸游在鄉居期間，「當熱情在無局無束的世界裡，自由自在地發揮作用時，無疑會更廣泛更深刻地掌握並反映現實。」〔註189〕而其表現之一，就是憑感覺把握現實：「自陶淵明以來，歌詠農村的『田園詩人』並不少。但像陸游那樣，從多種角度，憑感覺觀察並描寫農村生活的，卻還沒有。」〔註190〕吉川氏接著列舉陸詩中繁多的題材證明他的論點。但我們以為，相較於多樣的題材，陸詩感官意象豐滿多樣的描寫角度，作為詩人觀照世界的方式的表徵，顯然更能體現陸詩「憑感覺把握現實」的特徵。

第四節　工緻曉暢的語言風格

以上兩章六小節中分析過的陸詩的藝術特徵，經常以綜合的型態、突出的表現，出現於一首詩中，使其許多詩具有工緻曉暢的語言風格。所謂工緻即精巧細密；曉暢即明白流暢。前者主要指字句的用心經營，後者主要指達意的坦易，兼指音節圓轉流動的美感。陸游田園詩中的工緻之處，也經常兼容明暢之美。諸如顏色詞、動詞與疊字的使用、精緻的對偶與工穩的用典、細膩的描繪等，都既精美又遠離堆砌、晦澀，帶有自然平易之美。巧妙的聲律經營、琅然動聽的疊字與詳晰的敘事，更增添了其詩的流暢。上述種種風格成素的相互融合，使陸游田園詩經常呈現工巧精密又明暢流利的風格特色。

其實，陸游詩中與「愛國詩」相對的一類詩歌最引人矚目的特點之一，就是工緻曉暢之美。古、近代讀者諸如「清新刻露，而出以圓

〔註189〕日‧吉川幸次郎撰，鄭清茂譯，《宋詩概說》（臺北：聯經出版股份有限公司，2012），頁185。
〔註190〕同前注。

潤」〔註191〕；「圓密穩順」〔註192〕；「工飭溫潤」〔註193〕；「工細圓勻」〔註194〕等評語，用語雖有差異，但基本意義均指向陸詩的特徵是煉飾得既精巧又周妥。〔註195〕此外，諸如劉熙載云：「詩能於易處見工，便覺親切有味。白香山、陸放翁擅場在此。」〔註196〕錢鍾書云陸詩「流易工秀」〔註197〕，則指出陸詩兼容平易與精工的特質。其中，大量田園詩正是陸游工緻曉暢詩風的代表作品。

　　作爲南宋詩歌大家的陸游其詩風自然是豐富多樣的。就田園詩的範疇而論，也有部份作品寫得較爲樸素、淺近清新或率易奔放，接近於北宋及之前的田園詩風。但工緻明暢的傾向依然存在於他的眾多詩作、尤其是名作之中。它也是陸詩個性最鮮明、最能代表其特色與成就，並且具有相對一貫性、穩定性的語言風格。

〔註191〕清・紀昀編纂：《四庫全書總目》（臺北：藝文印書館，1989），「劍南詩稿提要」，卷160，集部13，頁3178。

〔註192〕清・潘德輿：《養一齋詩話》，卷4，頁2066，收入郭紹虞編選，富壽蓀校點：《清詩話續編》（上海：上海古籍出版社，1999）。

〔註193〕錢鍾書：《談藝錄》（北京：中華書局，1999），頁118。

〔註194〕錢鍾書：《談藝錄》（北京：中華書局，1999），頁124。

〔註195〕在這些評語概念中，「圓」與「工」關係密切。錢鍾書云：「『圓』者，詞意周妥，完善無缺之謂，非僅音節調順、字句光緻而已。」（氏著：《談藝錄》，北京：中華書局，1999，頁114）從中也可得知，在一般古代讀者心目中，「圓」之美的重要特徵即將詩的各層面修飾得「調順」與「光緻」。又，古代讀者關於陸詩之「工」的評語雖多爲律詩、尤其是七律而發，但也有針對古詩者。例如趙翼云：「（放翁）律詩之工，人皆見之，而古體則莫有言及者。抑知其古體詩，……有麗語而無險語，有豔詞而無淫詞。看似華藻，實則雅潔；看似奔放，實則謹嚴。此古體之工力更深於近體也。」（《甌北詩話》，卷6，頁1222，收入郭紹虞編選，富壽蓀校點：《清詩話續編》，上海：上海古籍出版社，1999）陳衍云：「放翁七言近體，工妙閎肆，可稱觀止。古詩亦有極工者。蓋薈萃眾長以爲長也。」（《石遺室詩話》，北京：人民文學出版社，2010，卷27，頁420）可見「工緻」是遍見於陸游各體詩歌的重要風格特點。

〔註196〕清・劉熙載撰，袁津琥校注：《藝概校注》（北京：中華書局，2009），頁330。

〔註197〕氏著：《談藝錄》（北京：中華書局，1999），頁117。

　　現代論者經常強調陸游大量寫作田園之類從外在世界取材的詩篇，體現了向唐詩回歸的傾向。這種觀察大致上是合理且正確的。但若進一步觀察其詩的寫作技巧和語言風格，則可發現陸詩仍與唐代田園詩有較明顯的區別，而且將北宋以來田園詩新發展的特色──「精巧」與「明快」──集於一身，同時避免了其中過於奇澀、或全詩語言格調不連貫等藝術缺陷。

　　陸游工緻曉暢的詩風，首先有別於唐代王、孟等人的清淡自然、興象玲瓏。王維等人的田園詩表達具有明顯的直觀性。詩人不追求寫景的細緻、具體，也不刻意鑽研與常人有別的感覺方式、描寫風格。抒情狀物彷彿就眼前所見隨口描摹，卻又能渾成高妙。而陸游詩中無論是煉字的講求、對仗的經營，或用典的巧妙多樣、描寫的細膩獨特，則無不透露人工安排的痕跡。陸游與唐人這方面的差別，最鮮明地體現在「警句」的數量。王、孟等人詩中可供摘取的詩句並不多，即便如王維「漠漠水田飛白鷺，陰陰夏木囀黃鸝」那樣享譽千年的佳句，單獨摘取出來，也不見得比置於全詩「積雨空林煙火遲」的背景中體會來得意味深長。但陸游詩中獨立欣賞也並不遜色、甚至比詩中其他部份搶眼很多的工巧之句則不勝枚舉。

　　此外，陸詩又有別於王、孟等人的淡泊含蓄。他經常明白地揭露內心的感受，並切近景物的具體情狀、詳晰明暢地表達事情經過，因此不同於王維等人的點到為止、注意保留想像空間，而呈現率真、明快的美感。陸詩的工緻與曉暢，既與唐詩有較明顯的區別，和陶詩質樸渾融的美感風格相去更遠，自不待言。

　　與北宋田園詩相較，陸詩在寫作藝術上更為完善，兼具各種風格之長，又不重蹈其短處的覆轍。例如，陸詩與北宋詩都有坦易、朗暢的一面。但北宋詩的坦易多來自散文句式的移植、口頭俗語的摻入，因此偏於質直散漫。陸詩的坦易則主要來自恰到好處的修飾、敘述的性質，以及親切近人的疊字，因此流易中仍有工秀之美。與北宋清新輕快的短篇相較，陸詩筆法朗暢卻細膩巧妙的五、七律、古，無疑能

容納更豐富多樣的經驗感受，並且將它們表達得淋漓盡致。

又例如，陸詩與北宋詩都有精工的一面，但北宋詩的工巧主要體現在寫景部份新警的煉字、別緻的譬喻、獨特的構詞句式，更多地傾向於奇警生新，且時有有句無篇、全篇格調不連貫的缺憾。陸詩的工巧則還體現在用典的貼切、對仗的工穩，修辭則巧妙卻不失於生硬，筆法更爲精緻圓熟。

總的來說，陸詩不僅佳篇眾多、個性鮮明，而且藝術技巧達到北宋以來最純熟精妙的程度，代表了宋代田園詩的最高水平。雖然陸詩不是毫無缺陷，句式重複、字句雷同的情形不時可見，〔註 198〕但這類缺點畢竟是在通讀全部陸詩之後才會發現的。如果單就個別詩篇來看，通首工秀圓潤的佳作數量之多，依然是冠絕宋代詩人的。陸游在晉、唐田園詩之外，成功樹立了工緻曉暢的語言風格，並對南宋以後的田園詩產生深遠的影響。〔註 199〕

而這種語言風格的形成，又與陸游善於吸收、融會前人的詩學遺產有密切的關係。陸游終身讀書不倦，知識宏富，其詩歌創作也遍參諸家，從而鎔鑄個人特色。誠如錢基博所指出的：「錯綜諸家而欲以自名一家，固非於江西門下討生活者也。」〔註 200〕其田園詩工緻曉暢的特點，自然並非無本之木、無源之水，而是轉益多師的結果。

現代研究者屢次指出陸詩集前人之大成。〔註 201〕學者們依據陸

〔註 198〕詳參本文第八章第二節。

〔註 199〕詳參本文第八章第三節。

〔註 200〕氏著：《中國文學史》（上海：上海古籍出版社，2011），中冊，頁608。

〔註 201〕如錢基博云陸詩：「出入梅蘇以追杜甫；感激豪宕，岑參而亦兼李白；清新閒適，摩詰而參以香山」（氏著：《中國文學史》，上海：上海古籍出版社，2011，中冊，頁 608）；陳祥耀云：「陸游詩，……能合杜之雄渾、李之豪逸、蘇之流暢、陶之閒適、白之明密，以至岑參、王維之高華，宛陵、江西之烹煉而爲一，以自成其圓洽雄厚之詩格」（氏著：《中國古典詩歌叢話》，臺北：華正書局有限公司，1991，頁 90）；于北山則指出陸詩淵源有《詩經》、《楚辭》、陶淵明、王維、李白、杜甫、岑參、梅堯臣、蘇軾等（氏著：〈陸游詩歌的藝術淵源〉，《古典文學論

游的相關自述與創作的實際情形，提出陸游重視的古代詩人名單。綜觀諸家的意見，陸詩主要淵源爲陶淵明、王維、李白、杜甫、岑參、白居易、晚唐詩人、梅堯臣、江西詩派等，爲大致的共識。其中，李白、岑參、杜甫詩的主要特點分別爲奔放飄逸、「豪偉崔巍」〔註202〕與沉鬱頓挫，與本論文聚焦的田園詩關係不大。因此以下著重探討陸游所受陶淵明、王維、白居易、晚唐詩人、梅堯臣、江西詩派等詩人的影響。

　　陸游對這些詩人詩風的吸收，視其特長所在，而有「平易」（或「平淡」）與「精工」兩種側重方向。〔註203〕對陶、王、白、梅，主要著重於其平易疏淡的一面；對晚唐、江西詩人則著重於其精工、鍛煉的一面。

　　陸游年過七旬後，自云「年十三四時，侍先少傅居城南小隱，偶見藤床上有淵明詩，因取讀之，欣然會心。日且暮，家人呼食，讀詩方樂，至夜卒不就食。」〔註204〕又云：「老始愛陶詩。」〔註205〕應

叢》，第三輯，頁333～383）；袁行霈認爲有江西詩派、李白、杜甫、岑參、陶淵明、白居易等。（〈陸游詩歌藝術探源〉，氏著：《中國詩歌藝術研究》，北京：北京大學出版社，2002，頁349～358）；沈家莊認爲有李白、杜甫、岑參、白居易、賈島等（氏著：〈論放翁氣象〉，《文學遺產》，1999年第2期，頁36～45）；徐丹麗認爲有《詩經》、《楚辭》、陶淵明、李白、杜甫、白居易、梅堯臣等（《陸游詩歌研究》，南京大學2005年博士論文，莫礪鋒先生指導，頁1～40）；錢鍾書則強調陸游與梅堯臣和中、晚唐詩人之間的關係（詳參氏著：《談藝錄》，北京：中華書局，頁115～117；123～125）。

〔註202〕陸游〈夜讀岑嘉州詩集〉（卷4，頁332）詩云：「漢嘉山水邦，岑公昔所寓。公詩信豪偉，筆力追李杜。……零落財百篇，崔嵬多傑句。工夫刮造化，音節配韶頀。我後四百年，清夢奉巾屨。晚途有奇事，隨牒得補處。群胡自魚肉，明主方北顧。誦公天山篇，流涕思一遇。」

〔註203〕此點尚未爲研究者明確揭示。

〔註204〕〈跋淵明集〉，卷28，頁250。按：此跋語云：「慶元二年，歲在乙卯，九月二十九日，山陰陸某務觀書于三山龜堂，時年七十有一。」但慶元二年（1196）實爲丙辰歲，陸游時年七十二。而乙卯歲（1195），即陸游七十一歲那年，應爲慶元元年。陸游此處記載或有誤。

〔註205〕〈書南堂壁〉二首之二，卷36，頁2340。按：此詩作於慶元三年（1197），陸游七十三歲時。

該可以確定，他從早年起就對陶詩有一定的熟悉度與興趣。〔註 206〕
他晚年高度欣賞陶詩蘊含的人生境界、隱逸趣尚，與青年時屢次對陶
淵明「歸田」抉擇不以爲然成爲鮮明的對比。陸游也很欣賞陶詩的平
淡風格，其詩云：「莫謂陶詩恨枯槁，細看字字可銘膺。」〔註 207〕與
蘇軾著名的陶詩評語：「外枯而中膏，似淡而實美」一脈相承，著眼
的正是其中的平淡美。陸游又有詩云：「陶謝文章造化侔，篇成能使
鬼神愁。君看夏木扶疏句，還許詩家更道否。」〔註 208〕後半部直接
讚嘆的對象是陶詩名作〈讀山海經〉十三首之一，讚嘆的重點則爲其
自然天成之美。《老學庵筆記》引述曾幾論陶之語：「淵明之詩，皆適
然寓意，而不留於物。」〔註 209〕意在「點出陶詩與物冥會、毫無矯

〔註 206〕徐丹麗認爲陸游這兩處的自述是有矛盾的，因爲既然說年十三四時即
　　　　　對陶詩「欣然會心」，就不應說「老始愛陶詩」。並指出「前者是陸游
　　　　　對懵懂少年讀書時的快樂感覺的一種追憶，多少有點文學誇張的成
　　　　　份，而後者是一個飽經世事的老人的理性話語，更加接近事實。」詳
　　　　　參氏著：《陸游詩歌研究》（南京大學 2005 年博士論文，莫礪鋒先生指
　　　　　導），頁 8。我們則認爲，「老始愛陶詩」可以理解爲一種「強調」的
　　　　　語氣，這樣，與他之前說的十三四歲時讀陶詩欣然忘食就並不矛盾了。
　　　　　無論如何，似乎不應僅憑「老始愛陶詩」一句，就否定陸游〈跋淵明
　　　　　集〉中的話語。此則跋語後面還說：「今思之，如數日前事也。」強調
　　　　　印象之深刻。其中對少年時讀陶詩的時、地、人物等背景也交待得非
　　　　　常具體，應該是紀實之作。又，下文即將論及，陸游之師曾幾也對陶
　　　　　詩深有體會，陸游《老學庵筆記》中記載了他的相關言論。據學者研
　　　　　究，《老學庵筆記》應成書於紹熙年間，（詳參朱東潤：《陸游研究》，
　　　　　北京：中華書局，1961，頁 18、阮怡：《老學庵筆記研究》，四川師範
　　　　　大學 2010 年碩士論文，吳明賢先生指導，頁 4～5）當時陸游年近七
　　　　　旬，對先師之語印象仍如此之深，顯然不像是真的「老始愛陶詩」之
　　　　　人應有的表現。這也是〈跋淵明集〉記載可信的旁證。
〔註 207〕〈杭湖夜歸〉，卷 21，頁 1605。
〔註 208〕〈讀陶詩〉，卷 80，頁 4327。
〔註 209〕按：全文爲：「茶山先生云：『徐師川擬荊公「細數落花因坐久，緩
　　　　　尋芳草得歸遲」云：「細落李花那可數，偶行芳草步因遲。」初不
　　　　　解其意，久乃得之。蓋師川專師陶淵明者也。淵明之詩，皆適然寓
　　　　　意，而不留於物。如「悠然見南山」，東坡所以知其絕非「望南山」
　　　　　也。今云「細數落花」、「緩尋芳草」，留意甚矣，故易之。』又云：
　　　　　『荊公多用淵明語而意異，如「柴門雖設要長關」、「雲尚無心能出

揉的特點，實即平淡自然的特點。」〔註210〕陸游對此是非常認同的。

陸游對陶詩的仰慕不僅只於理性的評賞，更付諸詩風的仿傚。與他同時的詩人姜特立即指出陸游「此翁筆力回萬牛，淡處有味枯中膏。」〔註211〕後句典出蘇軾之語，但很可能表達了他對陸游學陶的發現與肯定。現代學者更明確指出陸游學陶淵明平淡自然之風格。〔註212〕當然，「平淡」詩風的特徵遠不僅在於語言的「平易」。但後者畢竟是前者的重要組成部分。風格平淡的作品，必定是遠離綺麗的詞藻與修辭，並講求用語淺近、簡易的。因此，陸游晚年詩風以「平易」為主，應該與崇尚陶詩有很大的關係。

陸游也十分欣賞唐代山水田園詩派的巨匠王維，自云「予年十七八時，讀摩詰詩最熟。後遂置之者幾六十年。今年七十七，永晝無事，再取讀之，如見舊師友，恨間闊之久也。」〔註213〕。王維詩以清新疏淡為代表性風格，陸游至晚年心境趨於平淡，因此與王詩更能產生共鳴。〈跋王右丞集〉中雖謂七十七歲時（嘉泰元年，1201）再取讀之有「恨間闊之久」之感，但其實在陸游退居山陰後，

岫」，「要」字、「能」字，皆非淵明本意也。』」。見於《老學庵筆記》，錢仲聯、馬亞中主編：《陸游全集校注》（杭州：浙江教育出版社，2011），第11冊，卷4，頁316～317。

〔註210〕李劍鋒：《元前陶淵明接受史》（濟南：齊魯書社，2002），頁376。

〔註211〕〈應致遠謁放翁〉，《梅山續稿》，卷5，頁190，收入《文津閣四庫全書》（北京：商務印書館，2006）。

〔註212〕如于北山云：「陸游平生尤其是晚年的詩作，不少具有外枯內腴、趣閒景遠的風格意境，與陶詩有著明顯的淵源脈絡。」（前揭氏著，頁340）徐丹麗云：「陸游晚年的詩作，不少具有外枯內腴、平淡而意味深遠的風格，就是用『無意』之法寫詩。」（前揭氏著，頁10）李劍鋒更指出陸游「學陶平淡自然時，用語平易，對偶工整，卻略無奇崛怪硬處，一氣潛轉，毫無滯澀；尤為重要的是陸游在陶詩的情趣之內融入了自己對農村田園生活的感受，洋溢著人間生活的活潑氣息。」「擺脫了陶詩以寫意為主、崇尚理趣的束縛，充分吸收唐人田園詩的特點，情景交融，不言情理而情理已寓於景物之中。」（氏著：《元前陶淵明接受史》，濟南：齊魯書社，2002，頁378。）

〔註213〕〈跋王右丞集〉，卷29，頁257。

王維詩文應該就是他重新熟悉的作品了。在慶元四年（1198）的秋天，他就有〈小舟過吉澤効王右丞〉詩，其風格之清淡悠遠，與王維詩如出一轍。〔註 214〕開禧元年（1205）又有〈讀王摩詰詩愛其散髮晚未簪道書行尚把之句因用爲韻賦古風十首亦皆物外事也〉組詩，「散髮」二句出自王維〈過李揖宅〉詩。王維原作以平淡樸素的語言，描繪超然世外的情懷，而陸游的十首作品亦然，充分顯示對王詩風格、意境的追慕與認同。作於嘉泰二年（1202）的〈初春雜興〉五首之五有句云：「山崦巨然畫，煙村摩詰詩」〔註 215〕，由「煙村」聯想到「摩詰詩」，亦表現對王維山水田園之作的熟悉。

　　陸游退居山陰之後，也以白居易詩爲良伴。其詩云：「閉門誰共處？枕藉樂天詩。」〔註 216〕「點誦內篇莊叟語，長歌半格白公詩。」〔註 217〕白居易詩以平淺近人著稱，陸游雖然並未直接稱許白居易恬澹平易的詩風，但他屢次取此類詩句爲韻寫作組詩，或仿用此類詩中之對偶、句法，〔註 218〕可見他熟諳白氏的此類詩作。古人已指出陸詩之「直率」〔註 219〕、「淺直」〔註 220〕、「坦

〔註 214〕詩云：「澤園霜露晚，孤村煙火微。本去官道遠，自然人迹稀。木落山盡出，鐘鳴僧獨歸。漁家閑似我，未夕閉柴扉。」（卷 37，頁 2410）

〔註 215〕卷 50，頁 2987。

〔註 216〕〈自詠〉，卷 41，頁 2589。

〔註 217〕〈古壽人至聞五郎頗有老態作長句自遣〉，卷 82，頁 4403。

〔註 218〕例如陸游〈冬日讀白集愛其「貧堅志士節，病長高人情」之句作古風〉十首（卷 41），用白居易〈酬楊九弘貞長安病中見寄〉（《白居易集》卷 5）詩句爲韻；〈秋懷十首以「竹藥閉深院，琴樽開小軒」爲韻〉（卷 47），用白居易〈酬吳七見寄〉（《白居易集》卷 6）詩句爲韻。又，徐丹麗指出，陸游詩句或仿白居易〈自喜〉（《白居易集》卷 24）詩中的對偶；或學白氏〈詠慵〉（《白居易集》卷 6）詩中的句法。（詳參《陸游詩歌研究》，南京大學 2005 年博士論文，莫礪鋒先生指導，頁 28）以上白氏詩篇均屬語言平淡、流易之作。

〔註 219〕李東陽《懷麓堂詩話》，頁 449：「陸務觀學白樂天，更覺直率。」收入《文淵閣四庫全書》（臺北：臺灣商務印書館，1983）。

〔註 220〕李重華《貞一齋詩說》，頁 927：「南宋陸放翁堪與香山踵武，益開淺直路徑，其才氣固自沛乎有餘。」收入王夫之等撰：《清詩話》（上

易」〔註221〕等風格特點學自白詩。王水照、熊海英也認爲陸游吟詠日常瑣事、表達細微心理感受的作品，風格大多平淡乃至瑣碎淺直，與白居易晚年閒適詩相近。〔註222〕

　　陸游是宋代中期以後少數喜愛梅堯臣詩的著名詩人之一。〔註223〕梅詩的突出特徵在於「平淡」或「古淡」，並以平淡爲詩歌的至高境界，主張「作詩無古今，惟造平淡難」、「因令適性情，稍欲到平淡。」陸游對此亦有深刻體會。他的幾首效梅詩之作，或「學宛陵在平淡中間出怪巧排奡」〔註224〕，或「學宛陵在平實的語言中析情洞理」〔註225〕，或學梅詩「將目光投入日常生活中平凡的事物，並用一種平實的生活態度將它們進行一種藝術的再現」〔註226〕。錢鍾書也指出陸游「於古今詩家，仿作稱道最多者，偏爲古質之梅宛陵。」〔註227〕並舉出許多陸游推崇、效仿梅詩之例，以及他關於「平淡」諸說，認爲「其於宛陵之步趨壈畫，無微不至」。〔註228〕

　　晚唐詩人與江西詩派對陸游詩藝的影響，則主要在詩歌語言和寫作技巧的鍛鍊精工方面。陸游早年師事江西詩人曾幾，並一直對曾氏敬重有加；〔註229〕他也私淑呂本中，以無緣親見爲憾。〔註230〕雖然

　　　　　　海：上海古籍出版社，1999）。
〔註221〕馬星翼：《東泉詩話》，卷2，頁533：「放翁詩多似坦易，近《長慶集》。」收入《清詩話訪佚初編》（臺北：新文豐出版公司，1987）。
〔註222〕氏著：《南宋文學史》（北京：人民出版社，2009），頁148。
〔註223〕陳振孫即指出：「聖俞爲詩，古淡深遠，有盛名於一時。近世少有喜者，或加毀訾，惟陸務觀重之。」《直齋書錄解題》（上海：上海古籍出版社，1987），卷17，頁494。
〔註224〕徐丹麗：〈陸游效梅宛陵體初探〉，中國陸游研究會編：《陸游與越中山水》（北京：人民出版社，2006），頁164。
〔註225〕同前注。
〔註226〕同前注。
〔註227〕《談藝錄》（北京：中華書局，1999），頁115。
〔註228〕詳參前揭氏著，頁115～117。
〔註229〕關於陸游師從曾幾的時間、所學的內容與和曾幾的深厚情誼，詳參邱鳴皋：〈陸游師從曾幾新論〉，《文學遺產》，2002年第2期，頁82～89。

他後來揚棄江西末流專務雕琢句法、堆砌故實的作風，並強調「詩外工夫」的重要，因此其創作風格也與之判然兩途；但他對形式方面的「詩內工夫」始終重視。現代學者即指出，陸游至晚年仍「尊奉著江西派的那些適應性甚爲廣泛的創作方法論」〔註231〕、「在具體的詩法上，陸游擺脫江西詩派的影響是有節制有限度的。他揚棄了江西詩派詩風中瘦硬尖新的一面，但對詩律的精嚴及翻新脫化前人的方法卻不但沒有放鬆追求，相反還有所發展」〔註232〕。

　　就陸游的文學主張觀之，他對江西詩派關於語言藝術的重要看法如「活法」、「換骨」、「以故爲新」等，至晚年仍頗爲重視。〔註233〕他也稱讚江西詩人韓駒「詩擅天下，然反覆塗乙，又歷疏語所從來，其嚴如此，可以爲後輩法矣。」並提及，「予聞先生詩成既以予人，久或累月，遠或千里，復追取更定，無毫髮恨乃止。」〔註234〕語氣間流露對韓駒斟酌字詞、一絲不苟的創作態度的欽佩。

　　在創作方面，陸詩的講究用典、精於對偶，尤其突出地體現江

〔註230〕 詳參氏著：〈呂居仁集序〉，卷14，頁134。又，如今學界對陸游的詩學師承已有共識，即雖於江西詩派沾溉頗深，但成就遠高於一般江西詩人，且詩風格局宏富，遠非江西所能籠罩。相關研究，可參考顧易生、蔣凡、劉明今：《宋金元文學批評史》（上海：上海古籍出版社，1996），頁270～279；許總：《宋詩史》（重慶：重慶出版社，1997），頁646～650；鄭永曉：〈南宋四大家與江西詩派之關係〉，《南都學壇・人文社會科學學報》，25卷1期，2005年1月，頁80～81；沈家莊：〈論放翁氣象〉，《文學遺產》，1999年第2期，頁36～45。

〔註231〕 許總：《宋詩史》（重慶：重慶出版社，1997），頁654。

〔註232〕 王琦珍：〈中興四大詩人比較論〉，《江西師範大學學報・哲學社會科學版》，1990年第4期，頁21。

〔註233〕 如作於紹熙五年（1194）的〈贈應秀才〉（卷31，頁2115）云：「我得茶山一轉語，文章切忌參死句」；作於紹熙三年（1192）的〈示兒〉（卷25，頁1791）云：「文能換骨無餘法，學但窮源自不疑。齒豁頭童方悟此，乃翁見事可憐遲！」作於嘉泰二年（1202）的〈夜吟〉二首之二（卷51，頁3067）云：「六十餘年妄學詩，功夫深處獨心知。夜來一笑寒燈下，始是金丹換骨時。」

〔註234〕 詳參氏著：〈跋陵陽先生詩草〉，卷27，頁239。

西詩派的影響。宋末方回云:「山谷最善用事,以孔門變化雍、由譬接花,而繳以《莊子》揮斥語,此江西奇處,……曾文清、陸放翁、楊誠齋皆得此法。」〔註235〕指出陸游善於用典與江西詩派的淵源關係。劉克莊亦指出:「近歲詩人,雜博者堆隊仗,空疏者窘材料,出奇者費搜索,縛律者少變化。惟放翁記問足以貫通,力量足以驅使,才思足以發越,氣魄足以陵暴。南渡而後,故當為一大宗。」〔註236〕這種以深厚學養為詩歌創作的基礎的作風,正是江西詩派所強調者。〔註237〕錢鍾書更曾舉例說明陸游或用江西詩人爛熟之典,或染有江西詩派「釋氏事對釋氏事,道家事對道家事」的作風。〔註238〕日本學者也認為,即便在陸游晚年的作品中,「就其表現出超群精妙的對句構成所顯示的修辭鍛鍊來看,仍活躍著江西派的影響。」〔註239〕

　　陸游在晚唐詩人中最直接地稱譽的是許渾。〔註240〕而許渾詩最重要的特徵即在於律詩對偶的工整勻穩:「人名、宮室、器物、飲食、人倫、方位、文事、干支,在許渾詩中無不成對;就形式而言,實字、

〔註235〕　《瀛奎律髓》評黃庭堅〈和師厚接花〉語。元・方回選評,李慶甲集評校點:《瀛奎律髓彙評》(上海:上海古籍出版社,2005),卷27,頁1166。

〔註236〕　宋・劉克莊撰:《後村詩話前集一卷後集二卷續集四卷新集六卷》,前集卷2,頁9b~10a,收入《原刻景印叢書集成續編》(臺北:藝文印書館,1970)。

〔註237〕　鄭永曉:〈南宋四大家與江西詩派之關係〉,《南都學壇・人文社會科學學報》,25卷1期,2005年1月,頁80。

〔註238〕　氏著:《管錐編》(北京:中華書局,1999),頁534、1246、2304。又,關於《管錐編》中評論陸游的面向,可參鄭永曉:〈《管錐編》論陸游舉隅〉,《南都學壇・人文社會科學學報》,31卷3期,2011年5月。

〔註239〕　【日】前野直彬主編,駱玉明、賀聖遂等譯:《中國文學史》(上海:復旦大學出版社,2012),頁125。

〔註240〕　其〈讀許渾詩〉(卷82,頁4398)云:「裴相功名冠四朝,許渾身世落漁樵。若論風月江山主,丁卯橋應勝午橋。」〈跋許用晦丁卯集〉(卷28,頁251)云:「許用晦居於丹陽之丁卯橋,故其詩名《丁卯集》。在大中以後,亦可為傑作。自是而後,唐之詩益衰矣。」

虛字、聯綿字、疊字、雙聲、疊韻，無不可對。」〔註241〕而對偶的整煉，正是陸詩藝術成就的亮點之一，他在這方面應也受到許渾極大的啓發。

此外，陸游也借鑒了晚唐詩人工細韶秀的寫景作風。錢鍾書指出：「放翁五七律寫景敘事之工細圓勻者，與中晚唐人如香山、浪仙、飛卿、表聖、武功、玄英格調皆極相似，又不特近丁卯而已。」〔註242〕王水照、熊海英也認爲，陸游詩寫景「專務眼處生心」，用力於錘鍊字句、組織對偶，佳者自然清疏婉麗，淺而有韻，在技法上也與晚唐詩白描寫景，「琢句清好」、用力於中間兩聯的作法相似。其詩清新刻露、靈動宛轉的一面也近於晚唐風格。〔註243〕

由於篇幅與論旨的限制，我們在此不便詳論陸游對上述詩人所有可能的借鑒面向；以及所以喜愛、學習他們的原因。以上的梳理旨在說明，陸游對前人的詩藝，兼具「平易」與「精工」的學習取向。這種作法與陸游既反對雕琢太甚，又仍注重鍛鍊的詩歌審美觀相通，〔註244〕可說是這種審美觀的反映。而對中唐以後講究鍛鍊之詩風的多所吸收與融會，直接導致陸詩與以簡淡清疏爲突出特點的陶、王、孟之詩異趣，經常展現工緻而不失平易曉暢的風貌。

〔註241〕羅時進：《晚唐詩歌創作格局中的許渾創作論》（西安：太白文藝出版社，1998），頁235。

〔註242〕《談藝錄》（北京：中華書局，1999），頁124。

〔註243〕〈陸游詩歌取徑探源——錢鍾書論陸游之一〉，《中國韻文學刊》，20卷1期，2006年3月，頁4。

〔註244〕陸游雖不反對詩歌創作的合律工整，但極力反對過度的藻繪。但陸游的詩學思想與詩歌實踐中，苦吟雕琢之風並不能完全免除，而呈現某種矛盾性。相關研究詳參楊理論：《中興四大家詩學研究》（北京：中華書局，2012），頁212～217。

第八章　陸游田園詩與范成大、楊萬里的比較及其對後代的影響

　　在之前的四章，我們探討的重點是陸游對前代田園詩在內涵主旨和語言藝術方面的開創，第八章則將研究陸游與同時大家——范成大（1126～1193）、楊萬里（1127～1206）——的田園詩相較到底有什麼特點，以及陸詩對後代的影響情形。前者的觀察視角是共時的，後者的觀察視角則與第四至第七章一樣，是歷時的。我們希望透過這兩大觀照角度，更全面地認識陸游在田園詩史上的地位。

　　在南宋詩史上，陸游、楊萬里、范成大、尤袤的合稱——「中興四大家」或「中興四大詩人」——為人耳熟能詳。〔註1〕其中除了尤袤詩的影響在元代後已然湮沒之外，〔註2〕陸、范、楊向來被公認為南宋中期詩壇的代表性人物。但三人雖然並稱，卻並非同屬一詩歌派別。他們被並舉的原因主要是在乾、淳詩壇優異的創作成績與崇高的

〔註1〕　關於「中興四大詩人」之合稱的定型過程，與其中成員的演變經過，詳參胡建升：〈南宋「中興四大詩人」來歷考〉，《中國典籍與文化》，2006 年第 4 期，頁 84～86；楊理論：《中興四大家詩學研究》（北京：中華書局，2012），頁 1～4。

〔註2〕　元代以降，尤袤其人與詩集均未受實際的重視，偶被提及，也只是沿襲楊萬里、方回的說法，將他作為三大家的陪襯而已。關於尤袤生前身後詩名的落差，及其原因所在，詳參張仲謀：〈詩壇風會與詩人際遇——尤袤詩論略〉，《文學遺產》，1994 年第 2 期，頁 60～65。

聲譽。〔註3〕

現代學者進一步指出，陸、范、楊之詩均有既受江西詩派影響，又有改造甚至突破江西詩派的共同取向。這種共同取向突出地表現在以下兩方面：在詩歌靈感與題材的來源上，由書齋典籍、個人生活等較封閉的領域，轉向廣闊的社會與自然，〔註4〕因此詩集中均有大量描寫山川風物或田園景物之詩；在創作方法上，則由重「人工」轉為尚「天巧」。〔註5〕

少數學者則提及：這三位詩人在田園詩史上都佔有重要地位。例如劉蔚指出從簽定隆興和議（1165）到開禧北伐（1206）的四十餘年，既是南宋相對繁榮、穩定的時期，也是南宋田園詩的繁盛期，出現了陸游與范成大、楊萬里等重要詩人。〔註6〕她也指出，「范詩仍以展示農村的風土人情為主要旨趣」；「（楊詩）以藝術再現農村自然風物為主要旨趣」；「陸游田園詩與范、楊二人略有不同，它們以再現詩人自

〔註3〕 四家之詩，各有特點，這是他們在最初被並稱時就被認識到的。例如楊萬里云：「余嘗論近世之詩人，若范石湖之清新、尤梁溪之平淡、陸放翁之敷腴、蕭千巖之工致，皆予之所畏者云。」（〈千巖摘稿序〉，宋・楊萬里撰，辛更儒箋校：《楊萬里集箋校》，北京：中華書局，2007，卷81，頁3281）姜夔引尤袤所云：「近世詩人，喜宗江西。溫潤有如范致能者乎？痛快有如楊廷秀者乎？高古如蕭東夫，俊逸如陸務觀，是皆自出機軸，亶有可觀者，又奚以江西為？」（宋・姜夔撰，夏承燾校輯：《白石詩詞集》，北京：人民文學出版社，1959，詩集自序一）。楊、尤為了表示謙虛，因此在四大家中都去掉了自己。但兩人所論，確實指出了尤、楊、范、陸詩歌風格的顯著不同。

〔註4〕 楊理論即試圖「圍繞師江西與破江西這一對反題，勾勒四大家師法江西到走出江西的詩學歷程」，並以「外向型」概括「中興四大家」的詩學特徵，指出此特點乃因矯正「江西末流日益將詩歌表現範圍局限於逼仄的書齋，惟知到書本中去尋求作詩的素材和靈感」的作風所致。詳參氏著：《中興四大家詩學研究》（北京：中華書局，2012），頁209～211。

〔註5〕 關於陸、楊、范詩歌的此種共同點，詳參前揭《中興四大家詩學研究》，頁212～218；呂肖奐：《宋詩體派論》（成都：四川民族出版社，2002），頁170。

〔註6〕 氏著：《宋代田園詩研究》（北京：人民文學出版社，2012），頁30。

己的鄉居生活爲主要旨趣」。〔註7〕這些概括中，除了「旨趣」應換爲「題材」較爲合宜以外，基本上是準確的。然而，應該補充的是，陸游其實也有極多詩篇涉及農民生活、田園風景。〔註8〕陸游不僅是三大家中田園詩創作數量最豐富的，題材的含括面也是最多樣的。

　　關於陸、范、楊的異同，劉氏所論僅止於題材的層面，探討的維度比較有限。顯然，在三人田園詩整體風貌的差異方面，還存在著廣闊的研究空間。本章第一、二小節的寫作目的，即在於釐清三人田園詩在內涵特徵、語言風格、美感效果等方面的總特點，並比較與此總特點相關的藝術特色，繼而探究彼此異同的原因，以期理解陸詩的特殊成就。

〔註7〕　詳參前揭：《宋代田園詩研究》，頁 30～31。

〔註8〕　吉川幸次郎曾總結陸詩反映的農村生活云：「首先是四季農耕的情形，還有春節、端午、慶祝豐收等傳統節日。結婚、納稅、交不出稅而逃亡的『逋戶』（《劍南詩稿》，卷五十九，下同）、鄉村醫生（卷五十九）、陸游自己也是其中之一的藥鋪老闆（卷七十二）、鑲齒的牙醫（卷五十六）、裁縫鋪（卷三十九）、帽子店（同上）、賣薪翁（卷六十九）、入夜尚鼓聲嘈雜以招徠顧客的酒肆（卷六十四）、和尚（卷四十）、相面人（卷二十九）、卜者（卷三十二）、演戲或講經說書（卷二十七、三十二、三十三、五十三、六十八、八十）、老演員（卷二十六）、爲了告訴人們農耕開始的時間而在清晨五時敲響的鐵板（卷二十）、農村聚餐（卷四十五）、被叫作『客』的農忙時節的幫工（卷六十六）、修路（卷四十五）、村童、十月開學以《百家姓》等爲教科書的村塾（卷二十二、二十五）、茶館（卷七十七）、客棧（卷六十一）、新婚翌日被徵當兵的新郎（卷六十九）、村民的糾紛（卷六十二、七十）、盜賊（卷二十四、六十），等等。淋漓盡致地展現了十二二三世紀浙江東部農村的生活場景。」結論是：「從陶淵明以後，歌詠農村的『田園詩人』並不少，但沒有一個詩人能像陸游那樣多方面、多角度地從感覺上去捕捉、反映農村的生活。」（【日】吉川幸次郎著，李慶、駱玉明等譯：《宋元明詩概說‧宋詩概說》，上海：復旦大學出版社，2012，頁 107～108。）雖然陸游從農民日常生活各面向取材的詩並未以大型組詩的型態呈現、或如〈四時田園雜興〉那樣具有依四季順序展開的「系統性」，因此也就不像范詩那樣能令讀者產生「把一年四季的農村勞動和生活鮮明地刻劃出一個比較完全的面貌」（錢鍾書：《宋詩選注》，北京：生活‧讀書‧新知三聯書店，2003，頁 312。）的鮮明印象，但從詩歌的總體來看，陸游的農村生活描寫纖悉盡錄、不避鄙俚的程度，實與范成大不相上下。

　　必須先說明的是，雖然本章基本的研究策略與前面幾章類似，亦即將陸游詩與其他詩人之詩加以比較，並以其他詩人之詩爲參照點，彰顯陸詩之特色所在；但是由於作爲參照點的詩人不同，所以研究進行的具體方式也有所不同。

　　在論文的第二章，我們對作爲陸詩參照對象的東晉至北宋田園詩，主要只針對發展脈絡作重點式的梳理，而並未總結出「各個時代」在內涵特點、語言風格等方面的「總特色」。之所以採取這種作法，主要是基於兩個考量。一，希望能彰顯陸詩對田園詩各種傳統脈絡的承衍情況，並突出陸詩對既有創作格局的多方開創。二，「總特色」的發現必須兼顧「本身情形的歸納」與「和他者的比較」。在各個時段田園詩總量如此龐大、作者的身分與創作目的也比較龐雜的情況下，歸結出各期詩歌總特色的難度之高可想而知。倘若勉強爲之，也將因爲難以細緻分析論證而招致籠統、空疏的質疑。

　　但本章第一、二節的任務在於比較陸游與范成大、楊萬里之田園詩，由於對象有限，個別詩人的總特色因此比較容易凸顯出來。其實已經有學者探討過陸、范、楊三家「全部」詩的總體特色了，他們的研究成果可以作爲我們進一步釐清其「田園詩」總特點的重要基礎。

　　將陸游與同時的田園詩（或「景物詩」）著名詩人相對照，實爲一種饒具價值的研究方式。其意義在於：首先，有助於認識陸詩在南宋田園詩史的價值與地位。其次，能從「共時比較」的角度，對陸詩的特點作一種更全盤的掌握。

　　三家田園詩的特色，實根植於陸、范、楊三人詩歌創作的總體個性。在南宋三大家中，陸詩內涵與形式方面的基本特點爲：表達內容富於情感，或者說重視發揚情感；〔註9〕並且十分注意詩的形

〔註9〕此點爲吉川幸次郎所提示，其說云：「陸游的詩具有先天的熱情，加上後天修來的廣泛的視界，二者相結合而產生一種可能更重要的特色。他固然是個熱情的人，但他的視界並不因熱情而受到蒙蔽或局束；那麼，當熱情在無局無束的視界裡，自由自在地發揮作用時，無疑會更廣泛更深刻地掌握並反映現實。這就是陸游詩的第三種特色。不過，他卻不想

式效果。〔註10〕范成大詩的基本特徵在於主觀的情感或思想意識的節制，與語言表達的工穩適度。〔註11〕這兩方面使其詩呈現精工穩健的格調。楊萬里詩的基本精神則在於「趣」，它得自以悟性穿透事物表象的思維活動，並且呈現爲活潑無拘束、自然天成的境界與美感。〔註12〕他們的田園詩作爲其詩的一分子，也具有上述的主要特徵。因而其田園詩的具體面向與其相關細節，如內涵特點、物我關係、感染力強弱和語言風格等方面，自然也呈現不小的區別。以下將分別析論之。

第一節　范成大田園詩與陸詩的比較

范成大（1126～1193）以大型組詩〈四時田園雜興〉六十首享譽古今，向來被視爲南宋田園詩的代表。在現代的文學研究視域中，他也經常被譽爲宋代唯一能接武陶淵明、王維等著名田園詩大家的詩人。因此，我們在衡定陸游在南宋田園詩史地位的過程中當然不可能略過與這位作者相關的討論。

以冷靜的抽象觀念來處理多面的視界，歸納廣泛的見識。他似乎覺得唯有感性的現實認識，才適合他那身體力行的積極性格。他這種特殊的傾向，在他晚年住在鄉村期間，越顯得活潑起來。」詳參【日】吉川幸次郎著，鄭清茂譯：《宋詩概説》（臺北：聯經出版事業股份有限公司，2012），頁185。本文此處所論，曾受其啓發。

〔註10〕章培恆、駱玉明主編：《中國文學史新著》（上海：復旦大學出版社，2007），頁272。

〔註11〕此論點層參考趙仁珪：《宋詩縱橫》（北京：中華書局，1994），頁256。

〔註12〕關於「趣」的解釋參考陳伯海：〈「味」與「趣」——試析詩性生命的審美質性〉，氏著：《中國詩學之現代觀》（上海：上海古籍出版社，2006），頁241。「趣」爲楊萬里詩核心的説法，則參考熊海英：〈詩歌審美範疇的全新開拓——論『誠齋體』主於『趣』〉，《江南大學學報・人文社會科學版》，11卷3期，2012年5月，頁100。按：熊氏指出：「楊萬里的詩給人有趣的感覺，已有許多論者撰文賞析其詩中之理趣、諧趣，或把『趣』與『新』、『活』、『快』、『俗』等總結爲『誠齋體』的審美特徵或是『活法』的特點。在我看來，『趣』與『新、活、奇』等不是並列關係，『趣』實爲楊萬里開闢的一個全新的詩歌審美範疇，它涵蓋著『誠齋體』的一系列審美特徵。」並對之展開詳細論證。其説甚有見，故從之。

　　范、陸兩人青年時期即已結識，〔註13〕但比較密切的來往是在
淳熙二年（1175）至三年（1176）。當時陸游爲四川制置使司參議官，
范成大爲四川制置使、知成都府，兩人爲上司與僚屬的關係。此期兩
人唱酬詩文雖多，但帶有較明顯的不平等性。范成大幾乎不主動與陸
游唱酬往來。而陸游所唱酬之范詩，大抵爲范日常之詩，並非專門爲
唱酬而作。〔註14〕淳熙四年，范成大因病離蜀，此後兩人未再見面，
而且詩文往還大幅下降，范成大再也沒有詩文寄給陸游，陸游也只是
偶然在詩中述及范成大。〔註15〕

　　楊理論將范、陸的交情概括爲「看似密切，實則疏離」〔註16〕，這
個觀察是切中肯綮的。從上述兩人詩文往還的情形已可窺知，他們的友
情其實並不深厚。范、陸在生平經歷、政治和人生態度等方面都有較大
的歧異，導致他們之間缺少共鳴，應該也在一定程度上影響兩人交誼的
深入。范成大十七歲時喪母，隔年父親也去世。身爲長子的他挑起家計，
倍極艱辛。但他自廿八歲（紹興廿四年，1154）中進士後，仕途就節節
高升，官至封疆大吏、執政之臣，直至淳熙十年（1183）因病退閒，此
後幾乎都在故鄉養老，一生堪稱平順。在對抗金人的態度方面，范氏的
態度較爲務實，主要採取積極防禦備戰的立場。〔註17〕此外，他雖然立
朝從政時氣節凜然，仁民愛物，但歸隱之志卻也常存心頭。〔註18〕因

〔註13〕據楊理論考證，范、陸定交當在紹興卅二年（1162），當時兩人宦游
　　　臨安，因共同的朋友周必大而結識。但到了隆興元年（1163）兩人
　　　同官聖政所時，才偶有唱酬往來。詳參氏著：《中興四大家詩學研究》
　　　（北京：中華書局，2012），頁28～29。
〔註14〕關於范、陸在成都時的交往有較明顯不平等性的判斷依據，曾參考
　　　楊理論前揭書，頁31。
〔註15〕關於范、陸兩人詩文往來的情形，可參考楊理論前揭書，頁29～30
　　　所列之表。
〔註16〕前揭氏著，頁31。
〔註17〕此點范成大與楊萬里較爲接近。相關研究可參考彭庭松：《楊萬里與
　　　南宋詩壇》，浙江大學2005年博士論文，肖瑞峰先生指導，頁129
　　　～130。
〔註18〕彭庭松即指出，范成大的退隱之念雖然一定程度上是由於政治上的

此在故鄉閒居之時，心境也較爲平和。

　　陸游仕途一開始時比較順利。雖然他三十四歲（1158）始出仕，卻在四年後即獲得宋孝宗特賜進士出身的殊遇。但自從隆興元年（1163）出爲鎮江府通判之後，陸游就幾乎沒有再擔任過京官，而是輾轉於江西、四川、福建等地任職，使他長期有懷才不遇之嘆。在抗金的立場上，陸游始終強烈主張北伐恢復，直至臨終時還渴望「王師北定中原」的實現。范、陸對金立場的歧異，在范成大帥蜀期間即已顯然可見。〔註 19〕從政經歷的順遂與坎坷之別，更必然造成兩人心境上的巨大差異。可以推知，生平與政治態度上的分歧導致兩人終生並未成爲心心相印的摯友。因此，他們的詩歌風格不存在共同的追求，以及彼此出現較大的歧異，也就理所當然了。以下，我們將對兩人田園詩的內容和語言風格等方面，展開具體的分析、比較。

一、內涵特徵與詩境形態

　　上文已經指出，范、陸之詩在內涵方面的總特點可以概括爲「主觀的抑制」與「情感的發揚」。這兩種特質，在彼此詩境的「物我關係」與「時空樣態」有突出、具體的表現，因此可以由這兩點進行闡釋。

　　　　傾軋而強化的，因此內心不能毫無波瀾，但相對比較輕微，不影響他「不以物喜，不以己悲」的境界。而且歸隱的念頭從他早年就存在，而不是像陸游那樣因仕途不順才有歸歟之嘆，因此無奈之感也淡化許多。詳參前揭氏著，頁 131～133。林德龍則從「早孤」的身世之變解釋范成大隱逸情懷的成因。詳參氏著：〈畸於人：一種自視與文化姿態──早期身世與交游對范成大隱者情懷形成的影響〉，《哈爾濱工業大學學報‧社會科學版》，8 卷 1 期，2006 年 1 月。

〔註 19〕例如陸游曾賦詩規勸范成大的侈於游宴之舉，因爲「關隴宿兵胡未滅，祝公垂意在尊生。」（〈和范舍人病後二詩末章兼呈張正字〉二首之一，卷 8，頁 640）又如范成大夜宴時自彭縣取牡丹至，陸游爲文志之，而不忘情京、洛（《天彭牡丹譜‧風俗記第三》，文集卷 42，頁 370）；范成大還朝時又有詩呼呼「因公併寄千萬意，早爲神州清虜塵。」（〈送范舍人還朝〉，卷 8，頁 651）但范成大均未作回應。于北山即指出：「成大在蜀期間，與務觀倡酬之作，只著重私人情誼，絕不涉及國事，尤諱言抗金問題，與務觀詩意顯相鑿枘。」（氏著：《陸游年譜》，上海：上海古籍出版社，2006，頁 218。）

（一）物我關係

所謂詩歌的「物我關係」，又稱「主客關係」，即「物」與「詩人」的相互聯繫。它的重要內容首先是「觀物方式」，即詩人觀察、感知外界事物的方式。它既是詩人描述方式的本源，也唯有藉由描述方式才能把握。

范成大與陸游觀照景物時，「主觀感覺」的涉入有明顯的區別：范「極淺」而陸「較深」。宋志軍指出：范詩「詩中之景基本上是作者親眼所見，是『觀察』所得，感覺和想象的成份很少。與之相應，在表現上多用白描和比喻，很少誇張。因此作品所體現的空間境界基本不出作者目力所及的範圍，時間則常停留於特定的『此時』。」〔註20〕這的確是范成大寫景特色的精確概括。「再現事物本來面目」成為范詩最突出的特點。

相較之下，陸詩對景物的觀照雖以直觀攝照為主，但他描述自我對景物的「感覺」或「印象」、亦即透過「主觀感受」來把握物象的痕跡還是比較明顯的。例如陸詩中擬人的現象略多；〔註21〕「聯覺」或「通感」的現象也比較常見。〔註22〕還有不少描述顯然更多地強調

〔註20〕氏著：《范成大詩歌新探》，河北大學 2001 年碩士論文，張瑞君、李蹊、韓成武等先生指導，頁 26。

〔註21〕例如「四鄰蛙聲已閣閣，兩岸柳色爭青青。辛夷先開半委地，海棠獨立方傾城。春工遇物初不擇，亦秀燕麥開蕪菁。」（〈雨霽出遊書事〉，卷 1，頁 104）「旱餘蟲鏤園蔬葉，寒淺蜂爭野菊花。」（〈西村〉，卷 13，頁 1065）「露拆渚蓮紅漸闇，雨催陂稻綠初齊。」（〈湖邊曉行〉，卷 14，頁 1155）「社燕免教嘲作客，海鷗曾是信忘機。」（〈示客〉，卷 15，頁 1184）「風花嬌作態，野水細無聲。」（〈新晴〉，卷 18，頁 1442）「處處陂水滿，家家巢燕忙。」（〈平水道中〉，卷 22，頁 1655）「林杏半丹禁宿雨，叢萱自斂避斜陽。」（〈戲詠村居〉二首之一，卷 24，頁 1757）「新茁畦蔬經宿雨，半開籬槿弄斜暉。」（〈西鄰亦新葺所居復與兒曹過之〉，卷 25，頁 1800）「數蝶弄香寒菊晚，萬鴉回陣夕楓明。」（〈步至近村〉，卷 25，頁 1819）「鶯衣濕不去，勸我持一觴。」（〈時雨〉，卷 29，頁 2024）「兒女若一家，雞犬意自閒。」（〈東西家〉，卷 37，頁 2389）等等。

〔註22〕詳參本論文的第七章第三節。

個人的感受、回憶、或出於自我的設想與「理想」、甚或夾雜著主觀評價的部份。〔註23〕這些描寫一般並不過於誇張，而且未對景物本身進行大幅改造，也不占詩的絕對主要篇幅，因此全詩的景物展示主要仍是直觀寫照式的，不像楊萬里那樣充斥對景物的大膽誇張與變形。然而，這些詩句畢竟體現一種離冷靜理性的分析、認知較遠的觀物方式。吉川幸次郎認爲陸游晚年在農村所作的詩「依賴感覺把握現實」〔註24〕，這個觀察若用以概括他的觀物方式，在一定程度上是合適的。我們對比以下三組題材相似的田園詩，就能較清楚地察覺兩者的差異。

> 雨後山家起較遲，天窗曉色半熹微。老翁欹枕聽鶯囀，童子開門放燕飛。（范成大〈晚春田園雜興〉之十，卷27，頁374）〔註25〕
>
> 日暖林梢鵓鴣鳴，稻陂無處不青青。老農睡足猶慵起，支枕東窗盡意聽。（陸游〈寓舍聞禽聲〉，卷14，頁1152）
>
> 新綠園林曉氣涼，晨炊蚤出看移秧。百花飄盡桑麻小，夾

〔註23〕例如：「山重水複疑無路，柳暗花明又一村。」（〈遊山西村〉，卷1，頁102）「笑語相聞豐歲樂，**耕桑自足古風淳。**」（〈村居初夏〉五首之二，卷22，頁1664）「路如劍閣逢秋雨，山似爐峰鎖暮雲。」（〈以事至城南書觸目〉，卷23，頁1692）「忽過亂山幽絕處，怳如白帝到東屯。」（〈江村道中書觸目〉，卷29，頁1977）「奇雲去人近，澹月傍簷低。」（〈舍西夕望〉，卷23，頁1693）「密葉成陰花寂寂，舊巢添土燕匆匆。」（〈山園雜詠〉五首之五，卷31，頁2124）「**市塵遠不到林塘，嫩暑軒窗畫漏長。**」（〈東窗小酌〉二首之二，卷37，頁2374）「一朝解風韝，靉靆蒼雲屯。我來倚拄杖，恐是辟疆園。」（〈予讀元次山與瀼溪鄰里詩意甚愛之取其間四句各作一首亦以示予幽居鄰里・夾路多修竹〉，卷39，頁2518）「再來桑落陂無水，閉門但見炊煙起。疑是**義黃上古民，又恐種桃來避秦。**」（〈西村〉，卷44，頁2723）等等。

〔註24〕【日】吉川幸次郎著，李慶、駱玉明等譯：《宋元明詩概說・宋詩概說》（上海：復旦大學出版社，2012），頁107。

〔註25〕本論文所引之范成大詩，均以宋・范成大撰，富壽蓀標校：《范石湖集》（上海：上海古籍出版社，2006）爲據。未免繁冗，以下將只標明卷數、頁碼，不再詳注。

> 路風來阿魏香。（范成大〈晚春田園雜興〉之五，卷 27，頁 373）
>
> 紛紛紅紫已成塵，布穀聲中夏令新。夾岸桑麻行不盡，始知身是太平人。（陸游〈初夏〉十首之一，卷 32，頁 2145）
>
> 步屧尋春有好懷，雨餘蹄道水如杯。隨人黃犬攙前去，[註26]走到溪邊忽自回。（范成大〈春日田園雜興〉之九，卷 27，頁 372）
>
> 舍前舍後養魚塘，溪北溪南打稻場。喜事一雙黃蛺蝶，隨人來往弄秋光。（陸游〈暮秋〉六首之四，卷 59，頁 3410）

第一組詩同樣寫到暮春之際、睡足未起、臥聽鳥鳴的經驗，范成大鎖定在各種物象表象作觀察、描繪；陸游則由鵯鶋的鳴叫彷彿感受到「日暖林梢」、喚起稻陂青翠一片的想像。第二組詩寫春去夏來，范成大以「百花飄盡桑麻小」、「新綠園林」這樣客觀平實的詩句描寫類似的景色。陸游則以「紛紛紅紫已成塵」強調季節遞嬗之際景物變化明顯，又以「夾岸桑麻行不盡」凸顯桑麻之盛多，傳達的主要都是概略的印象。第三組詩都寫到小動物隨人行動的情景，范成大純粹白描黃犬的行動細節，筆觸細緻而質實，沒有越出眼前所見。陸游眼中的黃蝶則既「喜事」又「弄秋光」，充滿與人相親的活潑情趣。

其次，詩中的「物我關係」還包括「詩人情感態度、個人形象的顯隱」，即詩中主體性的顯隱，它既與觀物方式呼應，也關聯到物、我在詩中的比例差異，從而對詩境的形態也有所影響。在個人態度或情感流露上，同樣也是范極淡薄，陸較明顯。范成大詩在真實、細膩

〔註26〕魏耕原《唐宋詩詞語詞考釋》（北京：商務印書館，2006）頁 434 指出「攙」有「搶先」、「搶奪」之意，並以范成大〈峽石鋪〉的「后皇嘉種不易熟，野草何為攙歲功」、楊萬里〈小舟晚興〉的「一船在後忽攙前，前後篙師各槳然」證明。其實范成大的「隨人黃犬攙前去」一句中的「攙」也可為論證之例。又，「攙」若有「搶奪」之意，則擬人色彩較強（如「野草何為攙歲功」），若只是「搶先」之意（如「一船在後忽攙前」）則只作副詞用，擬人效果並不明顯。「隨人黃犬攙前去」中的「攙」即為「搶先」之意。

的景物描寫中，很難看出主觀態度的明確傾向性。例如〈四時田園雜興〉中，即便有兩、三首詩觸及農民的疾苦情狀或官員的聲勢，但仍給讀者冷靜、客觀的印象，諷喻意味非常隱微。〔註27〕這主要是因為此類詩篇不僅並無直接的批判語言，而且篇幅極少，還被織入一片以活潑清新為基調的風俗圖錄中，這都大幅沖淡了其諷喻色彩。

日本學者大西陽子如此形容范成大紀行詩的閱讀效果：「作者的觀點一直是對著外在的景物，映入范成大眼中的景觀給人一種如映象般連續展開的感覺。」〔註28〕這種特點同樣在范氏的田園詩中有充分體現。喬力如此評價〈四時田園雜興〉：「以基本上平視切近而全方位的角度，直面描繪出一幅宋代江南農村的真實長卷」。〔註29〕從這些評論不難體認到，這種盡可能客觀的視角與筆調一方面能細膩逼真地展現景象的本來面目，另一方面也導致個人觀點的潛隱甚至退場。

范成大的田園詩更是幾乎不見個人情感的流露。這與他客觀冷靜的觀物方式是互相呼應的。其詩的情感因素與其說體現在文本本身，毋寧說潛藏於文本背後。誠如程杰所指出的：范詩「作為閒居生活的產物並非沒有傳統田園詩的超逸情調，但這種超逸意義並不出以意境的營構和山水的象喻，而是體現在創作活動本身的文雅情調上。只因為有著一份閒情逸致，才有對風土人情的優雅玩味和敘錄。……也就是後人所稱讚他的『雜綴園亭，經營草木，鄉居瑣事，吳俗歲華，亦

〔註27〕程杰即指出：「范詩也並非沒有對民生疾苦的反映，……但是這種反映並不是出於明確的諷喻目的，也毫無直截的批評語言。像『無力買田聊種水，近來湖面亦收租』、『黃紙蠲租白紙催，皂衣旁午下鄉來』之類貌似批評、揭露的語句，都不難使人們感受到其中平淡、冷靜的客觀性。詩人是把它們作為風俗長卷中的細節來加以描寫的。」〈論范成大以筆記為詩〉，氏著：《宋詩學導論》（天津：天津人民出版社，1999），頁331。

〔註28〕氏著：〈范成大紀行詩與紀行文的關係〉，《南京師大學報·社會科學版》，1992年第2期，頁46。

〔註29〕氏著：〈說石湖集的兩組大型組詩〉，《東南大學學報·哲學社會科學版》，9卷6期，2007年11月，頁109。

足以陶寫塵襟，流傳佳話，雅人深致，故自不凡。』」〔註 30〕范詩的情感因素是由整組詩認知角度和表現方式的源頭透露出來的，非常隱微不顯。讀者要把握它，甚至必須經過某種程度的「抽象」，而很難從字面看出來。

　　陸游在情感流露上則與范成大形成鮮明對比。在陸詩中，詩人對所經見的各種事物的欣賞態度、盎然意興與深厚情感往往表現得非常突出。描寫個人田園生活爲主的詩篇，也多能自抒胸臆，以眞率見長。〔註 31〕

　　范、陸既然在主觀情感態度的流露有隱、顯之分，其詩在詩人形象的顯隱自然也呈現顯著差別。范成大田園詩基本上只有平實細切的景物描繪，而沒有「我」。他往往只在首或尾輕微地點出個人的行蹤或感慨，並以多數的篇幅與更質實細緻的筆調，專注於描寫景物本身。在他的代表作〈四時田園雜興〉六十首與〈臘月村田樂府〉十首兩組大型組詩中，「我」的退隱的傾向尤爲鮮明。由這兩組詩的詩前小序可知，它們一是詩人「野外即事，輒書一絕」的成果，一是他在歲暮「往來田家」所得，寫的都是親身見聞，但在詩中詩人的形象卻幾乎是潛隱的。

　　〈四時田園雜興〉六十首中，以記敘農家生活爲主的詩篇約有十七首；以純粹寫景爲主的詩篇則有十二首，總共約佔全詩總數的一半。這兩類詩裡，作者的自我形象與眞實感情當然是隱晦的。少數詩篇雖然也摻入或表達士大夫特有的生活情趣，並出現「閒客」、「潛夫」等文士形象，〔註 32〕但所寫的是否即爲「詩人本身的生活情趣」，也

〔註 30〕〈論范成大以筆記爲詩〉，氏著：《宋詩學導論》（天津：天津人民出版社，1999），頁 331。

〔註 31〕關於這方面，我們將在接下來對范、陸之詩「感染力的來源」的比較中，作更詳細的闡述，此處不贅。

〔註 32〕例如〈春日田園雜興〉之一、九；〈晚春田園雜興〉之五、九；〈夏日田園雜興〉之八；〈秋日田園雜興〉之七、十；〈冬日田園雜興〉之六等。

令人不無疑問。原因主要有兩點。一是整組詩以客觀、旁觀的敘述口吻為主；部份詩篇甚至採用了「代言」的手法，〔註33〕即站在農民的立場、角度，並以他們的語氣言情敘事。所以此類詩篇摻雜其間，其中的生活情趣或是彷彿同為「被敘述」的對象；或是彷彿同為「代言」的表現。二是此類詩篇的筆調依舊以客觀冷靜為主，也並未出現能標示詩人的特殊個性的事物。以上種種，都使詩中所寫與詩人「個人經驗」的關係拉遠了。

〈臘月村田樂府〉十首的寫作目的在於「識土風」，即對風土民情作徵實的紀錄。較早的作品如〈樂神曲〉、〈繰絲行〉、〈田家留客行〉、〈催租行〉、〈後催租行〉等詩則繼承王建等人樂府詩的旁觀立場與場景客體化筆法。在這些作品中，詩人的個人觀點、感受同樣隱沒不顯。

陸游詩則與范詩成為明顯的對比，它相當強調自我的形象、觀感與經驗過程。在陸詩中，田園、農村的描寫往往伴隨著詩人身臨其境的姿態、感受與思維。例如陸游經常在開篇點出自我的位置，從而設定景物被觀察、呈現的特定視角，也凸顯了「觀看者」的存在。〔註34〕他也常隨著自我的視聽聞見、行蹤所至來鋪展景致、帶出景物的變換。〔註35〕他還往往頗為詳細地交待自我徜徉田園間的姿態、心

〔註33〕關於〈四時田園雜興〉六十首中代言現象的研究，可參考劉蔚：〈論范成大田園詩的代言體特徵〉，《福建論壇》，2004 年第 5 期。

〔註34〕如「倚杖柴門外，踟躕到日斜」、「日落溪南生暮煙，幅巾蕭散立橋邊」、「茶甌無端廢午眠，杖藜信步到門前」、「雨餘溪水掠堤平，閑看村童戲晚晴」、「舍北橋東幽事多，老夫飯飽得婆娑」等。

〔註35〕如「歌呼草市知人樂，簫鼓叢祠喜歲穰」、「酒似粥醲知社到，餅如盤大喜秋成」、「醉叟臥途知酒賤，耕農滿野喜時平」、「煙收見石帆，雨霽望臥龍」、「茅簷日落聞舂相，荻浦煙深有棹歌」、「閑伴鄰翁去荷鉏，林疎歷歷見村墟」、「酒賤柳陰逢醉臥，土肥稻壟看深耕」、「意行舍北三叉路，閑看橋西一片秋」、「閑投鄰父祈神社，戲入群兒鬥草朋」、「興闌卻覓橋邊路，數點歸鴉已帶昏」、「最喜夕陽閑望處，數家垣屋鎖煙霏」、「所欣行藥處，秧稻遍村村」、「煙浦白鷗迎鼓枻，漁村紅樹入憑闌」、「孝經章裏觀初學，麥飯香中喜太平」、「荻叢缺處見漁火，蓬戶閉時聞紡車」、「社

情、過程，〔註36〕在「引領」讀者神遊詩中畫面的同時，也不吝分享身為「導遊」的自己遊覽前後的感受狀態或轉換。尤其特別的是，詩中充斥著「放翁」、「老夫」、「老子」、「吾」、「我」之類的自稱。〔註37〕這種種表現，使其自我形象成為難以令讀者忽略的存在。雖然他較少將主觀情感、意念直接投射到景物上並使之變形，但其詩「有我」的特徵依然是明顯的。莫礪鋒指出，「陸游寫景時往往是以自我為主導」〔註38〕，「綜觀陸游的全部寫景詩，他所描寫的都是斯人斯時的

鼓賽秋聞坎坎，塔燈照夜望層層」、「林深未見果蔬地，舍近先聞雞犬聲」、「經行更有欣然處，四野鉏耰滿夕陽」、「春郊無處不堪行，滿路人家笑語聲」、「月落見收綱，燈青聞踏機」。

〔註36〕如「新換單衣細葛輕，翛然隨處得閒行」、「偶從北崦繚東崗，曳杖行歌踏夕陽」、「倚杖柴門外，踟躕到日斜」、「就陰時小息，尋徑復微行」、「閒入鄉人賽神社，時從長者放魚行」、「病去身輕試杖藜，滿村蕎麥正離離」、「借得漁船泝小谿，繫船浦口卻扶藜」、「腰痛今朝愈，褰裳野興長」、「蔓絡疎籬草滿塘，飽嬉聊復步斜陽」、「湯沐身輕念出遊，近春原野靄煙浮」、「浮雲飛盡見青天，挂杖閒拈瘦倚肩」、「村深日暖單衣夾，路轉沙平兩屨輕」、「閒身有樂事，倚杖看農耕」、「飽來捫腹繞村嬉，北陌東阡信所之」、「耳目康寧手足輕，村墟草市徧經行」、「飯飽逍遙信所之，芟塘蔬圃遍遊嬉」、「行歷茶岡到藥園，卻從釣瀨入樵村」、「輿似雞栖寄兩竿，山程三月尚春寒」、「過埭維舟古柳根，卻扶拄杖入煙村」等。

〔註37〕如「雲罷魚鱗襯夕陽，放翁繫纜水雲鄉」、「放翁病起出門行，繅女窺籬牧豎迎」、「放翁老憊扶藜杖，也逐鄉人禱歲豐」、「記取放翁扶杖處，渚蒲煙草濕黃昏」、「柳暗人家水滿陂，放翁隨處曳笻枝」、「老夫郊居多樂事，脫巾未用歎蒼華」、「老夫維小艇，半醉摘藤花」、「舍北橋東幽事多，老夫飯飽得婆娑」、「老夫亦與人同樂，醉倒何妨臥道傍」、「誰知老子裝回意，絕愛山橫淡靄中」、「路入東關物象奇，角巾老子曳笻枝」、「老子無心老尚狂，山程隨處寄倀倀」、「試覓誅茆地，吾將遺子孫」、「臘月風和意已春，時因散策過吾鄰」、「太平氣象吾能說，盡在鼕鼕社鼓中」、「從此夢遊端有地，淵明不獨愛吾廬」、「秔山千載翠依然，著我山前一釣船」、「我有素紈如月扇，會憑名手作新圖」、「我亦思卜鄰，餘地君勿慳」、「野人知我出門稀，男輟鉏耰女下機」、「出郭並湖無十里，我歸蟹舍過魚梁」等。

〔註38〕氏著：〈論陸游寫景詩的人文色彩〉，《社會科學戰線》，2011 年第 9 期，頁 216。

眼中之景」〔註39〕。就陸游田園詩而論，這番評論基本上是準確的。

　　吉川幸次郎評論范成大詩時認為，由於范氏身居高位，「對於農民的生活所持的態度，與陸游相比，不可避免的是旁觀的。」〔註40〕倘若直接觀察其詩，也能獲得類似的印象。而這種「旁觀」的態度，顯然與個人參與程度的淡化與觀點的斂抑密切相關。總之，在范詩中「客體」被極大地強調，主體則隱微不顯。而陸詩則較凸顯主體經驗的個人性，並呈現「主客共存」的格局。也就是說，陸游雖然也憑自我印象攝取景物，或藉由想像略加美化，但仍以寫實為主；詩中既有主觀情感的流露，但同時客體的原貌也未遭受太大的干涉或變形。因此，主、客間的關係是並重且和諧的。

（二）時空樣態

　　詩歌中的時間與空間既是現實的反映，又不完全等同於現實的時空。它「是經過藝術家審美觀照和審美處理之後的時空，是客觀再現和主觀表現對立統一的審美時空」〔註41〕。因此，范成大與陸游既然觀物方式不同、主觀流露與表達的程度不同，他們詩中的時空型態也就呈現較大幅度的差異。

　　與范成大冷靜、客觀的觀照方式相關聯的是，其詩中時空偏於狹窄，基本上不出於「此時」與「此地」的範圍。

　　在〈四時田園雜興〉六十首中，部份詩篇甚至彷彿以靜止的鏡頭觀察一個「角落」。例如〈晚春田園雜興〉之三：「蝴蝶雙雙入菜花，日長無客到田家。雞飛過籬犬吠竇，知有行商來買茶。」〔註42〕〈夏日田園雜興〉之一：「梅子金黃杏子肥，麥花雪白菜花稀。日長籬落無人過，惟有蜻蜓蛺蝶飛。」〔註43〕〈秋日田園雜興〉之一：「杞菊

〔註39〕同前注，頁221。
〔註40〕氏著：《宋元明詩概說・宋詩概說》（上海：復旦大學出版社，2012），頁111。
〔註41〕李元洛：《詩美學》（臺北：東大圖書股份有限公司，1990），頁373。
〔註42〕卷27，頁373。
〔註43〕卷27，頁374。

垂珠滴露紅,兩螢相應語莎叢。蟲絲冒盡黃葵葉,寂歷高花側晚風。」
〔註44〕詩人的觀察角度彷彿停留在農家門前或籬落附近,靜觀其中發
生的小小變化或動靜。又如〈秋日田園雜興〉之三與之四,觀察的對
象更集中到了一隻「橘蠹」與一隻「結網蜘蛛」或「蛛網」之上。其
視境微小之極,其觀察也細膩之至。其他詩篇雖不至於如此極端,但
普遍空間不夠廣闊,時間跨度也非常有限。

范成大不僅在七絕這種短小的體裁裡寫「小空間」與「特定時
刻」,在篇幅較長的「七古」中也不改此種作風。例如〈臘月村田樂
府〉十首中的〈燈市行〉只寫「燈市」上所見;〈祭竈詞〉集中筆墨
寫祭灶的場景;〈分歲詞〉更只聚焦於祭祀後晚宴上各種人物心態與
言行等等。清人汪琬云:「范石湖之詩非不新也,然而邊幅則太窘矣。」
〔註45〕所謂「邊幅太窘」,應該即就其個別詩篇時空多半較狹窄、侷
促而言。

相較之下,陸詩的時空更具開闊、流動的特徵,與個人情感的聯
繫更加緊密,其「想象」的作用也更加明顯。陸游基於抒發情感、意
願或紀錄經驗感受的需要,經常在詩中引入不同的時間或廣大的空
間,甚至是未來的時間與想像的空間。先論時間部份。中國詩歌表現
的時間,「其實質是人的某種時間體驗和感覺」〔註46〕。陸詩重在主
觀情感的抒發,所以與時間流動密切相關的各種經驗感懷就成了陸詩
的重點表現對象。而「過去」、「現在」、「未來」等時態也就成爲表達
和烘托情懷的重要因素。

例如,在本文第五章探討過的「安於貧窮的志意」、「困頓失意的
感觸」等主題的部份作品中,即將「我」之今昔並置,藉由過往與如

〔註44〕卷 27,頁 375。
〔註45〕《劍南詩選‧序》。按:此書臺灣似未見館藏,故轉引自程千帆主編:
　　　　《中華大典‧文學典‧宋遼金元文學分典》(南京:江蘇古籍出版社,
　　　　1999),頁 787。
〔註46〕王向東:〈中國古典詩與時間〉,《北京社會科學》,1992 年第 3 期,
　　　　頁 109。

今的對照使深長的感慨從言外表達出來。又如在「勤勉耕作的心聲」中，詩人「以農傳家」的意願裡，時間意識更延伸到未來，從而強調了對務農的肯定，也隱隱透露承傳躬耕家風以確立自我在家族史的座標性地位的憧憬。

　　在陸游大量的記遊或敘寫日常生活之作中，「時間的流程」也表達得頗為鮮明。關於陸游此類詩歌中的敘事性，本文第七章第三節已有詳細討論，此不贅述。此外尤其引人注意的是，陸游不僅傳達關聯到自我生命的時間感知，更傳達關聯到時代、歷史、文化的時間意識。例如本文第四章討論過的「太平之樂」與「人情淳古的嚮慕」中，就不時涉及社會環境的今昔對照與民情方面的今之古風等等。於是，其詩中的畫面既有現場的時空感，又彷彿帶有超越當下的博大的時代感、歷史感，以及文化縱深感。相較之下，范成大熱衷擷取的只是農村中一般日常生活的剪影，雖然「曲盡田家況味」，達到極為周遍、瑣屑的程度，但從中卻比較難發現某種深宏的時代感受，或久遠的文化積澱。

　　在空間方面，陸詩的寫景也體現較范詩更加深廣的氣象。范成大田園詩代表作中，只有〈四時田園雜興〉的寫景成份較多。在這組詩中，雖然偶然可見如「高田」、「桃杏滿村」、「千頃芙蕖」、「水天銀一色」、「斜日低山」等較廣闊的場景，但一來這類詩句數量極為有限，乃至整組詩依然給讀者「纖悉畢登」〔註47〕的印象；二來這些景象通常並未與其他景色形成「大小」或「遠近」的明確對比，因此整片景境的「距離感」與「深度感」並不明顯。陸詩則不然。其中不僅宏闊遼遠的寫景之句比比皆是，而且他寫景更重視大景、小景、遠景、近景的搭配與對比。〔註48〕這種手法使得詩中空間的距離被拉開了、空

〔註47〕王載南評此組詩語。見於清・宋長白《柳亭詩話》，卷22，頁330，《續修四庫全書》（上海：上海古籍出版社，2002），集部第1700冊。
〔註48〕陸詩中眾多寫景佳句都具有這樣的特點。例如：「瑞草橋邊水亂流，青衣渡口山如畫。老翁醉著看龍鍾，小婦出窺閩婭姹。荒陂吹笛晚呼牛，古路倚梯晨采柘。殘花零落不禁折，香草芊茸如可

　　　　　　　　　　　　　　　　－467－

間的縱深被凸顯了；也構成三維的立體感，從而更有助於構成更具整體性的氛圍，並烘托置身其間詩人的情懷感受。〔註 49〕

再者，范成大所寫之景通常是凝定在特定時刻的、目力所及的範圍內的景色。而在陸游敘事性明顯的詩作中，則呈現「步換景移」之勢，空間的變換往往與時間的流轉緊密相一，不僅展現更爲開闊的場景，也使整段感性經驗的情境更顯鮮活具體。尤其特別的是，陸游在表達生機蓬勃的體會和與民同樂的喜悅之時，經常使用「家家」、「村村」、「處處」、「滿野」、「十里」、「百城」等指涉闊遠範圍的詞彙。這類空間其實已遠非目力所能及，而是帶有設想、甚至虛構性質的空間。其目的在於烘托出歡樂的熱烈與生意的周遍。〔註 50〕

藉。」(〈瑞草橋道中作〉，卷 4，頁 391)「蹙蹙水紋生細縠，蜿蜿沙路臥修蛇。旱餘蟲鏤園蔬葉，寒淺蜂爭野菊花。」(〈西村〉，卷 13，頁 1065)「風花嬌作態，野水細無聲。社酒家家醉，春蕪處處耕。」(〈新晴〉，卷 18，頁 1442)「蕎花漫漫連山路，豆莢離離映版扉。蒼兔避鷹投磵去，黃鵪脫網傍人飛。」(〈九月初郊行〉，卷 19，頁 1457)「故鄉風物勝荊吳，流水青山無處無。列植園林多美菓，飽鉏畦壠富嘉蔬。」(〈村居初夏〉五首之五，卷 22，頁 1663～1665)「紫葚狼籍桑林下，石榴一枝紅可把。江村夏淺暑猶薄，農事方興人滿野。」(〈江村初夏〉，卷 22，頁 1666)「奇雲去人近，澹月傍簷低。野迥羊牛下，林昏鳥雀栖。」(〈舍西夕望〉，卷 23，頁 1693)「風翻翠浪千畦麥，水漾紅雲一塢花。健犢破荒耕犁确，幽禽除蠹啄槎牙。」(〈舟過季家山小泊〉，卷 24，頁 1740)「萬里秋風菰菜老，一川明月稻花香。」(〈秋日郊居〉八首之二，卷 25，頁 1781)「草荒常日經行路，水到前村舊漲痕。黃犢盡耕稀曠土，綠苗無際接旁村。」(〈五月得雨稻苗盡立〉，卷 29，頁 2020)「雲歸岫穴千峰立，暖入郊原萬耦耕。菖葉離離豐歲候，梅花眷眷故人情。道傍孤店新醅熟，已有幽禽一兩聲。」(〈累日濃雲作雪不成遂有春意〉，卷 74，頁 4075) 等等。

〔註 49〕關於陸詩此方面的特點，可參閱本文第七章第三節的討論。

〔註 50〕陳滿銘指出：「虛實就空間來說，凡窮盡目力、寫眼前所見的，是實；而透過設想，寫遠處情況的，是虛。」「虛實就時間來說，凡是敘事、寫景或抒情，只限於過去或當前的，是『實』；透過想像，伸向未來的，則爲『虛』。」(氏著：《章法學新裁》，臺北：萬卷樓圖書公司，2001，頁 105、107～108)。因此，陸詩中對遠方情況的設想，以及對未來的期待，都屬於「虛」的範疇。

　　綜上所述可知，范、陸田園詩的物我關係有「主體不顯、客體爲主」與「主體較明顯、主客共存並重」的區別；詩中時空有「狹窄或固定，不出目力所及的範圍」與「較長久、廣遠，與主觀經驗感受的整體性、流動性、彌散性相契合」的區別。這兩方面的差異，正體現出范、陸之詩「抑制主觀情感」與「發揚主觀情感」的特徵。

　　物我關係與時空樣態的差異，也導致范詩與陸詩的詩境型態有「以實爲主」與「虛實相輔相成」之別。古代文藝美學中虛實範疇的涉及維面甚多，〔註51〕與詩境結構相關的「虛實」範疇中，「虛」指思想、感情（包括由情思或想像幻化成的虛景）；「實」指具體可感的景物或事物。〔註52〕范成大田園詩以「實」爲主，不注意虛實的相濟與相生。其中主觀的感覺、態度、情思被大幅排除，淡化到幾乎難以察覺的程度。詩人以明快的白描手法，對田園風景與生活作切近、具體、徵實的描寫，給予讀者鮮明的畫面感與寫實感，但是讀者的注意力也因此被鎖定於特定時空中的實存景物。雖然精巧的徵實描寫能帶來「驗物切近」〔註53〕的印象，但它既不及情語或情思幻化之景具有感染力，也縮減了詩意的層次感與開放性，在打開想像的通路、創造深邃的意境方面，自是遜於虛實相生之筆的。

　　清人對此已有相關的評論，如翁方綱屢次說：「石湖雖只平淺，

〔註51〕有學者對此作過專門整理，指出虛實範疇的表義主要涉及八大理論維面，包括支配文藝活動的傳統宇宙觀、文藝創造與客體對象的關係、文藝創造的具體對象、作品内容的主客關係、藝術創作的具體技法、創作主體的精神人格修養、作品的審美風貌、作品與接受者的關係等等。詳參胡立新、沈嘉達：〈虛實範疇在傳統文藝學中的表義系統辨析〉，《中南民族大學學報‧人文社會科學版》，23 卷 5 期，2003 年 9 月。

〔註52〕此處關於「虛」、「實」的說明，曾參考胡立新、沈嘉達前揭文，頁106、107。

〔註53〕宋‧方岳《深雪偶談》（頁 517）云：「范石湖〈田園雜詩〉，驗物切近，但句律太憑力氣，於唐人之藩，尚窘步焉。」收入《續修四庫全書》（上海：上海古籍出版社，2002），集部第 1694 冊。

尚有近雅之處，不過體不高，神不遠耳。」〔註54〕「石湖於桑麻洲渚，一一有情，而其神不遠。」〔註55〕李重華甚至指責道：「南宋陸放翁堪與香山踵武，益開淺直路徑，其才氣固自沛乎有餘，人以范石湖配之，不知石湖較放翁則更滑薄少味。」〔註56〕以〈四時田園雜興〉在清代的高知名度來說，這些評語針對的對象包括此組詩，應是沒有太大疑問的。胡天游在評論喬光烈〈憶江南風物〉二十首時即明言：「二十首文生於情，唐人〈楊柳枝〉、〈竹枝詞〉同是音調清遠，范石湖〈田園雜興〉非所稱耳。」〔註57〕這些評語確實是中肯的。這種素樸、親切卻情韻不深遠的美感特徵，與范成大以實筆為主的寫法有直接的關係。〔註58〕

　　在陸詩中，虛與實則相互依存、相互補充，既拓展聯想餘地，也豐厚了詩的意蘊。在「實」的規範、暗示下，「虛」更加充實，而且顯得有的放矢、情真意切；在「虛」的對照、襯托下，「實」更顯突出，而且往往被特定的意味所籠罩，全詩的意蘊也因詩意方向更加明確，而得以深化。在陸詩中，「虛」與「實」的結合使作品獲得了更為完整、深廣、和諧、含蓄的美感。〔註59〕

〔註54〕 氏著：《石洲詩話》，卷4，頁1437，郭紹虞編選，富壽蓀校點：《清詩話續編》（上海：上海古籍出版社，1999）。

〔註55〕 同前註，頁1435。

〔註56〕 氏著：《貞一齋詩說》，頁927，王夫之等撰：《清詩話》（上海：上海古籍出版社，1999）。

〔註57〕 清・喬光烈：《最樂堂文集》，卷6，頁205，收入《清代詩文集彙編》（上海：上海古籍出版社，2010），第304冊。

〔註58〕 就單首詩篇來看，范詩相較於陸詩的確顯得「神不遠」、「少味」。范成大作為當時頗富盛名的詩人，對這種「弱點」當然不會毫無認識。他之所以仍選擇如此構造詩篇，應該是因為以實為主的筆法經常是與「組詩」互相搭配的。由於「組詩」本有「系統性」的特質，一組詩中眾多詩篇的次第展開、多元顯現，以及反覆吟唱，能將情懷多角度地展現出來，（詳參李正春：《唐代組詩研究》，南京：鳳凰出版社，2011，頁357。）所以范成大既採用組詩一體，對其中個別詩篇的意蘊深度方面也就無須太注意經營。

〔註59〕 此處的論述曾得到萬金平：〈論中國古典詩詞的虛實藝術〉，《河北學刊》，32卷4期，2012年7月，頁247所論的啟發。

二、語言風格

趙仁珪指出：范成大詩歌的風格「要而言之不離楊萬里所概括的『清新嫵麗，奄有鮑謝；奔逸雋偉，窮追太白』（《石湖先生文集序》）的特徵，而這兩者的結合便是工穩適度，既不像黃、陳等那樣持重，也不像楊萬里那樣輕巧；既不像呂本中、曾幾那樣偏於流轉，也不像陸游那樣偏於激昂。他始終把自己的感情控制與表達得非常適中，所以不管以清新嫵麗出之，還是以奔逸雋偉出之，都不離精工穩健的格調。」〔註60〕我們大致同意他的總體結論。本文在此要進一步申論的是，這種精工穩健、調和折中的格調，在其田園詩中主要是藉由雅俗的兼容與適度表現出來的。

劉蔚曾云〈四時田園雜興〉六十首的語言風格為「雅俗相濟、工拙參半」。而所謂雅俗相濟，包括「一組詩」與「一首詩」兼有俚俗與高雅兩種風味的情形。〔註61〕例如陳衍評價〈春日田園雜興〉「騎吹東來里巷喧，行春車馬鬧如煙。繫牛莫繫門前路，移繫門西碌磚邊」云：「此首置之《誠齋集》中，無能辨者。」〔註62〕賀裳評〈冬日田園雜興〉「斜日低山片月高，睡餘行藥繞江郊。霜風搞盡千林葉，閑倚笻枝數鸛巢。」云：「尤澹秀可愛」〔註63〕。顯見此組詩中，有的明顯偏俗，有的傾向於雅。

但許多時候，同一首詩中亦兼容雅俗。這得力於范成大善於使用通俗的比喻或淺顯的字詞表現清麗或新鮮的意境，從而傳達閒逸情致與村俗趣味並存的村居情趣。例如「梅子金黃杏子肥，麥花雪白菜花稀。日長籬落無人過，惟有蜻蜓蛺蝶飛。」〔註64〕「肥」字頗為塵俗，

〔註60〕氏著：《宋詩縱橫》（北京：中華書局，1994），頁256。
〔註61〕〈石湖田園雜興體的藝術淵源與詩體特徵〉，氏著：《宋代田園詩研究》（北京：人民文學出版社，2012），頁200。
〔註62〕氏著：《宋詩精華錄》（上海：上海古籍出版社，2008），卷3，頁129。
〔註63〕《載酒園詩話》，頁451，郭紹虞編選，富壽蓀校點：《清詩話續編》（上海：上海古籍出版社，1999）。
〔註64〕卷27，頁374。

但全詩以景物的活潑滋長反襯村莊的寂寥無人，頗能傳達農忙時節的特有氣氛，不失巧思。又如「新霜徹曉報秋深，染盡青林作繡林。惟有橘園風景異，碧叢叢裏萬黃金。」〔註65〕前兩句用詞雅緻，後兩句稚拙可愛，寫出農村蕭瑟豐盈並存的秋之美。此外如「穀雨如絲復似塵，煮瓶浮蠟正嘗新」〔註66〕、「步屧尋春有好懷，雨餘蹄道水如杯」〔註67〕、「笑歌聲裏輕雷動，一夜連枷響到明」〔註68〕、「撥雪挑來踏地菘，味如蜜藕更肥醲」〔註69〕等句中的比喻，也都通俗易懂，但用在具體語境中卻又能與其它元素巧妙相融，顯得貼切到位，並帶有別緻且親切的美。陳友冰云：「尋常事加以改造，也可以變得新奇，土俗語置於特殊環境中，也可以變得雅致溫馨。」〔註70〕范成大的這些詩篇可謂此方面的成功之作。

值得注意的是，在范詩中語言傾向於「雅」者未往過於雕琢的方向發展，而是以白描為主，風貌清新疏淡。傾向於「俗」者也未流於村俗、粗鄙的方向發展，而展現拙中帶巧或結構精妙的特點。

其中以「雅」為主卻不過於雕琢的例子有：「雨後山家起較遲，天窗曉色半熹微。老翁欹枕聽鶯囀，童子開門放燕飛。」〔註71〕全詩筆觸清新恬淡卻構思細密：自然意象和人文意象平均分佈於四句之中，產生前後照應、一氣貫通的美感。後兩句人情物態的動靜交織，更細膩地將品味晚春光景的閒適意趣傳達出來。又如「杞菊垂珠滴露紅，兩蚤相應語莎叢。蟲絲罥盡黃葵葉，寂歷高花側晚風。」〔註72〕乍看之下短短四句就出現八個意象，但細讀即可發現在這片

〔註65〕卷 27，頁 376。
〔註66〕卷 27，頁 373。
〔註67〕卷 27，頁 372。
〔註68〕卷 27，頁 375。
〔註69〕卷 27，頁 376。
〔註70〕氏著：《考槃在澗：中國古典詩詞的美感與表達》（北京：商務印書館，2011），頁 142。
〔註71〕卷 27，頁 374。
〔註72〕卷 27，頁 375。

黃昏景色中，「兩蛩」其實是隱藏起來的，而「蟲絲」與「晚風」其實是無形的，這種似密實疏的巧妙安排，既喚起一幅清省的畫面，又能傳達秋天看似萬象繽紛，實則漸趨蕭條、走向寂靜的神韻。這些詩的取材、用詞都偏向於優美，但沒有過多的修飾。鮮明的形象與疏朗的結構傳達出一種清爽新鮮的美感。

有的詩篇則「俗」得恰到好處。例如對方言或地方諺語的使用多半頗為講究。例如「五月江吳麥秀寒，移秧披絮尚衣單。稻根科斗行如塊，田水今年一尺寬。」〔註73〕吳地四月五月間麥秀時，忽積雨變冷，人復著棉衣，俗呼為「麥秀寒」。〔註74〕范成大以之描寫農人耕作的氣候背景，「麥秀」兩字在其詩中，既能彰顯「田園」的情境，又緊密呼應「移秧」的動作，可謂運用入妙。又如「海雨江風浪作堆，時新魚菜逐春回。荻芽抽筍河魨上，楝子開花石首來。」〔註75〕後半部的前句由化用並壓縮蘇軾詩「蔞蒿滿地蘆芽短，正是河豚欲上時」〔註76〕而來，後句直接采俗諺入詩，〔註77〕卻令人渾然不覺，且精確地寫出暮春萬物勃生、活力盎然的神韻。

其他如「秋來只怕雨垂垂，甲子無雲萬事宜。穫稻畢工隨曬穀，直須晴到入倉時！」〔註78〕「蜩螗千萬沸斜陽，蛙黽無邊聒夜長。不把癡聾相對治，夢魂爭得到藜床？」〔註79〕則將俗諺之意鎔化入詩，前例取自「秋雨甲子，禾頭生耳」〔註80〕之諺又加以擴展，同時寫出農民的憂慮與希望，後例的「不把」一句取自「不癡不聾，

〔註73〕卷27，頁374。
〔註74〕周汝昌：《范成大詩選》（北京：人民文學出版社，1959），頁214。
〔註75〕卷27，頁374。
〔註76〕〈惠崇春江晚景〉二首之一，《全宋詩》，卷809，頁9374。
〔註77〕范成大《吳郡志‧土物》載：「石首魚……夏初則至，吳人甚珍之，以楝花時為候。諺曰：『楝子開花石首來，筍中被絮舞三台』，言典賣冬具以買魚也。」《吳郡志》（南京：江蘇古籍出版社，1999），卷29，頁436～437。
〔註78〕卷27，頁375。
〔註79〕卷27，頁375。
〔註80〕詳參周汝昌：《范成大詩選》（北京：人民文學出版社，1959），頁220。

不作家翁」〔註81〕的俗諺，相當於將「蜩螗」、「蛙黽」的聒噪之聲比作兒女的牢騷言語，於無奈中見其幽默與寬厚，將日常小事寫得頗富趣味。

再如〈臘月村田樂府〉十首，雖然採用大量方言俗語，乍看之下彷彿通俗樸實，如話家常；但絕非率意之作，而是顯然經過詩人的精心營構。其中舉凡對風俗活動中儀式、物品和各項節物的禳除、占卜作用的簡要勾勒；敘述脈絡的清晰；詩篇與序文的各有側重互相搭配；到繼承張籍、王建樂府換韻頻繁、意隨韻轉的特點等等，無不透露詩人的用心。

又如〈四時田園雜興〉六十首不僅依據四時的順序組織篇章，更精選能標誌季節的自然與農作物候，並以多組物候的變化過程為潛在線索，具體而微地展演大化的流變；又在此大背景上刻劃農村中種種依時節進行的人文活動。這種精心刻意的安排，使六十首詩絕非流水帳般的堆砌，而是貫穿了〈豳風‧七月〉中順時而為、人文活動與天地節律達到高度和諧的精神。

總的來看，范成大田園詩最具特點的語言風格為雅俗參半，而且無論是雅是俗，多採用白描的筆法與樸素的語言。相較之下，陸游詩的文雅氣息更濃厚。在最能代表陸詩特色的篇章中，我們經常能發現詩人更重視字詞的鍛鍊、詞藻的修飾與典故的運用；並且善於運用疊字、動詞、顏色詞與通感等寫作手法，增強景物的形象感，使人如臨其境。非但如此，陸游還細膩精緻地描繪景物，以表達敏銳的觀察感受或明麗優美的意境。〔註82〕這種種特點導致陸詩的語言風格具有更突出的工巧、韶秀或典雅的美感。

此外，陸游田園詩的體裁以律體為主，尤以七律為大宗；范成大

〔註81〕宋‧司馬光編著：《資治通鑑》（北京：中華書局，1976），卷224，頁7195。

〔註82〕以上各方面的例子在本文第六、七章已舉過許多，相關情形也已作詳細研究，為了避免重複，此處不再細論。

詩則以絕句和古體爲主。陸游與范成大詩中各種體裁的數量如下表所示：

	五古	五律	五絕	七古	七律	七絕	總計
陸	104	170	7	59	223	139	702
范	8	5	2	21	10	78	124

由這個表格可知，陸詩中最多的是七律，約佔 32%；排名分居二、三、四的五律佔 24%、七絕佔 20%、五古佔 15%。律體共佔 56%左右，超過總數的一半。范成大詩中，排名居前三位的七絕、七古與七律，分別佔總數的 63%、17%、8%。

　　詩體本身雖然不會「直接決定」詩風的雅俗，但由於每種體式的特點不同，因此它仍是「影響」詩歌語言風格的重要因素。古詩沒有形式上的嚴格限制，是最自由的一類詩體。絕句雖屬近體，但與律詩比較，形式仍較少束縛，例如在對仗方面無固定要求，既可兩聯完全散行，也可以用駢偶作點綴，對仗是用在上聯或下聯，也十分隨意。此外絕句的聲律要求也比律詩爲寬。律詩粘對講究極嚴，絕句卻不妨失粘。〔註83〕再者，絕句篇幅短小，也不容許過多修飾，所以絕句的語言一般都比較眞切自然，〔註84〕范詩也不例外。因此，以七絕和七古爲主要體裁的范詩更容易造成樸素、自在的審美印象。

　　律體的起、結可爲散行，中間兩聯則必須對偶，而且對仗還有忌合掌；兩聯連用時上聯與下聯句式不可完全相同；相連兩聯對仗中不可將同一類名詞疊用等規定。〔註85〕律詩聲律的和諧也較絕句突出。這種種規範使一首成功的律詩需要更高超或更純熟的寫作技巧，也使律體容易造成「整飭」的審美印象。因此詩體以律詩爲主，也令陸詩

〔註83〕以上對「絕句」一體特性的說明，曾參考周嘯天：《唐絕句史・前言》（重慶：重慶出版社，2006），頁 5～6。

〔註84〕此觀點曾參考陳伯海：《唐詩學引論》（上海：知識出版社，1988），頁 147。

〔註85〕詳參朱承平：《詩詞格律教程》（廣州：暨南大學出版社，2004），頁 182～184。

較范詩具有更明顯的形式美。再加上陸游詩具有上述重視藻采、鍛鍊與刻劃的特點，其詩的語言風格遂較范成大更富於雅麗的色彩。

三、感染力來源

所謂感染力，即文學作品的綜合審美效應，它是一個從感觸、感動到浸染的過程，並包含刺激、誘導、想像、聯想、啓迪、共鳴等多種心理因素與心理成分。〔註86〕感染力也是文藝生命力的保證與表徵。一部作品所以能傳世，必然因爲它具備或大或小的感動人心的力量。因而，感染力不僅是作品流傳與否的重要推手，也是衡量作品藝術成就的主要指標。

作品的感染力，可以由作品的某一方面或多個方面作用於讀者。而作品整體美感樣態的不同，也將導致它感染力的強弱有所區別。范、陸田園詩既然在內涵特徵、詩境形態與語言風格等方面都有明顯的區別，它們感染力的主要來源與程度強弱，自然也有不小的差異。

范成大田園詩的感染力，主要來自於用樸素卻精準的語言，與切近細微卻內蘊提煉工夫的筆法，將農村間的景物描寫得生動活現。讀其詩，令人有如身歷其境，感受到清新朗潤的生活氣息與新鮮的泥土芳香。古人諸如「驗物切近」〔註87〕、「曲盡田家況味」〔註88〕、「善作風景語」〔註89〕等評語，都針對此方面而言。

而陸詩不像范詩那樣只以寫實見長。其感染力不僅來自精美的景物描寫，還源於情感體驗的博厚、崇高、眞誠等特質。陸詩中個人的

〔註86〕關於文學「感染力」的特徵描述，曾參考蔡毅〈文學感染力特性描述〉，《雲南社會科學》，2004 年第 6 期，頁 148～149。

〔註87〕宋・方岳《深雪偶談》云：「范石湖〈田園雜詩〉，驗物切近，但句律太憑力氣，於唐人之藩，尚窘步焉。」《續修四庫全書》（上海：上海古籍出版社，2002），集部第 1694 冊，頁 517。

〔註88〕王載南評此詩語。見於清・宋長白《柳亭詩話》，卷 22，頁 330，《續修四庫全書》（上海：上海古籍出版社，2002），集部第 1700 冊。

〔註89〕翁方綱：《石洲詩話》，卷 4，頁 1437，《清詩話續編》（上海：上海古籍出版社，1999）。

情感、態度不僅遠比范詩鮮明，而且並非只包含個人的安逸與快適，而是經常與社會、天地等緊密相繫。其中既有自我生活的眞切感受，更有對生機盈溢的喜悅、對天人之際和諧浹洽的體會、對理想社會的忻慕、以及對民眾福祉的由衷關懷，從而由多面的生活滋味生命感悟中，流露廣大深厚之胸臆。

非但如此，陸詩中的感懷還根植於人生的經歷、境遇。它遙接陶詩的詠懷傳統，表達了安貧的堅定志意、對平生今昔的深長感慨、以及對家國社稷的不渝忠愛，和充實生命的執著追求。〔註90〕這類詩由於意志指向明確、立意正大，因此形成更集中的情感向度、具備更崇高的精神品格，從而更深具啓迪、感染人心的力量。

以上內涵不僅充斥著詩人對世界的關注與熱情，而且蘊含著他既平易又高遠的胸懷境界，因而令讀者感到既親切又可敬。再加上其情懷之抒發，既不空泛誇大，更非諱莫如深，而是純眞率性、如話家常，彷彿對讀者娓娓傾訴或剖白心跡。這種作法，無疑使人更容易被其眞誠所打動。

曾有學者指出，文學作品內容層面的感染力主要來自生命的激情。因爲文學閱讀實質上是「生命與生命的交流對話、情感與情感的傾訴與接收活動。……一個『情』字，牽連著作家的思想、觀念、見識、喜好，性格、志趣，呈現著作家的人生信念、精神追求、生存方式和態度，……（這些）都是最具感染力，最能讓人動心動容，難以自抑的。……眞正的感染其實是一個生命對另一個生命的感動與激賞，一種激情對另一種激情的暈染與共鳴。」〔註91〕這番見解相當精彩。它指出了作品「感染力」得以生成的關鍵，也爲我們「陸、范田園詩感發力的強度差異繫於詩中情感的品質與強弱」的觀點提供了理據。

〔註90〕詳參本論文第五章。
〔註91〕蔡毅：〈文學感染力特性描述〉，《雲南社會科學》，2004 年第 6 期，頁 150。

其實，前輩學人已注意到、並提示過「陸游詩抒情性極爲明顯」的論點。例如顧隨云：「放翁所表現不是高、不是韻長，而是情眞、意足。」〔註92〕吉川幸次郎也指出陸詩「有一種對過於冷靜的北宋詩風進行反撥的傾向⋯⋯抒情的復活是通過這個大詩人的行動型性格才結出果實」〔註93〕。我們在本論文中想補充並強調的是，除了陸游爲人所熟悉的、迸發著強烈激情的愛國詩篇之外，他的田園詩同樣也浸潤著豐沛的情感。而且，情感體驗的深廣、高尚與眞誠，既是陸游田園詩的顯著特徵，也是它富於感人力量的原因。

第二節　楊萬里田園詩與陸詩的比較

在南宋三大家中，楊、陸在當時即被公認爲眞正足以相匹敵的人物。〔註94〕在現代研究者看來，兩人也是中興詩壇創作成就最高的作者。但兩人雖爲友人，交情卻可以用「敬而不親」〔註95〕來概括。這導致他們的詩歌創作幾乎沒有彼此影響的痕跡。

楊、陸眞正開始交往的時間相當晚。兩人或在紹興廿四年（1154）的省試中初次相見，但當時應頂多爲點頭之交而已。〔註96〕從淳熙十三年（1186）年起，楊、陸開始詩文往還。當年他們都在臨安，經常與諸多同僚泛舟西湖，並在張鎡北園共賞海棠，以此機緣得以相識。當時兩人年屆六旬，詩歌創作早已進入成熟期，不僅已確立了自我的詩歌風格，也都在文壇享有盛名。兩大巨擘與沈虞卿、尤延之等臣僚

〔註92〕顧隨講，葉嘉瑩筆記：《中國古典詩詞感發》（北京：北京大學出版社，2012），頁34。

〔註93〕【日】吉川幸次郎著，章培恒等譯：《中國詩史》（上海：復旦大學出版社，2001），頁297。

〔註94〕相關研究詳參韓立平：《南宋中興詩風演進研究》（上海：華東師範大學出版社，2013），頁123～127。

〔註95〕此爲彭庭松考證兩人交往經過後作的總結。相關論辨詳參氏著：《楊萬里與南宋詩壇》，浙江大學2005年博士論文，肖瑞峰先生指導，頁101～112。

〔註96〕相關考證，詳參彭庭松前揭書，頁101～102。

共同唱酬，其中往來贈答的情形想必相當精彩。但陸游此次入都只是為了在知嚴州前入奏行在所，因此逗留的時間很短。楊萬里為此深感依依不捨，也勸慰陸游功名富貴轉眼星散，不如詩文佳篇能傳之久遠，並期待兩人能長期賦詩往來，展開「詩戰」。〔註97〕但是，當時深感宦途失意的陸游對此似乎並未回應。〔註98〕兩人在這段期間其實也並未建立比較深的友情。

臨安一別之後，楊、陸往來詩文驟減，甚至多年未見詩文往還。而且僅有的往還內容也基本集中於詩文的相互欣賞和品評，而與日常生活的關心或心情、感慨的交流無涉。〔註99〕就此觀之，兩人的交誼應該遠不到知己那般意氣相投的程度。在其中，政治態度的差異應該起了一定的作用。楊萬里對韓侂冑集團一直抱持鮮明的不合作態度，他在紹熙五年（1194）的〈寄陸務觀〉詩，更有勸勉陸游與韓氏保持距離之意。但陸游卻在嘉泰二年（1202）黨禁弛後出山，入都修史。開禧元年，南宋在韓侂冑的主導下開始對金用兵。楊萬里對韓氏貿然挑起邊釁憂憤不已，乃至欲以上書的形式阻止，陸游卻因認為恢復有望而頗感振奮。在開禧北伐一事上態度的鮮明對立，應當極大地打擊了兩人原本就不算濃厚的友誼。〔註100〕

〔註97〕 詳參楊萬里〈雲龍歌調陸務觀〉（卷 19，頁 1397）、〈再和雲龍歌留陸務觀西湖小集且督戰云〉（卷 19，頁 1400）。又，本文所舉楊萬里詩，均以宋‧楊萬里撰，薛瑞生校箋：《誠齋詩集箋證》（西安：三秦出版社，2011）為準。以下將只注明卷數、頁碼，不再詳註出處。

〔註98〕 陸游此時對於與楊萬里的唱和似乎沒有韓氏那樣熱情。楊理論：《中興四大家詩學研究》（北京：中華書局，2012），頁 26 有楊、陸往還詩文一覽表。據此表可知，現存陸游淳熙十三年寫給楊萬里的詩僅有〈簡楊庭秀〉一首，若加上確定已佚失的兩首詩，也只有三首。但同年楊萬里寫給陸游的詩文卻有九題廿六首。（按：其中，〈簡陸務觀使君編修〉其實有二首，楊理論並未注意，只算作一首，因此他的統計結果也少了一首。）

〔註99〕 詳參楊理論前揭書頁 26 的楊、陸往還詩文一覽表，以及此書頁 27 對楊、陸交往情形的總結。

〔註100〕 于北山與彭庭松均認為，對開禧北伐態度之對立是楊、陸友誼生變的關鍵。詳參彭庭松前揭氏著，頁 111。

　　要而言之，楊、陸定交之時，彼此詩歌的藝術個性早已成熟；兩人也並未建立深厚交誼，從而在詩藝上不曾積極地相互切磋；在詩歌的旨趣趨向與美感好尚等方面，雖也能相互欣賞，但並未達到深刻的共鳴；而政治立場的日漸分歧更導致交誼受創，以致「楊萬里之卒，陸游詩文未見隻字」〔註101〕。在以上因素作用下，兩人雖然推重彼此的詩歌，但其實在創作上並未互相影響。其詩各自顯出鮮明的特色，也就在情理之中了。

　　今人薛瑞生指出：「平心而論，楊陸自是敵手，方之於唐，則楊如青蓮而陸似少陵。波奇濤詭，放翁不如誠齋，鍛鍊工細，誠齋不如放翁。爭新鬥奇，放翁不如誠齋；雅正溫潤，誠齋不如放翁。」〔註102〕兩人詩歌「波奇濤詭」與「鍛鍊工細」；「爭新鬥奇」與「雅正溫潤」的區別，也體現在他們的田園詩中，本文以下將詳論之。

一、內涵特徵與詩境形態

　　在南宋三大家中，范成大詩客觀性較強，詩人形象也比較隱微。而陸游與楊萬里詩則主觀性較強，從而詩人情感思想或個人形象也比較突出。但細加比較可以發現，楊、陸兩人之田園詩在內涵情懷上仍有較明顯的本質差異。楊萬里之詩以「趣」為主；陸游之詩則以「情」為主。

　　熊海英對誠齋詩中之「趣」的性質有精闢說明。她認為「趣」的內涵介於「情」與「理」之間。它是既不離感性的感受，但又需要理性才能感悟到的趣味。〔註103〕詩人追求自然之「趣」美的方式是：「一方面以一種開放鬆弛的狀態對世界保持敏感；另一方面又並未淹沒在現實的汪洋中，而是保持一種相對獨立的個體

〔註101〕陳義成：〈南宋四大家間之交游考述〉，《逢甲人文社會學院學報》，第6期，2003年5月，頁82。

〔註102〕氏著：〈誠齋及其詩淺說〉，收入宋‧楊萬里撰，薛瑞生校箋：《誠齋詩集箋證》（西安：三秦出版社，2011），卷首，頁26。

〔註103〕〈詩歌審美範疇的全新開拓──論「誠齋體」主於「趣」〉，《江南大學學報‧人文社會科學版》，11卷3期，2012年5月，頁102。

性。」〔註104〕這就是說,「趣」的獲致是藉由機巧的慧智、駿利的領悟力,穿透事物表象而把握到的。程杰也明白地指出:楊萬里「把心靈慧智作爲個性最鮮明的內容加以表現。」其詩「著眼於自然生態中的動景,大量表現突然的發現,迅捷的直覺,機敏的應變和瞬間的穎悟。在這裡不是對山水物境的靜態的冥會感應而是主體的心智動態成了詩境的焦點與實質。」〔註105〕因此,楊萬里詩實際上缺少爲物所牽動之情。雖然其詩之基調是愉悅輕鬆的,但這種情調與一般人經常感受到的喜、愛等情感並不相同,也沒有一般情感具備的明晰的評價性感受。它所展示的,其實主要是詩人不執著於世情俗見的、超逸活潑的心靈狀態。

相較之下,陸游主要表達的是自己的情感體驗。這意謂著陸詩不僅呈現主體對客觀事物的感性覺知,更傳達了詩人對自己與周圍世界之間價值關係的評價。因此,其詩境經常與自我的處境經歷緊密結合,並明白地表露自我對事物的態度與相應的行爲反應。

楊、陸之田園詩強調「心靈慧智(及其發現之「趣」)」與「情感體驗」的差異,在觀物方式上有相當突出的表現。〔註106〕 在陸詩中,觀物方式基本上是主體對外物的受動、感應,且對景物的感性感受經常以「直接反映」的形態表現出來。此外,其中的物我關係以「情以物遷」爲主。楊詩對景物則是展開「古今百家、景物萬象,皆不能役我而役於我」的主動、審視。〔註107〕他或賦予萬物

〔註104〕 〈詩歌審美範疇的全新開拓──論「誠齋體」主於「趣」〉,《江南大學學報・人文社會科學版》,11 卷 3 期,2012 年 5 月,頁 102。
〔註105〕 程杰:〈論「誠齋體」〉,氏著:《宋詩學導論》(天津:天津人民出版社,1999),頁 340。
〔註106〕 由於楊、陸均屬於主觀性較突出的詩人,因此我們在討論范、陸不同時引進的「詩人情感態度、個人形象的顯隱」的維度,在討論楊、陸異同時就顯得不再必要。
〔註107〕 關於唐以前詩歌的物我關係以「情以物遷」的受動、感應爲主;楊萬里詩則轉而變爲「古今百家、景物萬象,皆不能役我而役於我」的主動、審視的說法,曾參考前揭程杰〈論「誠齋體」〉,頁 343。

人一般的意志與情感；或對景物進行種種奇特的揣想、肆意的調侃
或新奇的誇張。

　　我們若將楊萬里與陸游兩組題材相近的詩加以比較，將更能彰顯
兩人之詩的區別所在：

> 小兒著鞭鞭土牛，學翁打春先打頭。黃牛黃蹄白雙角，牧
> 童綠蓑笠青篛。今年土脈應雨膏，去年不似今年樂。兒聞
> 年登喜不饑，牛聞年登愁不肥。麥穗即看雲作帚，稻米亦
> 復珠盈斗。大田耕盡卻耕山，黃牛從此何時閒？（楊萬里
> 〈觀小兒戲打春牛〉，卷12，頁884）

> 不雨珠，不雨玉，六月得雨真雨粟。十年水旱食半菽，民
> 伐桑柘賣黃犢。去年小稔已食足，今年當得厭酒肉。斯民
> 醉飽定復哭，幾人不見今年熟！（陸游〈喜雨歌〉，卷39，
> 頁2520～2521）

> 稻田滴水價千金，溪澗求分不肯分。一雨萬畦都水足，卻
> 將傾瀉作溪渾。（楊萬里〈雨後田間雜紀五首〉之一，卷34，
> 頁2337）

> 百日田乾田父愁，只銷一雨百無憂。更無人惜田中水，放
> 下清溪恣意流。（楊萬里〈初夏即事十二解〉之三，卷41，
> 頁2820）

> 雨暗迷行路，溪深沒舊痕。汪汪牛潼白，盎盎酒醅渾。暖
> 浸千畦稻，橫通十里村。群蛙更堪笑，鼓吹鬧黃昏。（陸游
> 〈梅雨陂澤皆滿〉，卷14，頁1155）

前兩首詩為第一組，後三首詩為第二組。在第一組詩中，楊、陸之
作都取材自田間景事，而且都涉及「去年」與「今年」景況的對照。
相較之下，陸詩對景象作直觀的攝照，而且在今昔對照中彰顯天降
甘霖帶來的歡樂，寄託對廣大農民感同身受的同情。楊詩則別出心
裁地「察覺」小兒與黃牛對年登的不同「反應」，並使形成明顯的
對照，洋溢著詼諧風趣的氣息。其中或許也有豐年之喜，但只是從
言外隱微地表達出來。在第二組詩中，楊、陸之作都以飽含雨水的

農田爲題材。陸詩表達了對「陂澤皆滿」景象本身帶來的視、聽甚至膚覺等方面的細膩感受，從而傳遞對廣袤農村生意盎然的欣喜。楊詩則獨具匠心，聚焦於「畦水」與「溪水」之間在降雨前後的關聯，與「田水」在田父心目中地位的變化，從而凸顯出同樣事物在時移勢易之下關係與價值的改變，彷彿有言外之意在，格外發人深省。

　　像這樣使萬物「役於我」的例子，在楊萬里田園詩中還有許多，例如：「野花垂路止人行，田水偏尋缺處鳴」〔註108〕、「卻遣繰車聲獨怨，今年不及去年閑。」〔註109〕「田水高低各鬪鳴，溪流奔放更驊聲。」〔註110〕「秧纔束髮幼相依，麥已掀髯喜可知。笑殺槿籬能耐事，東扶西倒野醭醶。」〔註111〕「正是山花最鬧時，濃濃淡淡未離披。映山紅與昭亭紫，有大華而淺紫名昭亭花。挽住行人贈一枝。」〔註112〕「布穀聲中日腳收，瘦藤叫我看西疇。露珠走上青秧葉，不到梢頭便肯休？」〔註113〕不僅物本身帶有人的情態；物象之間有情感與意志的交流，物與人之間也能發生趣味盎然的互動；而且這種擬人化的主觀觀照許多時候還成爲一首詩表現的主體。如此多角度、高密度地表現景物的活潑與「性靈」的詩篇，在陸游田園詩中是很少見的。

　　陸游描寫景物往往注意景物形成、定型後的物象物態；楊萬里卻還追究物象形成的原因，並有別出心裁的解釋。例如：「隔水風來知有意，爲吹十里稻花香」〔註114〕、「鶯聲政好還飛去，不爲詩人更許時」〔註115〕「田塍莫笑細於椽，便是粟園與菜園。嶺腳置錐留結屋，盡驅柿栗上山巔。」〔註116〕

〔註108〕　〈金溪道中〉，卷4，頁328。
〔註109〕　〈江山道中霽麥大熟〉三首之三，卷13，頁960。
〔註110〕　〈雨後田間雜紀〉五首之二，卷34，頁2337～2338。
〔註111〕　〈過南蕩〉三首之一，卷24，頁1732。
〔註112〕　〈雨後田間雜紀〉五首之五，卷34，頁2337～2338。
〔註113〕　〈暮行田間〉二首之一，卷41，頁2879。
〔註114〕　〈夏月頻雨〉，卷5，頁429。
〔註115〕　〈行圃〉，卷6，頁545。
〔註116〕　〈桑茶坑道中〉八首之二，卷34，頁2341。

在觀察景物之際，楊萬里更對它們展開種種奇思妙想，或利用比擬、對比、變形等手法，製造某種諧趣，例如：「天隨楸枰作稻畦，啼烏振鷺當枯棋。不論勝負端何似，黑子終多白子稀。」〔註117〕「粟黃蕎白未全秋，誰報烏衣早作偷。只在林梢築倉廩，便知去處若爲搜。」〔註118〕「水滿平田無處無，一張雪紙眼中鋪。新秧亂插如井字，卻道山農不解書。」〔註119〕「沙鷗數箇點山腰，一足如鉤一足翹。乃是山農墾斜崦，倚鉏無力政無聊。」〔註120〕稻田間的烏鴉與鷺鷥；偷吃作物的鳥兒；新插的秧田；山農休憩的景象……種種不易引人注意的平凡、瑣碎的細節，都能逗引詩人濃厚的興趣，引發他豐富、新奇的聯想。

又如著名的〈插秧歌〉，雖然以農夫一家辛苦忙碌的插秧情景爲題材，卻一反此類詩歌向來的憫農基調。它開篇就以「田夫拋秧田婦接，小兒拔秧大兒插」〔註121〕的對比與乖悖製造明顯的喜劇效果，導致後半部「喚渠朝餐歇半霎，低頭折腰只不答。秧根未牢蒔未匝，照管鵝兒與雛鴨。」〔註122〕的辛勤畫面裡，也淡化了同情的性質，並帶上了對農人徒勞無功的嘲笑意味。

總而言之，楊萬里不僅善於將田園風物人情化，以及將自然景物間的關係賦予世態人情；而且經常在觀物中流露令人驚嘆的機智巧思與貼切妙想，使詩歌充滿富於個性的感受、領悟和發現。相較之下，陸詩中的觀物態度以受動爲主，描繪以直觀寫照爲主，基本上符合一般讀者的認知印象，顯得平實近人得多。

〔註117〕〈晚望〉，卷12，頁861。
〔註118〕〈觀田中鴟鴞啄粟因悟象耕鳥耘之說戲題〉二首之二，卷26，頁1844。
〔註119〕〈暮行田間〉二首之二，卷41，頁2879。
〔註120〕〈桑茶坑道中〉六首之三。
〔註121〕卷13，頁955。
〔註122〕同前注。

二、語言風格

　　與「以趣爲主」、思出常格的詩歌旨歸相呼應的是，楊萬里樂於採用無所拘束的活潑語言創造出新鮮的、機智的藝術境界。相較之下，陸詩的語言風格顯得保守且規整。

　　「活潑不羈」的語言具體來說，就是運用上文已經論及的新奇的擬人、比喻、誇示等修辭，以及使用大量的口頭俗語、民歌句法與變幻多端的結構。熊海英指出楊萬里作詩：「徹底屏棄前代寫作成法，慣用成語及傳統意象固有內涵，用性靈之本眞去感受，用自己獨有的語言和方式去表達對自然的直接印象，描畫和傳遞出各種未經人道、難以言傳的新鮮情景與趣味。」〔註 123〕這種寫作態度也體現在楊氏的田園詩中，其主要表現就是在各種詩體大量運用俗語，一反前人對此類語言只是偶然點綴的作法。清人蔣鴻翮云：「楊誠齋詩粗直生硬，俚辭諺語，衝口而來，才思頗佳，而習氣太甚。」〔註 124〕李樹滋云：「用方言入詩，唐人已有之；用俗語入詩，始於宋人，而要莫善於楊誠齋。」〔註 125〕都指出了楊詩這方面的特色。其田園詩中諸如：「乖龍嬾睡未渠醒，阿香推熱呼不應」〔註 126〕、「只麼跳行人不覺，忽然飛起自成花」〔註 127〕、「浪言出卻金陵界，入卻廬陵界始休」〔註 128〕、「雨前田畝不勝荒，雨後農家特地忙」〔註 129〕、「耕遍沿堤鋤遍嶺，

〔註 123〕　氏著：〈師法自然的自由創作——對「誠齋體」之「自然」特質的深層闡析〉，《中南大學學報・社會科學版》，18 卷 3 期，2012 年 6月，頁 229。

〔註 124〕　《寒塘詩話》，張寅彭選輯，吳忱、楊焄點校：《清詩話三編》（上海：上海古籍出版社，2014），頁 1002。

〔註 125〕　《石樵詩話》，卷 4。按：此書臺灣似未見館藏，故轉引自湛之編：《楊萬里范成大資料彙編》（北京：中華書局，2004），頁 94。

〔註 126〕　〈憫旱〉，卷 3，頁 201～202。

〔註 127〕　〈觀田中鵓鴣啄粟，因悟象耕鳥耘之說，戲題〉二首之一，卷 26，頁 1843。

〔註 128〕　〈入建平界〉之二，卷 32，頁 2228。

〔註 129〕　〈曉登多稼亭〉三首之二，卷 9，頁 707

都來能得幾生涯」〔註130〕「忽然簫鼓來何處，走**殺**兒童最可憐」〔註131〕、「王侯將相饒尊貴，不博渠儂一餉癲」〔註132〕、「只**麼**秋殊淺，如何氣許清」〔註133〕等等，均使用俗語。以上詩例遍布於七古、七律、七絕、五律等體裁，〔註134〕楊萬里熱衷使用通俗詞語於此可見一斑。〔註135〕

　　此外，楊萬里也深受民歌句法與修辭方式的影響，創作有許多〈竹枝詞〉或民歌風味濃郁的詩篇。其中〈圩丁詞十解〉屬於田園詩，其序云：「作詞以擬劉夢得〈竹枝〉、〈柳枝〉之聲，以授圩丁之修圩者歌之，以相其勞。」其中不但以日常口語入詩，而且使用民歌常見的疊字、通俗稚拙的譬喻等手法。此外如七古〈安樂坊牧童〉、〈觀小兒戲打春牛〉等，也大量採用重複、頂針、回環句式、疊字疊詞等，造較民歌般的錯落流利、自然明快的風味。〔註136〕

〔註130〕〈過白沙竹枝歌〉六首之三，卷26，頁1858

〔註131〕〈觀社〉，卷37，頁2542。

〔註132〕同前注。

〔註133〕〈秋日晚望〉，卷5，頁432。

〔註134〕〈憫旱〉爲七古；〈觀田中鷦鶒啄粟，因悟象耕鳥耘之説，戲題〉二首之一、〈曉登多稼亭〉三首之二爲七絕；〈過白沙竹枝歌〉六首之三；〈秋日晚望〉爲五律；〈入建平界〉二首之二、〈觀社〉爲七律。

〔註135〕其他如「隨大能知路，騎牛底用繩」（〈蚤起秣陵鎮〉二首之二，卷32，頁2206，五律）；「此圃何其窄，於儂已自華」（〈菜圃〉，卷33，頁2291，五律）；「一搭山村一搭奇，亦堪風物索新詩」（〈山村〉二首之一，卷32，頁2225，七律）等，以粗體標出的詞語亦極爲少見，疑爲當時口語俗詞，但翻查相關書籍未見收錄，因此不敢確指。

〔註136〕此處關於楊詩曾借鑒民歌中某些手法的觀點，曾參考熊海英：〈古典詩歌審美傳統的大突破——論「誠齋體」的變雅爲俗〉，《太原理工大學學報・社會科學版》，29卷4期，2011年12月，頁67。又，「連續疊字」與「間接疊字」的大量出現雖也是陸詩的特色，但陸詩並未表現借鑒民歌的明確自覺，疊字絕大多數時候也未與回環、頂針等民歌色彩濃厚的手法相搭配，形塑明顯的歌謠風調。而且同爲間接疊字，楊萬里的〈安樂坊牧童〉、〈觀小兒戲打春牛〉等，使用此技巧架構全篇，全詩因此帶有跳躍的節奏感。陸游詩中間接疊字的密度、以及與此相關的全詩節奏的與錯落度，都不及楊詩。此外，陸詩連續疊字多位於對偶句中，而且注意平仄的相對、所描摹

再者，楊詩也以結構變化多端、不拘一格著稱。周裕鍇認為，楊萬里詩語境的靈活「主要表現在橫說豎說，反說正說，跌宕多變，一筆一轉，一轉一境。」〔註137〕的確如此。他或者先寫錯覺，再補敘產生這種錯覺的原因，例如〈莍茶坑道中〉八首之三，先寫「沙鷗數箇點山腰」〔註138〕的錯覺，再指出原來是山農倚鋤休息，「一足如鈎一足翹」〔註139〕，使詩境富於波瀾；或採用大跨度的時空跳躍，傳達某種言外之意，如〈過石磨嶺嶺皆創為田直至其頂〉：「翠帶千鐶束翠巒，青梯萬級搭青天。長淮見說田生棘，此地都將嶺作田。」〔註140〕既寫眼前景象，又彷彿以小喻大，有批判朝廷軟弱妥協使淮河流域良田廢棄的深意。〔註141〕又或者用出乎意料的反轉或對照，製造某種諧趣，例如〈觀田中鳹鴣啄粟因悟象耕鳥耘之說戲題〉二首之二、〈野望〉、〈雨後田間雜紀〉五首之二等。

他更擅長正意反說、直意曲說。例如〈麥苗〉先以「綠錦」、「青羅」等給人「富貴」印象的喻體形容麥苗，再強調「箇是農家真富貴」〔註142〕，亦即它們不只在「外型」像華貴之物，而且正是農家的財富來源，從而傳達出豐收可望的喜悅。又如〈江山道中蕎麥大熟〉三首之三，不直接寫收穫之喜，反而別出心裁地以「卻遣繰車聲獨怨，今年不及去年閑」〔註143〕來表達。再如〈宿新市徐公店〉二首之一寫大地春回的美景，不正面道破，卻以「兒童急走追黃蝶，飛入菜花無處尋」〔註144〕這個趣

形象的對比、以及摹形狀物的精確傳神，這些都與楊詩的作法差異更大。總而言之，同樣是使用疊字，陸詩仍不失工巧細緻，楊詩則更加活潑跳脫，彷彿脫口而出，呈現更質樸無華的風貌。

〔註137〕氏著：《中國禪宗與詩歌》（高雄：麗文文化，1994），頁234。
〔註138〕卷34，頁2341。
〔註139〕同前注。又，關於此詩手法的分析，曾參考張瑞君：《楊萬里評傳》（南京：南京大學出版社，2001），頁138。
〔註140〕卷13，頁970。
〔註141〕關於此詩的分析，曾參考張瑞君前揭書，頁136。
〔註142〕卷29，頁2006。
〔註143〕卷13，頁960。
〔註144〕卷34，頁2318。

味盎然的細節從側面點出。既寫荼花的黃燦茂盛，又寫孩童的天真爛漫，將春天富於生機的氣息表達得曲折而傳神。凡此種種，可見楊詩筆隨意轉、境由轉生，或直中見曲、靈活巧妙的特色。

相較之下，陸游的語言風格就顯得規整得多。其詩中既沒有大量異想紛呈的譬喻與誇示，俗語的使用也遠較楊萬里有節制。清人趙翼指出：「放翁與楊誠齋同以詩名。誠齋專以俚言俗語闌入詩中，以爲新奇。放翁則一切掃除，不肯落其窠臼。蓋自少學詩，即趨向大方家，不屑屑以纖佻自貶也。」〔註145〕雖然「一切掃除」不免說得過於絕對，但趙翼認爲陸游並未刻意「專以俚言俗語闌入詩中，以爲新奇」，以及因此呈現「趨向大方家」的雅正氣象，這方面的見解確實是中肯的。陸游田園詩雖也平易近人，但主要是以轉折的自然和語意表達的流暢達到「曉暢」之境，而並未大量採用口語俚諺或民間歌謠等通俗的語言形式。

在詩歌結構方面，陸游也較楊萬里更加平正、穩重。他往往採用「直起」之法，亦即開門見山，入手直點題目；〔註146〕中段則敘事寫景，鋪衍題意，在律體中往往呈現一聯景、一聯事，或皆寫景、皆敘事的格局；最後則收束全篇，很少翻出新意或別生波瀾。不但詩歌章法變化較少，而且全詩意脈的發展、演進也具有連續性或合邏輯性，幾乎不曾出現像楊詩那樣曲折多姿、變幻莫測的情形。

除了修辭、用詞、篇章結構不及楊詩「新鮮潑辣」之外，陸詩的藝術技巧還具備奇數句尾四聲遞用；聲律諧美中微見拗折；對仗細緻精美、用典縝密貼切等特色。〔註147〕這些都使陸詩的語言形式相較於楊詩，顯得更加規範整齊，也展現了詩人創作時講究法度的傾向。

楊、陸兩人愛用的詩歌體式的差異，也有力地促成了彼此詩歌風

〔註145〕 氏著：《甌北詩話》，郭紹虞編選，富壽蓀校點：《清詩話續編》（上海：上海古籍出版社，1999），卷6，頁1235。

〔註146〕 關於「直起」法的說明，曾參考陳祥耀：〈論杜詩直起法〉，《文學遺產》，1993年第1期，頁32。

〔註147〕 詳參本論文第六、七章。

貌的差別。陸游與楊萬里詩中各種體裁的數量如下表所示：

	五古	五律	五絕	七古	七律	七絕	六言	總計
陸	104	170	7	59	223	139	0	702
楊	0	8	3	5	8	62	1	87

由上表可知，七絕是楊萬里最喜愛的體裁，在他的所有田園詩中七絕數量所佔比例高達 71%，遠勝居前二、三名的五、七律與七古。陸游最偏好的體裁則為七律，約佔 32%。其次為五律，佔 24%。在上文對范成大、陸游作比較時，我們已經指出過：律體較絕句容易造成「整飭」的審美印象。以律體為主，既有助於促成陸詩形式的精緻，從而與范詩的雅俗兼備有別；也有助於型塑它偏於典重、規範的面貌，從而與楊詩的活潑跳脫異趣。所以，詩體是造就陸詩與范、楊之詩語言風格不同的重要因素。

　　以上我們對楊、陸詩歌的語言風格展開的是正面比較。但從反面來看，兩人的詩風也各有較明顯的缺陷，而且這些瑜中之瑕與兩人語言藝術的不同追求方向緊密相關。楊萬里崇尚語言的活潑且無所拘束，故其弊在「冗弱」；而陸游講究語言的雅致與規範，故其弊在「熟俗」。

　　楊萬里作詩把「意」──即各種思出常格的奇趣──的自我表達放在第一位，形式上的合乎格律、講求法度等則在其次。〔註148〕因此，他的詩不避語言的通俗，不注重形式的美感，甚至不假思索，一揮而就。民初學者梁崑早已發現楊詩特色在「狀物寫情，曲盡妙極，明易流暢。」〔註149〕「其弊端則在拖泥帶水，至於冗俚也。」〔註150〕今人張瑞君則將楊詩的弱點說得更為具體，他認為，楊萬里詩「不注重動詞的錘鍊，不注重語言的凝煉和密度，使詩歌時有平弱之弊，缺

〔註148〕熊海英：〈「非本色」創作及其詩歌史意義〉，《長安大學學報・社會科學版》，13 卷 4 期，2011 年 12 月，頁 100～101。
〔註149〕氏著：《宋詩派別論》（太原：山西人民出版社，2014），頁 118。
〔註150〕同前注，頁 118～119。

乏骨力的支撐。」〔註151〕

　　繁冗的問題在他的田園詩表現得頗為明顯。即便在字數嚴格限制的近體詩中，楊萬里也不避用詞的重複或詩意的散漫。例如以下出現於七絕中的詩句：「夾岸瀕河種穇荬」〔註152〕、「水滿平田無處無」〔註153〕、「不但秋原雨冒田，坐看平地路成川」〔註154〕、「秧疇夾岸隔深溪，東水何緣到得西」〔註155〕都有語意重複、相近，或所寫景象類似，或虛字過多導致的文繁意少的現象，給人詩語不精煉、詩意淡薄之感。

　　類似情形也見於七律中。明代胡應麟指出，七律創作由於「字句繁靡，……推敲難合」〔註156〕，「聲長語縱，體既近靡；字櫛句比，格尤易下」〔註157〕。有學者認為，七律句式有字繁聲長的特點，因此作者應更注意字詞結構的緊密，以避免散緩、軟弱之弊。〔註158〕但楊萬里的七律許多時候並不在乎這點，諸如：「一歲昇平在一收，今年田父又無愁」〔註159〕、「作社朝祠有足觀，山農祈福更迎年」〔註160〕，均有語意重複、平衍散漫之短；又如「乾地種禾那用水，濕蘆經火自成薪」〔註161〕、「水鄉澤國最輸農，無旱無乾只有豐。……是田是沼渾難辨，何地何村不一同」〔註162〕等。在這些詩例中，不但

〔註151〕　氏著：《楊萬里評傳》（南京：南京大學出版社，2001），頁164。
〔註152〕　〈穇疇〉，卷29，頁2006。
〔註153〕　〈暮行田間〉二首之二，卷41，頁2879。
〔註154〕　〈發孔鎮晨炊漆橋道中紀行〉十首之四，卷32，頁2219。
〔註155〕　〈穇茶坑道中〉八首之五，卷34，頁2341。
〔註156〕　明‧胡應麟撰：《詩藪》，內編卷5，頁5503，吳文治主編：《明詩話全編》（南京：鳳凰出版社，1997），第五冊。
〔註157〕　明‧胡應麟撰：《詩藪》，內編卷3，頁5475～5476，吳文治主編：《明詩話全編》（南京：鳳凰出版社，1997），第五冊。
〔註158〕　易聞曉：《中國詩句法論》（濟南：齊魯書社，2006），頁261。
〔註159〕　〈入建平界〉二首之二，卷32，頁2228。
〔註160〕　〈觀社〉，卷37，頁2542。
〔註161〕　〈從丁家洲避風行小港出荻港大江〉三首之二，卷33，頁2263。
〔註162〕　〈過宜福橋〉，卷33，頁2265。

形象本身偏於通俗，詩語更是缺乏必要的經營或鍛鍊，意寡言冗，顯得單薄甚至乏味。

以上詩句有如信手拈來，脫口而出，雖然毫不見造作之痕，但因爲過於忽略措辭琢句，難免有淺拙、粗疏的藝術缺陷。前人謂楊詩「多患粗率」〔註163〕，「未免過於擺脫，不但洗淨鉛華，且粗頭亂服矣」〔註164〕，語言的疏於提煉，應該是讀者對楊詩形成此類印象的重要原因。

陸詩語言藝術引前人詬病之處，主要在於律句的過於熟滑；對偶的過於工整；以及各體詩中類似的詩句過於常見。律句的「熟」是陸游田園詩中律詩的主要特點，是其詩「工緻」的總體風格在律詩中的表現型態，也是詩人用心經營字句、追求語言形式美的結果。所謂陸詩律熟，指律句在字詞、聲調、對仗句法等方面，都符合規範，圓熟妥帖。具體來說包含用詞雅馴、句法平順、對偶精工、平仄和諧等。同時，其詩句又不因嚴守規則而顯得平板、生硬。這樣的「熟」顯然是並不容易臻至的境界。但部份詩評家對這種作風仍頗有微詞。因爲過於合律的詩句容易顯得平滑纖秀而缺少樸拙的美感，從而也降低了審美時的新鮮感，所以不免使有更高鑑賞力的讀者感到凡近。〔註165〕此外，古人有云：「圓熟多失之平易」〔註166〕，律句的圓熟之美使大眾易於把握和模擬，這應也是陸詩難免招來「俗」之批評的要因。

大量精美的工對，也導致陸詩難免帶有俗氣。對偶兩句間對稱度的拿捏，其實不好把握。對稱雙方的過於懸殊或過於接近，都容易損

〔註163〕紀昀評楊萬里〈普明寺見梅〉之語。見於元・方回選評，李慶甲集評校點：《瀛奎律髓彙評》（上海：上海古籍出版社，2005），卷20，頁803。

〔註164〕清・陳訏：《宋十五家詩選》，「誠齋詩選」評語，收入《續修四庫全書》（上海：上海古籍出版社，2002），集部第1621冊。

〔註165〕關於陸詩「律熟」的確切含意及其所造成的缺點，曾參考張毅：《陸游詩歌傳播、閱讀研究》（上海：復旦大學出版社，2014），頁62～63。

〔註166〕宋・胡仔：《苕溪漁隱叢話前集》（北京：人民文學出版社，1962），卷38，東坡一，頁259，引王直方詩話。

傷詩美。南宋葛立方云：「近時論詩者，皆謂偶對不切則失之龐；太切則失之俗。」〔註167〕工整的對偶雖然不必然有「合掌」之病，但相對於「寬對」，上下句語境的距離畢竟較爲狹窄，語意也較欠缺張力。這些都使工對很可能不易引起讀者感受的起伏或聯想，甚至造成餘韻有限，因此同樣容易導致「近俗」的印象。〔註168〕

　　律句的熟滑和對偶的工整源於陸游對格律規則的謹守；類似詩句、格局的重複出現，則源於他對自我構思的不斷複製。

　　清人朱彝尊曾舉出陸游律詩中用「如」、「似」作對的數十個例子，並據此指出「陸務觀《劍南集》，句法稠疊，讀之終卷，令人生憎。」〔註169〕其實，類似的句子也屢次見於田園詩，而且分佈的體裁遍布五古、五律、七律。見於五古者如：「如絲細生菜，似鴨爛蒸壺」〔註170〕、「嬾似嵇中散，癡如顧長康」〔註171〕；見於五律者如：「俗似山川古，人如酒醴醇」〔註172〕、「人如釣渭叟，地似避秦村」〔註173〕。見於七律的更多，如：「嫩莎經雨如秧綠，小蝶穿花似繭黃」〔註174〕、「蠶如黑蟻桑生後，秧似青鍼水滿時」〔註175〕、「人似登仙惟火食，俗如太古欠巢居」〔註176〕、「身世已如風六鷁，文章仍似閏黃楊」〔註177〕、「生計似蛛聊補網，弊廬如燕旋添泥」〔註178〕等等。無論是描述景物、陳述情況；或

〔註167〕　《韻語陽秋》，卷1，頁293，清・何文煥編訂：《歷代詩話》（臺北：藝文印書館，1991）。

〔註168〕　關於對偶太工的弊病，曾參考郝樸寧：〈論宋詩模式的構創〉，《雲南師範大學學報・哲社版》，1989年第3期，頁55～56。

〔註169〕　〈書劍南集後〉，清・朱彝尊撰：《曝書亭集》，卷38，收入《文津閣四庫全書》（北京：商務印書館，2006），第1322冊。

〔註170〕　〈蔬圃〉，卷13，頁1079。

〔註171〕　〈閒中戲賦村落景物〉二首之一，卷75，頁4120。

〔註172〕　〈與村鄰聚飲〉二首之二，卷60，頁3447。

〔註173〕　〈訪隱者〉，卷49，頁2966。

〔註174〕　〈村居初夏〉五首之四，卷22，頁1664。

〔註175〕　〈東關〉二首之一，卷22，頁1649。

〔註176〕　〈遊西村贈隱者〉，卷51，頁3045。

〔註177〕　〈春晚村居〉，卷30，頁2003。

〔註178〕　〈窮居有感〉，卷32，頁2138。

是表現自我境遇、抒發身世之感，都可見到類似的句式。

此外，「有」與「無」相對的句型也屢見不鮮。如五言詩中的：「潮生無斷港，寺廢有頹垣」〔註179〕、「耕犁無易業，隣曲有通婚」〔註180〕、「竹杖輕無跡，芒鞋捷有聲」〔註181〕、「老景雖無幾，爲農尚有餘」〔註182〕。七言詩中的：「無錢溪女亦留魚，有雨東家每借驢」〔註183〕、「徒行有客驚頑健，爛醉無人笑老狂」〔註184〕、「高林日暮無鶯語，深巷人歸有犬隨」〔註185〕、「棄官正爲愚無用，謝客新緣病有名」〔註186〕。

「家家」與「戶戶」或「處處」相對也是常見現象，約有十五例，如「社酒家家醉，春蕪處處耕」〔註187〕、「處處稻分秧，家家麥上場」〔註188〕；「俗孝家家供菽水，農勤處處築陂塘」〔註189〕、「日長處處鶯聲美，歲樂家家麥飯香」〔註190〕等。以「村村」、「戶戶」相對的則約有七例。

其他如：「林喧鳥雀棲初定，村近牛羊牧自歸」〔註191〕與「印泥接跡牛羊過，投宿爭林鳥雀喧」〔註192〕、「陌巷牛羊跡，衡門鳥雀聲」〔註193〕；「乞漿得酒人情好，賣劍買牛農事興」〔註194〕與「賣劍買

〔註179〕　〈舟中作〉，卷74，頁4087。
〔註180〕　〈泛湖至東涇〉三首之二，卷22，頁1657。
〔註181〕　〈雨後至近村〉二首之二，卷48，頁2901。
〔註182〕　〈老景〉，卷24，頁1759。
〔註183〕　〈庵中獨居感懷〉三首之三，卷38，頁2470。
〔註184〕　〈東窗小酌〉二首之二，卷37，頁2374。
〔註185〕　〈晚行湖上〉，卷57，頁3307。
〔註186〕　〈野堂〉五首之四，卷33，頁2175。
〔註187〕　〈新晴〉，卷18，頁1442。
〔註188〕　〈五月一日作〉，卷27，頁1891。
〔註189〕　〈湖堤暮歸〉，卷64，頁3644。
〔註190〕　〈戲詠村居〉二首之一，卷24，頁1757。
〔註191〕　〈宿野人家〉，卷22，頁1651。
〔註192〕　〈與兒孫同舟泛湖至西山旁憩酒家遂遊任氏茅菴而歸〉，卷75，頁4107。
〔註193〕　〈投老〉，卷42，頁2659。
〔註194〕　〈遊近村〉二首之二，卷63，頁3614。

牛知盜息，乞漿得酒喜時平」〔註195〕；「前山雨過雲無迹，別浦潮回岸有痕」〔註196〕和「前山雲起樹無影，別浦潮生船有聲」〔註197〕等等，從構詞到意境，均極爲相似。

這些詩句個別來看，大多對偶工整、音律和諧，顯示詩人安排詞句的用心；但若熟悉陸詩整體以後，就會發現其中相同或相近的句型、詞語、意境一再出現，給人似曾相似的感受。清人李慈銘云：「放翁律句，太平切近人，又往往句法相似，與全詩氣多不貫，其詩派之不高，自由於此。」〔註198〕馬星翼則對陸游詩中常見重複之句的現象提出一種比較正面的解釋，他指出：「詩人有好句，每自用之。……陸放翁詩：『不堪酒渴兼消渴，起聽江聲雜雨聲』、『因思世事悲身事，更聽風聲雜雨聲』……此類皆自愛其句，因而重之。」〔註199〕雖然「好句」也是詩人心血的結晶，但對自我構思成果的不斷複製畢竟很容易造成句法模式化的印象，這也是我們不必爲陸游諱言的。

陸詩中「自用好句」的現象，應該與他鄉居生活的單純、日課一詩的習慣與重視法度的創作傾向都有關係。〔註200〕由於鄉間景物雖多，但變化有限，不易激發新鮮的靈感；「日課一詩」的創作密度也使他不便從容地開發出新穎且精巧的句式；重視法度的創作個性又使他難以忍受草率粗糙的語言，因此沿用容量較大或適應性強的已有句式，以便組成一首工整的詩篇，就成爲陸游經常選擇的方案。

〔註195〕〈郊行〉，卷82，頁4403。

〔註196〕〈秋思〉九首之七，卷72，頁4001。

〔註197〕〈雜賦〉十二首之十二，卷79，頁4296。

〔註198〕清‧李慈銘：《越縵堂詩話》，卷上，頁54，收入《清詩話訪佚初編》（臺北：新文豐出版公司，1987），第八冊。

〔註199〕清‧馬星翼：《東泉詩話》，卷2，頁543，收入《清詩話訪佚初編》（臺北：新文豐出版公司，1987），第四冊。

〔註200〕陸游「日課一詩」之事首先由劉克莊指出，也由現存陸游詩歌的創作密度獲得證實。其實這種日課一詩之舉也並非陸游首創，而是繼承並發展了北宋的文學傳統。相關研究，詳參胡傳志：〈日課一詩論〉，《文學遺產》，2015年第1期。

總之，陸游律詩（其實也包括古詩）中的儷句，除了在聲律、用詞、對偶等方面妥帖勻潤之外，還常見結構元素的重複，所以很容易形成陳陳相因的套路，也難免產生平凡、庸熟的閱讀印象。雖然陸游不是剽竊他人的詩句，因此不至於導致字句或命意的陳熟，但詩句的不斷自我重複、自成窠臼，仍會與「雅」所必需的清新度有所差距，從而在某種程度上顯得淺易近俗。

三、感染力來源

楊萬里之詩在內涵與語言方面重「趣」，既形成個人鮮明的特色，也使其詩與陸游詩在感染力的來源與強弱等方面，有頗為顯著的差別。楊詩的感染力主要來自於「強調胸襟的透脫無礙和思維的活潑自在，強調性靈的發現和藝術的獨創」〔註 201〕，從而帶給讀者新穎、機智、詼諧的審美印象。然而，楊詩既以表現個人聰慧為主，觀照對象又以自然景物為主，難免導致詩境偏於狹窄，且難以引起持久的感動。此點早已為學者所發現。例如錢鍾書指出其詩「很聰明、很省力、很有風趣，可是不能沁入心靈」〔註 202〕；張瑞君也認為其詩「輕鬆有餘而深邃不足，機巧有餘而雄渾不足，難以激起讀者思想感情的強烈共鳴。」〔註 203〕由於楊詩雖然充斥著詩人對景物的獨特觀照，但缺少有喜、怒、哀、樂等具體性質、或與整體情境相聯繫的情感；也少表達能為人共同體驗與普遍理解的經驗；更缺乏具有鮮明社會關懷的個人感受，因此較難引起長久的回味。

陸游詩不像楊詩那樣以突出主觀慧智對景物的新奇觀照見長，而是以表達詩人自己的情感體驗為主。這意味著陸詩彰顯的是詩人對自己與周圍世界之間關係的感受和評價。與楊詩相較，陸詩依然顯現出與范詩的比較中已經論及的、情感體驗的博厚、崇高、真誠等特質。

〔註 201〕周裕鍇：《中國禪宗與詩歌》（高雄：麗文文化，1994），頁 231。
〔註 202〕氏著：《宋詩選注》（北京：生活・讀書・新知三聯書店，2003），頁 256。
〔註 203〕氏著：《楊萬里評傳》（南京：南京大學出版社，2001），頁 164。

除此之外，在與楊詩的對照中，陸詩還具有更濃郁的、友善和諧的人情之美。

陸游經常表達對所遇的人、事、物的友善態度。這點與楊詩頗為不同。楊萬里詩的基本精神是胸襟的「透脫」，也就是瀟灑無礙、不滯於物。〔註204〕因此他對景物的態度也是變化多端：既有相親相即，也有戲謔調侃；既有機巧的詮釋，也有天眞的奇想。在其詩中，景物「只是作爲主體明確的感知對象奔命於詩人的筆下」〔註205〕。它所彰顯的與其說是「以萬象爲賓友」的溫情，毋寧說是以個人慧智對自然界極富創造性和新鮮感的想像，或對世界獨特的理解和體會。尤其是其中的戲謔調侃之作，一定程度上流露出詩人的「優越感」和「俯視」態度。因爲「當詩人在調侃外物、調侃他人時，自己便進入了智者的角色。智慧面對愚笨和蠢拙的感覺是優越，是自豪，是歡樂。」〔註206〕

而陸詩幾乎對周遭所見都抱持著平等、親睦以待的態度。他很少將主觀鮮明的想像、詮釋投射到景物或人物身上，而是接納它們的原樣，並與之進行親切且頻繁的交流或溝通。陸詩云：「末路已悲身是客，此心猶與物爲春。柴門勿謂常岑寂，時有鄉鄰請藥人。」〔註207〕寂寞、悵然中仍不乏活潑的生意與溫暖的深情，這樣的圖像，既是陸游晚年心境的寫照，也可視爲其田園詩底層精神的形象概括。

除此之外，陸游還善於從農村單調的、甚至粗糙的生活百態中，發掘和諧的人際關係與倫理之美。楊萬里田園詩中的世界是遠離社會與人倫的，陸游則抱著極大的熱情，將農村中平等交往、相互尊重、友愛互助等情形捕捉入詩。

除了本文第四章第三節「人情淳古的嚮慕」中「淳樸熱情、與世

〔註204〕 黃寶華：〈楊萬里與「誠齋體」──楊萬里詩學述評〉，《上海師範大學學報‧社會科學版》，31卷4期2001年7月，頁79。

〔註205〕 程杰：〈論「誠齋體」〉，氏著：《宋詩學導論》（天津：天津人民出版社，1999），頁343。

〔註206〕 同前注，頁344。

〔註207〕 〈七十三吟〉，卷36，頁2330。

隔絕」小節中已分析過的情況之外，這種人際和諧題材幾乎見於陸游所有主題的田園詩。例如，在表達日常生活之悅和與民同樂之懷時，有「避雨來投白版扉，野人憐客不相違」〔註208〕、「老翁略與吾年等，眷眷遮留莫苦違」〔註209〕、「款門路近時看竹，送酒人多不典衣」〔註210〕、「過門爭邀留，具食不容辭」〔註211〕的熱情相待；也有「無錢溪女亦留魚，有雨東家每借驢」〔註212〕、「能釀人家分小榼，愛棋道士寄新圖」〔註213〕、「酒戶知貧焚舊券，醫翁憐病獻新方」〔註214〕、「市壚分熟容賒酒，鄰舍情親每饋殘」〔註215〕的親切友善。收穫時則有「早稻喜登場，相呼集野堂」〔註216〕、「父老招呼共一觴，歲猶中熟有餘糧」〔註217〕的歡樂；初夏季節，是「白葛烏紗稱時節，黃雞綠酒聚比鄰」〔註218〕、「北陌東阡節物新，往來饋餉走比鄰」〔註219〕的快意；歲末年初，又展現「臘月風和意已春，時因散策過吾鄰」〔註220〕、「比鄰更頌禱，親黨共遲留」〔註221〕的閒適融洽。

此外，在閒遊之際蕭散疏放之懷的抒發中，可見到「草塞瓶頭沽濁酒，花簽笠頂引群兒」〔註222〕、「兒童共道先生醉，折得黃花插滿頭」〔註223〕等饒富趣味的片段；點綴著「招呼父老嘗新釀，約束兒

〔註208〕　〈宿野人家〉，卷22，頁1651。

〔註209〕　〈西鄰亦新葺所居復與兒曹過之〉，卷25，頁1800。

〔註210〕　〈自詠閒適〉，卷43，頁2705。

〔註211〕　〈村老留飲〉，卷69，頁3863。

〔註212〕　〈庵中獨居感懷〉三首之三，卷38，頁2470。

〔註213〕　〈村居〉四首之四，卷54，頁3183。

〔註214〕　〈村居書事〉二首之一，卷50，頁3012。

〔註215〕　〈題門壁〉，卷71，頁3944。

〔註216〕　〈鄰曲小飲〉，卷15，頁1174。

〔註217〕　〈初冬從父老飲村酒有作〉，卷23，頁1716。

〔註218〕　〈夏日〉五首之五，卷37，頁2377。

〔註219〕　〈村居初夏〉五首之二，卷22，頁1664。

〔註220〕　〈十二月八日步至西村〉，卷26，頁1847。

〔註221〕　〈正旦後一日〉，卷29，頁1986。

〔註222〕　〈縱步近村〉，卷33，頁2184。

〔註223〕　〈小舟遊近村舍舟步歸〉四首之三，卷33，頁2193。

童築壞陂」〔註224〕、「閑投鄰父祈神社，戲入群兒鬪草朋」〔註225〕的隨意率性；在農村生機蓬勃的體會裡，「籃輿過鄰曲，綠野喜新晴」〔註226〕、「路逢行客時交轡，店賣新醅一舉樽」〔註227〕等詩句，又爲生意盎然的田園增添了明朗溫暖的人情氣息。甚至在貧窮的無奈中，仍有「晚禾蟲獨少，鄰里共相寬」〔註228〕的溫暖；在表露困頓無成感慨的詩篇裡，也不乏像「老農喜相覓，隨事具雞豚」〔註229〕、「馬跡車聲斷已無，鄰翁笑語自相呼」〔註230〕這般，彷彿能爲寂寞的詩人帶來一絲苦澀中的慰藉的細節。

除了詩人與農民之間以外，農民之間大量親密來往的現象也成爲詩材。其詩中或是體現「起居問尊老，勤儉教兒童」〔註231〕、「俗美農夫知讓畔，化行蠶婦不爭桑」〔註232〕、「一村婚娉皆鄰里，婦姑孝慈均母子」〔註233〕、「聞道少年俱孝謹，未應家法愧恬侯」〔註234〕等不分男女老幼對倫理秩序的自覺遵守，以及以之爲基礎的和睦氣氛；或是展現「耆老往來無負戴，比鄰問道有提攜」〔註235〕、「丁壯趁晴收早粟，比鄰結伴絡新絲」〔註236〕、「醉眠官道上，人爲護牛羊」〔註237〕的互助情誼。

非但如此，從以上所舉詩例中也可看出陸游對此類題材的處理相當細緻、具體。詩人不只是選取與之「有關」的事象而已，更注意將

〔註224〕〈北園蘺外放步〉，卷35，頁2299。
〔註225〕〈遣興〉四首之三，卷40，頁2540。
〔註226〕〈過東鄰歸小憩〉，卷50，頁2996。
〔註227〕〈江村道中書觸目〉，卷29，頁1977。
〔註228〕〈村舍〉二首之二，卷47，頁2867。
〔註229〕〈甲子晴〉，卷15，頁1185。
〔註230〕〈戲詠村居〉二首之二，卷24，頁1757。
〔註231〕〈夏四月渴雨恐害布種代鄉鄰作插秧歌〉，卷29，頁2012。
〔註232〕〈書喜〉三首之二，卷37，頁2417。
〔註233〕〈書村落間事〉，卷70，頁3891。
〔註234〕〈農家〉，卷24，頁1731。
〔註235〕〈過鄰曲〉，卷76，頁4160。
〔註236〕〈聞遊所至少留得長句〉五首之三，卷72，頁3969。
〔註237〕〈春老〉，卷81，頁4392。

最能突出彼此和睦關係的細節提煉出來，從而使之帶有真實、生動的特點，給讀者留下很深的印象。〔註238〕

　　總而言之，這些詩篇體現了農村中敦厚和善的人際關係，洋溢著一片溫暖濃郁的人情味。由於它們符合人們對社會和諧的共同關注與嚮往，因此更容易贏得普遍的認同。宋人羅大經云：「陸務觀……晚年詩和平粹美，有中原承平時氣象，朱文公喜稱之。」〔註239〕陸游田園詩中友善和睦的人情美，無疑是其詩「中原承平時氣象」面貌的重要組成部分，

　　不僅如此，這些形象鮮明的詩句裡，還蘊含著詩人對這片平凡世界裡的人情美的尊重與欣賞，到處可以感受到他溫情的眼神與善意的微笑。它們與陸詩經常流露的博厚胸臆相呼應，共同反映出詩人對生活的樂觀與對社會的熱愛，從而更能觸動人心，引起深遠的共鳴與感動。

　　以上兩節分別針對范、陸與楊、陸作了比較。現在，我們將綜合論述三人的異同，以期從另一個角度總結這兩節的發現，並且凸顯陸詩在三大家中的主要特色所在。

　　首先，在內容特點方面，范成大與楊萬里雖有「收斂主觀情感意

〔註238〕　其實陸詩在這方面與范成大詩也頗有不同。范詩只有少數篇章表達了農村中的人情的純樸，（如〈春日田園雜興〉之八：「郭裏人家拜掃回，新開醪酒薦青梅。日長路好城門近，借我茅亭暖一杯。」〈夏日田園雜興〉之九：「黃塵行客汗如漿，少住農家漱井香；借與門前磐石坐，柳陰亭午正風涼。」〈冬日田園雜興〉之十二：「村巷冬年見俗情，鄰翁講禮拜柴荊。長衫布縷如霜雪，云是家機自織成。」〈田家留客行〉：「行人莫笑田家小，門戶雖低堪灑掃。大兒繫驢桑樹邊，小兒拂席軟勝氈。木臼新春雪花白，急炊香飯來看客：『好人入門百事宜，今年不憂蠶麥遲！』」）而且很少著眼雙方的「互動」，因此其中的情味尚待讀者自己細細品咂，不像陸詩那樣洋溢於字裡行間。只是范、陸在這方面的差異不及楊、陸在這方面的差別來得大。為了避免行文的重複，因此陸詩的這個特點我們到與楊萬里的比較時才提出。

〔註239〕　宋・羅大經撰，王瑞來點校：《鶴林玉露》（北京：中華書局，1983），頁71。

識」與「彰顯個人慧智」之別，在觀物態度上也分別往「極客觀」與「極主觀」的方向傾斜，但他們在題旨方面，其實都不出詩人對於當下景物或風土人情的觀照、賞玩，因此詩境較為纖狹，旨趣的面向也較為單一。而且其中詩人主觀情感的流露也都很有限。由於作品強大的感染力主要來自內容的深邃廣大與生命的激情，因此范、楊之詩都不以感染力豐沛見長。

　　陸詩則以「發揚情感」為總特點。它在觀物態度上較范成大更凸顯主體經驗的個人性；卻又不像楊萬里那樣使主觀凌駕於客體之上。因此，其詩境往往呈現主客共存、並重與和諧共存的格局。在旨趣方面，陸詩則以境界的廣博和情味的醇厚，在范、楊兩家以外自成一格。它既不像范成大詩那樣對農村瑣事作細緻但客觀冷靜的描寫敘述；也不像楊萬里詩那樣突出自我對景物的新奇發現，而是以情真意足、感染力濃郁的特徵，在三大家中獨樹一幟。

　　其次，在體裁與語言風格方面，陸詩最主要的體裁是七言律詩，約有 223 首，約佔其全部篇數的 32%；范成大與楊萬里則是七絕，約各占其全部篇數的 63%、71% 左右。范、楊田園詩以短小且容易寫得靈活的七絕為主，與他們喜寫瑣細農村景物的取材路線正相配合。陸游由於舉凡自然景物、農村人情、自我生活起居均能入詩，因此篇幅較長、較七絕更具揮灑空間的七律體裁便成為他的首選。

　　在語言風格上，范成大與楊萬里與都更主動地「向俗靠攏」，或由雅趨俗、或化俗為雅。陸游則仍以遵循傳統的詩歌美學標準為主。其詩相較於范詩的樸素平易，顯得更具文采；相較於楊詩的靈活不羈，顯得規範工整。而無論是重文采或尚規整，其實都是文人審美趣味的典型表現。若由此方面著眼，則我們可以說，陸游在三大家中是主觀上最刻意追求文雅之美的作者。但由於陸詩有形成套路之傾向，所以也難免為後代詩評家貼上「近俗」的標籤。

　　陸詩與范、楊之詩所以各具特色，實與三人的生平背景、處世態度，尤其是和詩學思想或詩歌淵源有所關聯。

先論范成大。他在三人中仕宦最爲顯達，歷任方面大員，官至參知政事。〔註 240〕其田園詩的代表作都作於淳熙十年（1183）退居石湖別墅以後。吉川幸次郎指出：「或許與他的身分地位有關，他的詩顯得優雅端正，沒有陸游《劍南詩稿》那樣多彩粗放。」〔註 241〕其說可從。范成大田園詩的語言所以不像楊萬里那樣活潑俚俗，而是雅俗參半；其內容調性也不像陸游詩那樣情感豐沛，而較偏於超逸、旁觀，應與他特殊的身分有關。

此外，范成大平生對撰寫筆記、方志有濃厚興趣，從早年就開始將寫作筆記、雜記的趣味和作風帶到詩歌創作中。〔註 242〕晚年如〈臘月村田樂府〉十首、〈四時田園雜興〉六十首，很大程度上也是志錄興趣的產物。〈臘月村田樂府〉詩序明言：「余歸石湖，往來田家，得歲暮十事，採其語各賦一詩，以識土風。」〔註 243〕〈四時田園雜興〉也是「識土風」的產物，其中按節令將農村民俗細節依序寫出，不避瑣碎雜沓，且筆調冷靜客觀，體現出風俗漫錄的態度。〔註 244〕這種

〔註 240〕相較於陸游、楊萬里，范成大作品的散佚非常嚴重。范氏所著詩文，早有全集刊本，共 136 卷，其中詩（包括辭賦）和詞兩部份，賴清人先後重刊、輯刻，尚有流傳。餘者除幾部單行的專著（多數爲筆記、方志）以外，大都亡佚（詳參周汝昌：《范石湖集・前言》，頁 1）。今有孔凡禮輯：《范成大佚著輯存》（北京：中華書局，1983），共輯得文 135 篇，詩 9 首，詞 8 首，殘篇若干篇。范成大的大部分作品已經湮沒，爲今人理解其性情、思想、心路歷程，平添許多阻礙。因此我們探討其詩特色的成因，能依據的資料遠比范、楊有限。

〔註 241〕【日】吉川幸次郎著，鄭清茂譯：《宋詩概說》（臺北：聯經出版事業股份有限公司，2012），頁 192。

〔註 242〕程杰即指出，范成大早年出使、赴任或離任途中作有多部征行日記，同時所作之詩，其內容、筆法也多與日記相似。此外，他還有不少規模可觀的征行系列詩作（佔淳熙十年退居石湖以前所作之詩二分之一強），或帶有鮮明的日記體遊記的結構，或表現明顯的敘述語調和實錄態度，早已展現「以筆記爲詩」的作風。詳參〈論范成大以筆記爲詩〉，氏著：《宋詩學導論》（天津：天津人民出版社，1999），頁 326～330。

〔註 243〕富壽蓀標校：《范石湖集》（上海：上海古籍出版社，2006），頁 409。

〔註 244〕上述觀點，曾參考前揭程杰：〈論范成大以筆記爲詩〉，頁 331～333。

「以筆記爲詩」的作風，直接促成了其詩充斥精細的描寫、準確的敘錄，但情感淡薄、感染力弱的特點。

再者，范成大從早年開始，即受中唐張籍、王建、白居易等人詩風甚深影響，已爲學界之共識。〔註245〕張、王等人之詩以「尙實、尙俗、務盡」爲特徵，〔註246〕范氏田園詩題材以民俗情事爲主、語言質實平易等特點，亦與此詩學淵有重要關聯。

楊萬里對仕宦功名不如陸、范用心。因此他雖然一生未獲大用，〔註247〕但無論是早年奔波道途之際，或是晚年退居鄉野之時，內心的失落、感慨均不如陸游明顯，其詩也因此普遍有較純粹的活潑風趣色彩。〔註248〕

在藝術見解方面，楊萬里比陸游更強調詩源於人對真實世界的體驗，與詩人應從大自然獲得靈感與詩材。〔註249〕這就導致其詩題材以眼前的自然景物爲主；且屏棄寫作成法、慣用語言與傳統意象，而是以自己的語言表達對自然的新鮮印象。〔註250〕此外，楊萬里在三大家中有最強烈的追求創新與自成一家的意識。嚴羽《滄浪詩話》在「誠齋體」注云：「其初學半山、後山，最後亦學絕句於唐人，已而

〔註245〕 關於方面的討論，可參考周汝昌：《范成大詩選・後記》（北京：人民文學出版社，1959），頁289～294。

〔註246〕 羅宗強：《隋唐五代文學思想史》（北京：中華書局，2003），頁172～175。

〔註247〕 在楊氏四十餘年的仕宦生涯中，只有光宗即位前後約四年的時間，較受朝廷重用，官職也比較高，曾任吏部左司郎中、秘書少監、秘書監等職，並侍讀東宮。

〔註248〕 關於楊萬里對仕宦態度與范、楊的不同，以及此種差異對其詩特色產生的影響，詳參戴武軍：〈「誠齋體」的形成原因初探〉，《湘潭大學學報・社會科學版》，16卷4期，1992年10月，頁126～127。

〔註249〕 在宋代詩人中，楊萬里極爲強調詩人應從自然中汲取詩思與詩材，甚至到了激進的程度。詳參周裕鍇：《宋代詩學通論》（上海：上海古籍出版社，2007），頁127～131。

〔註250〕 詳參熊海英：〈師法自然的自由創作——對「誠齋體」之「自然」特質的深層闡析〉，《中南大學學報・社會科學版》，18卷3期，2012年，頁227～230。

盡棄諸家之體而別出機杼，蓋其自序如此也。」〔註 251〕他不僅詩風多變，而且羞於傳其他詩家衣缽，充分展現求新獨創的氣魄。〔註 252〕因此，其詩無論在語言風格或意境方面，都對傳統詩美有大幅度的突破，也與陸、范有頗大的差異。

再者，楊萬里受理學於事物窮理悟道的思想影響甚深。因此，他傾向對自然作冷靜、理智的觀照和領悟，其詩的物我關係實質上是理性的、感悟的，〔註 253〕從而導致其田園詩與陸游相較，顯得缺乏激情與感染力。

相較之下，陸游是三人中宦途最坎坷的。他不僅終生未獲重用，且政治地位較楊萬里猶有不如。長期位居下僚或僻居鄉間，使陸游詩在宣洩內心情緒的方面向來少有拘束，〔註 254〕其田園詩也因此以情真意切獨樹一幟。

在藝術見解方面，陸游不像楊萬里那樣極端強調「只是征行自有詩」，而是不僅重視詩人的自然體驗，也重視在社會、人生中的經歷與由此而來的情感體驗。陸游有詩云：「法不孤生自古同，癡人乃欲鏤虛空。君詩妙處吾能識，正在山程水驛中。」〔註 255〕誠如周裕鍇指出的：此詩與楊萬里的「只是征行自有詩」相較，「也是在談客觀體驗的重要性，但將『只是』換成『正在』，就少了很多偏激，而且

〔註 251〕 宋・嚴羽撰，郭紹虞校釋：《滄浪詩話校釋》（北京：人民文學出版社，1961），頁 59。

〔註 252〕 楊萬里不僅多次編纂自己詩集，並在詩集自序中自述其詩風的轉變過程。可以說，求「變」伴隨著楊萬里全部的詩歌創作歷程。詳參熊海英：〈楊萬里詩歌創作進階與「誠齋體」的成型〉，《南昌大學學報・人文社會科學版》，43 卷 1 期，2012 年 1 月，頁 122～126。又，楊萬里在〈跋徐恭仲省干近詩〉三首之三、〈江西宗派詩序〉等詩文中，也都表達了對戛戛獨造、自成一家的重視。

〔註 253〕 關於楊萬里詩此方面的特點，詳參張鳴：〈誠齋體與理學〉，《文學遺產》，1987 年第 3 期，頁 70～74。

〔註 254〕 關於陸游由於始終未獲重用，所以其詩在情感宣洩上較為率直的觀點，曾參考王琦珍：〈中興四大詩人比較論〉，《江西師範大學學報・哲學社會科學版》，1990 年第 4 期，頁 19。

〔註 255〕 〈題盧陵蕭彥毓秀才詩卷後〉二首之二，卷 50，頁 3021。

『山程水驛』中的『妙處』也絕非自然美所能範圍。」〔註 256〕陸游的不少詩篇都透露了，自身的生活閱歷與情感體驗是詩思、詩材的重要來源。〔註 257〕因此相較於楊萬里，乃至范成大，陸詩的題材更加多元，而且其詩思更爲貼近日常生活感受，詩情的感性也更爲濃郁。

更重要的是，相較於范、楊，陸游有較明確的「文章關治道」觀念，因此陸詩也與范、楊一味反映眼前景物清新活潑的小情趣不同，經常表現與儒家倫理相關的價值取向與審美態度，從而較富於對群體的關懷與闊大的境界。

陸游認爲，一流的文章應該表現、至少是關乎「道」，而絕不僅是文字技巧的一味擺弄、炫耀。〈上執政書〉云：「夫文章，小技耳，然與至道同一關捩。惟天下有道者，乃能盡文章之妙。」〔註 258〕〈送范西叔赴召〉云：「自昔文章關治道，即今臺閣要名流。」〔註 259〕陸游所謂「文章」，範圍含括詩、文。〔註 260〕因此上述引文中「傳道」

〔註 256〕氏著：《宋代詩學通論》（上海：上海古籍出版社，2007），頁 133～134。

〔註 257〕如〈自三泉泛嘉陵至利州〉（卷 3，頁 245）：「日日遭途處處詩，書生活計絕堪悲。江雲垂地灘風急，一似前年上硤時。」〈秋思〉三首之三（卷 5，頁 444）：「西風吹葉滿湖邊，初換秋衣獨慨然。白首有詩悲蜀道，清宵無夢到秦天。」〈書懷〉二首之一（卷 5，頁 442）：「楚澤巴江雨鬢殘，夕陽又是倚闌干。敢言日與長安遠，惟恨天如蜀道難。客枕五更歸夢短，新詩千首後人看。」又例如，他以「書感」爲題的詩約有四十首；以「書懷」爲題者約有七十首，內容多與身世之感或現實生活中的悲歡離合有關。他甚至曾推崇「娛悲紓憂」之詩，即詩人遭遇不幸時，傾瀉胸中悲憂憤鬱所產生的作品。凡此種種都說明了，陸游自覺地以現實人生閱歷與由此產生的各種體驗入詩。

〔註 258〕卷 13。按：本文作於紹興三十一年（1161）四月，時陸游年三十七歲。

〔註 259〕卷 3，頁 243。按：本文作於乾道八年（1172）九月，陸游四十八歲。

〔註 260〕已有學者論證過，陸游所稱的「文」或「文章」不僅指散文，在更多的情況下指詩歌，或泛指詩文。詳參顧易生、蔣凡、劉明今：《宋金元文學批評史》（上海：上海古籍出版社，1996），上冊，頁 263～264。

的載體亦兼指詩與文。以上言論均出現於陸游青、壯年時期，但其實這種觀念幾乎貫串其一生。

陸游推崇的「道」主要指蘊藏在六經中的古代聖賢之道，亦即先秦儒家的倫理道德觀念與經國治世之道。〔註261〕他主張的應反映於詩文中之「道」亦不出此範疇。例如淳熙十四年（1187）的〈夜坐示桑甥十韻〉云：「大巧謝雕琢，至剛反摧藏。一技均道妙，佻心詎能當。結纓與易簀，至死猶自強。〈東山〉、〈七月〉篇，萬古真文章。天下有精識，吾言豈荒唐？」〔註262〕「結纓」與「易簀」形容道德信念的堅定；《詩經·豳風》中的〈東山〉與〈七月〉反映的是周公的體恤下情的仁愛，與「陳王業」的忠悃用心，均不離儒家的政治倫理思想。其共同點在於均體現了「道」。「結纓」兩句由作者著眼，「東山」兩句由作品的內涵著眼，但其意均指向：真正達到「大巧」境地的詩文，應是出自情操高尚的作者、從而流露道德內涵的，或是含蘊某種政治倫理意識的。釐清了這點，我們也就能明白陸游慶元五年（1199）所作的〈讀後漢書〉二首之一並非虛譽。其詩云：「賃舂老子吾所慕，垂世文章寧在多！《詩》不刪來二千載，世間惟有〈五噫歌〉。」〔註263〕梁鴻的〈五噫歌〉有諷喻上位者貪圖享樂之意，蘊含著儒家節用、愛民的政治思想，同時流露詩人的忠君愛民之懷，因此為陸游所盛讚。作於同年的〈答陸伯政上舍書〉云：「古聲不作久矣！所謂詩者，遂成小技。詩者果可謂之小技乎？學不通天人，行不能無愧於俯仰，果可以言詩乎？」〔註264〕字面上雖是說詩是作家思想、道德修養之外現，但亦有詩歌應表達對國計民生的關心，與詩人道德情操之含意。

陸游論及當世文風時，也顯示對此方面的重視。〈醉中歌〉云：「文章日益近衰陋，風節久已嗟陵夷。元祐大蘇逝不反，慶曆小范

〔註261〕詳參邱鳴皋：《陸游評傳》（南京：南京大學出版社，2002），頁302。
〔註262〕卷19，頁1493。
〔註263〕卷39，頁2494。
〔註264〕卷13，頁126。

今誰知！」〔註265〕在他心目中，蘇軾體現了北宋「有孟、楊之學；稷、卨之忠」〔註266〕的士風，樂以天下、憂以天下的范仲淹則是素所敬重的鄉先賢，〔註267〕兩人均為北宋賢士以道自任、關懷社稷的文章風節的代表。對於此風如今不復可見，陸游深表感慨。

因此陸游自己以詩歌創作實踐此種理想。他不僅積極寫作鼓吹北伐恢復之詩，直接抒發從戎報國的激情，而且其詩的愛國主題具有豐富的具體內容，全面覆蓋了南宋愛國詩歌的範圍，例如痛斥小朝廷的苟安國策、譏刺朝中不顧國事只謀私利的大臣；憂心朝野士氣不振的事實；嘆息南宋選都不當等等。〔註268〕《劍南詩稿》中也有同情各種民生疾困之詩。凡此種種，都表達了詩人的忠君、憂國、愛民之情。

同樣地，陸游田園詩中與民同樂主題蘊含的民胞物與之懷；民情淳古之慕中對服膺人倫的讚頌；安貧主題中對自我道德操守的執著；困窮失意之中仍不忘感時憂國的胸襟；以及力耕之懷中的報效君國、承傳祖風等等意識的詩篇；還有散佈在各種主題中的、對親子、朋友、鄰里之間和睦親善、秩序井然現象的認可，〔註269〕也無不是「文章關治道」之思想的突出體現。

陸游與楊萬里、范成大都倡導從自然與現實中激發靈感，且也都

〔註265〕卷45，頁2764。

〔註266〕〈跋蔡忠懷送將歸賦〉，卷29，頁261。

〔註267〕〈送王龜齡著作赴會稽大宗丞〉（卷1，頁43）：「有越踰千載，何人不宜遊？向來惟一范，真足壯吾州。」又，〈夢中作〉（卷59，頁3427）亦引范仲淹「先天下之憂而憂」的名言自況。

〔註268〕莫礪鋒因此認為，後世學人指責陸詩中的抗金主題為「官腔」是有失準確的，因為此類詩歌含蘊的是具有深刻嚴密的具體內涵的愛國呼聲。詳參氏著：〈論陸游對儒家詩學精神的實踐〉，《學術月刊》，47卷8期，2015年8月，頁121。

〔註269〕莫礪鋒認為，陸詩中大量深情歌頌親子、夫妻、朋友、鄰里之間敦厚情感的詩篇是儒家厚人倫、美教化、移風俗等思想的生動展現，同時也是對詩教「邇之事父」功能的擴展和提升。（詳參前揭氏著，頁122～124）。我們以為，若聯繫起陸游重視以詩表達儒家政治倫理與道德修養的一貫主張，應該也可以說，此類詩篇與直接傳達忠君愛國情懷之詩，都是相同詩學見解的反映。

認同以詩娛情。〔註 270〕但從總體創作傾向和文學主張觀之，陸是三人中最重視政治社會方面題材者。他始終重視在創作實踐中表達個人的胸懷抱負或對民生現實、國家狀況的關注。這就決定了其田園詩一定程度上脫離了此詩類純粹發抒個人閒情的傳統，轉而寄託仁人志士的浩博情懷，並且迸發淳厚動人的感染力量。

再者，如同本文第七章已提及的，陸游田園詩語言藝術特點的主要淵源是陶、王、晚唐詩人、梅堯臣、江西詩派等。這些詩人不但不像范成大取法的張、王詩派那樣以平俗近人為主要的美學追求，而且多半相當講究字句鍛鍊的工夫。此外，陸游雖然也有吸收前人藝術經驗而後自成面目的寫作功力，卻沒有楊萬里那種求新求變、別開生面的強烈自覺。這些因素都導致陸詩的語言風格在三大家中最為雅麗，與傳統詩美也最為接近。

第三節　陸游田園詩的影響

陸游自青年時就已是當代極為著名的詩人，其才學與愛國之忱也頗受時人認同、稱許。〔註 271〕那麼，他新境迭出的田園詩在後代產生了怎麼樣的影響？其中哪些藝術特色最能得到後人的共鳴？原因為何？這是我們在此節要嘗試探索的問題。

必須先說明的是，我們對於南宋中、後期，以及元代以後陸游詩的影響情況的考察，著眼點略有不同。對於前者，將採取比較細緻的眼光觀察陸詩舉凡內涵題旨以及藝術技巧等各方面是否產生影響，並說明其原因為何。因為這段時期裡的詩人，是或是與陸游有來往，或從其學詩，或與以上兩類陸詩讀者互通聲息。總之，他們距陸游其人

〔註270〕宋代詩學有「作詩以自適」的傳統，楊、范亦有相關主張。詳參周裕鍇：《宋代詩學通論》（上海：上海古籍出版社，2007），頁 62～71。

〔註271〕相關情形，詳參曾維剛：〈典範確立：論陸游的當世接受〉，《江海學刊》，2014 年第 3 期，頁 174～180。

其詩較後人更爲切近，徑直繼承其詩特點的頻繁與具體程度，也很可能較後人爲高。既然南宋中後期是陸詩對詩壇最可能發生直接作用的時段，我們對它自宜作較細緻的觀察。

至於元代以降，由於時間離陸游更遠，詩人可資學習的名家與兼學眾家的機會更多，詩人受某家影響的明顯痕跡多半也較難辨認。〔註272〕因此我們對於陸詩的總特色在這段時期的影響，只著重於觀察幾個主要的方面，以使論述不致流於瑣碎或過於指實。

一、南宋後期

在南宋三大家中，陸游與楊萬里是影響較大的兩家。〔註273〕但若仔細玩味當時人對兩人詩壇地位的論述，則可發現，陸游在南宋詩壇的影響力其實不如楊萬里。〔註274〕這首先與陸、楊的用心不同有關。已有學者指出，楊萬里用心處在詩歌創作上。他不但有變創革新、引領詩壇的意圖，在江西一帶也已然成爲盟主，當時許多詩人成爲「誠齋體」的擁護者。陸游則缺乏「盟主」意識。蓋其縈心者爲家國時事，以恢復故地、建立功勳爲一生襟抱，而以詩文爲言志舒憤之具，創作成就雖高，卻並無主盟詩壇的欲望。再加上仕途蹭蹬、長期外放，故未能對當時詩風構成顯著影響。〔註275〕另有論者發現，南宋時無論是次韻唱和還是追和楊萬里詩的人數與詩篇，其數量均較陸游爲多。〔註276〕這也從另一個角度反映楊詩更受時人重視。

〔註272〕 時代越往後，影響愈趨於隱微，這是所有詩人在後代接受情形的一般規律。詳參劉學鍇：《李商隱詩歌接受史》（合肥：安徽大學出版社，2004），頁459。

〔註273〕 詳參墻峻峰、張遠林：〈陸游詩歌的效果史——兼論「中興四大家」〉，《江漢論壇》，2007年第2期，頁92。

〔註274〕 詳參韓立平：《南宋中興詩風演進研究》（上海：華東師範大學出版社，2013），頁123～127。

〔註275〕 韓立平：《南宋中興詩風演進研究》（上海：華東師範大學出版社，2013），頁133。

〔註276〕 墻峻峰、張遠林：〈陸游詩歌的效果史——兼論「中興四大家」〉，《江漢論壇》，2007年第2期，頁93。

　　陸游詩在南宋後期到底能產生怎樣的影響，不僅取決於他本身的條件，更與當時詩壇的總體情況有關。因爲前代詩人對後代的影響不是單向的、垂直的關係，而是一種雙向的、對話的關係。不是前代「引導」後代，而是後代依據自己的特點和需求，從前代「開掘」或「激活」這些前驅形式。〔註277〕所以陸游田園詩在當時與後代的影響，不一定與詩歌的實際成就成正比，而是更多地取決於他身後國家整體局勢的惡化與士風的改變。

　　南宋寧宗、理宗以降，國勢日益衰弱，詩壇上「江湖體」盛行。〔註278〕江湖詩人是一群因仕途失意遂漂泊四方，干謁或賣文以求謀生的下層文人。他們由於社會地位降低，所以多半對建立功名沒有太大期待，對國家、社會的承擔意識也普遍比較淡薄。〔註279〕再加上其詩學蘄向以回歸晚唐爲主，在此情況下，「其詩絕不感嘆國事」、輕鬆活潑且崇尚晚唐的楊萬里詩顯然更易引起江湖詩人的注意，也較陸游更符合他們的審美好尙。〔註280〕但在藝術手法方面，江湖詩人倒也並不局限於借鑒楊萬里一家，他們廣泛學習中唐後期到唐末的詩人之詩，以及近代名家之詩。〔註281〕

〔註277〕張榮翼、李松：《文學史哲學》（武漢：武漢大學出版社，2014），頁64、340。

〔註278〕此處所以使用「江湖體」而不用「江湖派」之名，是因爲學界對這些以下層文人爲主要組成分子的詩人是否已能視爲嚴格意義上的「詩派」尚有歧見。如果不拘泥於「詩派」的概念，則可以發現這群南宋後期新出現的身處社會下層、以賣文或干謁謀生的詩人雖然創作面貌極爲複雜，但也呈現某些層面的共同特徵，其美學風格若一言以蔽之，可稱爲「江湖體」。相關辨析，詳參馮乾：〈近二十年來江湖詩派研究綜述〉，《文史知識》，1998年第1期，頁121～122；王水照、熊海英：《南宋文學史》（北京：人民出版社，2009），頁255～260。

〔註279〕關於江湖文人的心態與詩風，曾參考前揭《南宋文學史》，頁255～256；264～265。

〔註280〕關於楊萬里詩本身特點符合江湖詩人審美趣味的論點，曾參考墻峻峰、張遠林：〈陸游詩歌的效果史——兼論「中興四大家」〉，《江漢論壇》，2007年第2期，頁94。

〔註281〕江湖體的師法淵源很廣泛，最重要的一端是晚唐詩，具體來說即時

　　就田園詩而言，江湖詩人的田園詩多半寫於奔波道途之時或田居之際，其中絕大多數表達自我的羈旅愁思或恬逸情致，尤其擅長從農村的風景人情中挖掘清新活潑的生活情趣。在藝術技巧部份，張籍、王建的民俗詩質實樸素的語言風格、賈島、姚合寫景詩鍛字工巧、白描精細的筆法，或范成大農村詩平實、切近的描寫方式，以及楊萬里田園風物詩喜用白話俗語、輕快流暢的作風等等，都是他們經常借鑒的對象。

　　在此創作氛圍下，陸詩的影響自然受到了某種程度的限制。不但其愛國詩中慷慨激昂的意氣與恢復失土的豪情難有知音，即便是田園詩的重要特點，也似未受到時人注意。於是，陸游田園詩中最具特色的民胞物與之懷，至此罕見嗣響；他藉田園生活以抒發耿介傲岸懷抱；愛國憂時之忱；或報效國家、充實人生之志的創作路線，更是幾乎後繼無人。

　　在詩歌藝術方面，這些詩人往往以白描為主，詩語清新平淡。但由於經常欠缺鍛鍊，所以既容易給人率易淺俗之感，也缺乏生動的形象、扣人心弦的感發力，以及鮮明的創作個性。〔註 282〕他們之中，不僅並未再出現如陸游那樣能自樹立的大家，也很少人能繼承陸游詩中對詩人學養、才力有較大挑戰性的各種特點，如韻腳平仄的講求；平中微拗的聲律變化；密集又不失之板滯的對偶；與貼切的用典等等。再加上多數詩人必須為生活奔波，缺乏陸游那樣安定的生活條件和仔細推敲詩句的餘裕與閒情，因此即便是陸詩中難度相對不那麼高的妙用疊字、講求顏色詞的相映相對與動詞的有力、巧妙經營寫景句與各種詩體的敘事性等藝術手法，也沒有在他們作品中留下太明顯的痕跡。〔註 283〕

　　　　間意義上的中唐後期到唐末的詩歌。詳參前揭《南宋文學史》，頁
　　　　260～261。
〔註 282〕關於江湖詩人之作的藝術弱點，曾參考前揭《南宋文學史》，頁 267。
〔註 283〕劉克莊、戴復古等人雖是江湖詩人中著名作者，也頗推崇陸游詩，
　　　　但這並不表示他們必然吸收了陸詩的特色或精髓。

　　但陸游畢竟是當時享有盛譽的詩人，其田園詩中一些比較大的方面，還是對江湖詩人有所影響。首先是以自我生活細節入詩的創作路線。前文已論及，陸游將北宋田園詩大幅描寫自我日常生活的新趨勢發展到高峰，而且是南宋三大家中唯一致力於以士人生活的各種方面入詩者。南宋後期的詩人則沿著這種路數繼續發展，且有更為瑣碎化的傾向。

　　他們不僅將與某種生活事項相關的各種情況一併入詩，而且不惜鋪陳排比，顯示出極大的寫作熱情。例如蘇泂：「水邊同婦飲，花下趁兒行。養鴨期充膳，騎牛學治生。」〔註284〕劉克莊：「晴天田舍禾歸窖，臘日山家酒滿盆。護竹短牆修復壞，澆花小井汲來渾。」〔註285〕「愛敬古梅如宿士，護持新筍似嬰兒。花窠易買姑添價，亭子難營且築基。」〔註286〕「買得荒郊五畝餘，旋營花木置琴書。柳能樊圃猶須種，蘭縱當門亦不鋤。無力改牆姑覆草，多方存井要澆蔬。」〔註287〕「待鑿新池引一灣，更規高阜敞三間。縮牆恐犯鄰家地，減樹圖看屋後山。」〔註288〕胡仲弓：「冬深差喜病根除，藥裹猶親酒盞疎。門對好山純種竹，園通活水可澆蔬。」〔註289〕楊公遠：「每汲清泉勤抱甕，旋鋤荒圃謾携書。綠葵紫芥香尤美，春韭秋菘味有餘。時擷鮮苗烹石銚，朱門肉食不如渠。」〔註290〕方一夔：「不嫌飯豆與蒸藜，飽脫衣衫掛竹籬。問酒亭前旗影市，繫船屋角藕花陂。」〔註291〕俞德鄰：「魚蝦入網忙呼酒，鵝鴨棲池靜掩扉。喚婦索綯苫屋角，課兒斫竹補籬圍。」〔註292〕「兒挑苦芙供鵝食，妻擷葫荽薦客茶。榾

〔註284〕　〈次韻〉七首之四，卷2845，頁33891。
〔註285〕　〈命拙〉，卷3035，頁36168。
〔註286〕　〈為圃〉二首之一，卷3039，頁36238。
〔註287〕　〈即事〉四首之一，卷3039，頁36243。
〔註288〕　〈即事〉四首之四，卷3039，頁36243。
〔註289〕　〈和劉後村雜興〉十首其一，卷3336，頁39829。
〔註290〕　〈學圃〉，卷3523，頁42085。
〔註291〕　〈田家雜興〉三首之三，卷3536，頁42287～42288。
〔註292〕　〈村居即事〉二首之一，卷3549，頁42443。

柮火殘寒尙力,茅柴酒熟夜能賒。」〔註293〕

　　甚至有幾乎以整首將生活情事排比出之者,如蒲壽宬:「草屋柴門風露涼,寒瓜收蔓力鋤荒。新栽菖蕖恰逢雨,欲剪芹藍猶待霜。牧豎歸來煨芋熟,田翁相就潑醅香。里胥偶報徵苗急,自闢閒畦早築場。」〔註294〕戴表元「耕桑本是閒居事,學得耕桑事轉多。失曬麥叢憂出蝶,遲繅蠶繭怕生蛾。調停寒暖春移苧,偵候陰晴夏插禾。衣飯爲誰忙不徹,醉來乘興作勞歌。」〔註295〕以上詩例均屬近體詩,類似例子在古體詩也有許多,爲節省篇幅,恕不一一列舉。在字數有限的近體詩裡充斥著各種生活瑣事,而且舉凡耕種活動或營生行爲、園圃家宅的經營、衣食住行等生活細節等多方面、各種各樣的活動情事在相鄰詩句中接連推出,與其有關的細節更是不厭其詳的一起入詩,這諸多方面,都使南宋後期田園詩細密瑣碎的程度較陸游可謂有過之而無不及。

　　其次是以工緻流暢的七律詩體創作田園詩。在第六章「聲律諧美的七律」一節我們已經論及,中唐以後的田園詩開始出現成熟的七言律體,但尙屬個別詩人偶一爲之的創作,〔註296〕成就並不突出。在北宋田園詩中七律也沒有得到足夠的重視。直到陸游筆下,才開始大量以七律體裁創作田園詩,並呈現出鮮明的個性特徵。第七章則指出,陸游田園詩的代表性語言風格是工緻曉暢。現在我們要進一步指出,此種特點最集中地體現在其中的七律,從而爲南宋以後的田園詩史開啓了一種新的風格類型。

　　承襲陸游七律作風的情形,從他的晚輩詩人就已經開始了。例如曾「登三山陸放翁之門」〔註297〕、從其學詩的戴復古(1167～1248

〔註293〕〈村居即事〉二首之二,卷3549,頁42443。

〔註294〕〈田園秋興〉,卷3579,頁42777。

〔註295〕〈耕桑〉,卷3644,頁43700。

〔註296〕例如杜牧〈商山麻澗〉、許渾〈村舍〉二首、〈秋晚懷茅山石涵村舍〉、陸龜蒙〈奉和夏初襲美見訪題小齋次韻〉、張賁〈奉和襲美題諸家林亭〉、來鵠〈清明日與友人遊玉粒塘莊〉、李商隱〈贈田叟〉、韓偓〈秋村〉、韋莊〈虢州潤東村居作〉、〈鄠杜舊居〉二首等等。

〔註297〕〈跋戴式之詩卷〉,宋‧樓鑰撰,顧大朋點校:《玫瑰集》(杭州:

後）有詩云：

> 客游花縣自逍遙，百里風光在兩橋。語出桑陰鳩婦喜，身
> 穿麥秀雉雛嬌。青山一任雲來去，綠水多爲風動搖。上下
> 相安長官好，野亭閑坐聽民謠。（〈古田縣行覽呈劉無競〉，
> 卷 2818，頁 33570）

> 自古田園活計長，醉敲牛角取宮商。催耕啼後新秧綠，鍛
> 磨鳴時大麥黃。桐樹著花茶户富，梅林無實秫田荒。狂夫
> 本是農家子，抛却一犁遊四方。（〈田園吟〉，卷 2818，頁
> 33573）

前例的「語出桑陰鳩婦喜，身穿麥秀雉雛嬌」一聯，以鳩之「婦」和
他種鳥之「雛」相對，構思與陸游〈閑詠〉一詩：「秋來梁燕將雛去，
雨過林鳩喚婦還」近似；後例中頷聯相對的「催耕」與「鍛磨」都與
鳥語有關；頸聯則包含兩組當句對。雖然兩詩的表達或有欠生動、或
不夠精鍊，但對偶整飭細密的作風確與陸游接近。此外，兩詩裡主體
閒散舒放的情態，也與陸游詩彷彿相似。

　　陸游去世之後，許多詩人沿著同樣的方向繼續開拓，而且其中有
不少與陸詩在字句上、技巧上頗有相似之處。如自云學詩之初「由放
翁入」〔註298〕的劉克莊（1187～1269）詩：

> 目爲詩客不勝憨，喚作園翁定自堪。抱甕荷鋤非鄙事，栽
> 花移竹似清談。野人只識羹芹美，相國安知食笋甘自注：富
> 鄭公事。晚覺《齊民》書最要，惜無幽士肯同參。（〈即事〉
> 四首之二，卷 3039，頁 36243）

> 老畏春寒緊閉關，群龍應笑一蛇蟠。茆茨掩翳三家聚，桑
> 柘依稀十畝間。芰蔽荷裳公自愛，食支離粟我何顏。人生
> 安穩惟田舍，歸晚猶勝死不還。（〈又和〉八首之四，卷 3051，

浙江古籍出版社，2010），卷 74，頁 1323。

〔註298〕劉克莊〈刻楮集序〉：「初余由放翁入，後喜誠齋，又兼取東都、南
　　　渡、江西諸老，上及于唐人，大小家數，手鈔口誦。」《後村先生
　　　大全集》，卷 96，頁 832，收入《四部叢刊正編》（臺北：臺灣商務
　　　印書館，1979）。

頁36385）

前例中頷聯連用四組當句對，頸聯用兩個典故相對，與陸詩相近。後例中雖然「茇葴苕棠」、「食支離粟」這種比較拗口的意義節奏是陸詩較少見的，但頷聯接連推出雙聲對和數字對，頸聯也用兩個典故相對；這種結構上的工整依然與陸詩一致。再如方岳（1199～1262），曾作有〈和放翁社日〉四首，〔註299〕為五古組詩，應該對陸游田園詩有一定的熟悉度，他也有類似的田園七律，如：

> 帶郭林塘儘可居，秋田雖少不如歸。荒烟五畝竹中半，明月一間山四圍。草臥夕陽牛犢健，菊留秋色蟹螯肥。園翁溪友過從慣，怕有人來莫掩扉。（〈次韻田園居〉，卷3203，頁38340）

> 自束生芻起飯牛，隔林扣角更深幽。半分不得詩書力，一飯常存畎畝憂。老去有腸堪貯酒，生來無骨可封侯。開荒厓下田無幾，種秫寧須與婦謀。（〈牛庵睡起〉，卷3203，頁38340）

> 檢校平生瓜芋區，鋤雲荷月儘堪娛。山中鶴帳依然在，天下魚羹何處無。古蘚蒼厓松老大，夕陽黃犢草荒蕪。縱無田亦歸來是，說與秋風不為鱸。（〈檢校塢中〉，卷3206，頁38363）

在首例中，中間兩聯對偶皆極為工整，數字對、天文對、草木對等層出不窮；尾聯「園翁溪友過從慣」更自陸游「園公溪父逢皆友」一句中脫化而來。次例頸聯並用兩典，且用法一正一反，尾聯反用典故；三例頷聯用典，尾聯反用典故等手法，均依稀可見陸詩的影子。

上述三人是明確表示學習過陸詩的作者，其他曾讚許過陸游其人其詩的詩人，田園七律也可尋繹到受陸詩影響的痕跡，例如：

> 新秧成段見連連，風弄輕柔雨後鮮。細出水如青縷線，平鋪田似綠毛氈。國貧民困憂無日，身遠心存冀有年。試問維魚誰入夢，牧童三五澗頭眠。（林希逸〈行田間見新秧

〔註299〕《全宋詩》，卷3217，頁38435。

作〉，卷 3119，頁 37247）〔註300〕

> 出門楊柳碧依依，木筆花開客未歸。市遠無錫供熟食，村
> 深有紵試生衣。寒沙犬逐遊鞍吠，落日鴉銜祭肉飛。聞説
> 舊時春賽罷，家家鼓笛醉成圍。（戴表元〈林村寒食〉，卷
> 3643，頁 43691）〔註301〕

> 耕休何處散煩勞，東埭西梁信所遭。溪水清清照魚影，山
> 風細細落松毛。無名野草疑皆藥，有韻村謠例近騷。稽古
> 祗堪農圃用，莫將車馬誤兒曹。（戴表元〈耕休〉，卷 3644，
> 頁 43704）

林希逸詩中間兩聯以「如」、「似」；「有」、「無」相對；將陸詩最常見的兩類「重複句法」均納入己作。「國貧」與「民困」；「身遠」與「心存」構成當句對的作法，也與陸游肖似。可惜頷聯兩句的描繪對象重複、顯得笨拙；且全詩前半部詞繁意少，寫作功力畢竟難與陸游比肩。戴表元的〈耕休〉中頷聯「清清」、「細細」形成疊音對；頸聯「無」、「有」相對的作法與陸游相類；〈林村寒食〉中「落日鴉銜祭肉飛」一句的構思，又似從陸游寫清明時節村莊情景的「墓掃鴉銜肉」而來。

　　即便是並未明確表示傾慕陸游或私淑其詩的詩人，也有不少類似的田園七律，例如：

> 野老巢居江上成，相親幽事遠浮名。近村飲酒攜孫去，遠
> 寺尋蘭領犬行。參老秧高關念慮，花開果熟有將迎。舊時
> 風俗今誰有，見爾令人憶太平。（舒岳祥〈野老〉，卷 3440，
> 頁 40979）

> 石路縈紆水繞村，酒帘深處見柴門。橫塘樹密鳩攜婦，老

〔註300〕林希逸〈方君節詩序〉云：「中興而後，放翁、誠齋兩致意焉。然
　　　　楊主於興，近李；陸主於雅，近杜。」《竹溪鬳齋十一稾續集》，
　　　　卷 12，頁 676，收入《文淵閣四庫全書》（臺北：臺灣商務印書館，
　　　　1983）。
〔註301〕關於戴表元對陸游的景仰之情，可參閱其〈桐江詩集序〉、〈題陸渭
　　　　南遺文鈔後〉，氏著：《剡源集》（北京：中華書局，1985），卷 8，
　　　　頁 119～120；卷 18，頁 265。

屋籬深犢有孫。麥菸菜花成錦繡,筍芽薤甲當雞豚。竹輿
莫作追程去,半似桃源欲細論。(鄭清之〈金峨途中〉,卷
2905,頁 34669)

萬頃平田一望中,獨乘瘦馬當吟筇。天連濁霧無非海,地
少嚴寒不類冬。刺竹滿林生似蝟,古榕臨水臥如龍。村家
米賤新醅熟,猶及停鞭問老農。(趙希邁〈萬頃田〉,卷 3159,
頁 37903)

片雲隔斷嶂西峰,三兩山花屋角紅。幾畝桑麻春社後,數
家雞犬夕陽中。拾薪澗底青裙婦,倚杖簷間白髮翁。我亦
願來同隱者,種桃早晚趁東風。(眞山民〈山人家〉,卷 3434,
頁 40882)

張宏生曾指出,江湖詩人有「對仗求工」的傾向,其對仗之聯往往「意
境雖不超妙,甚至顯得凡近,而布局勻稱、屬對工巧,容易取悅於人。」
〔註 302〕上述詩例正屬此種作品。

　　總的來說,南宋後期的田園七律描寫經常過於切近,再加上語言
往往不精警,手法也未臻高妙,導致詩境趨於塵俗。但它們對仗工整
密集、格律符合規範、用語平易曉暢等作風,還是與陸游接近的。

　　其實這種詩風並非始於陸游,而是可以追溯到江湖詩人同樣樂於
效法的晚唐詩人許渾。〔註 303〕但陸游畢竟是首位大量創作此類七律
體田園詩、而且在當時享有崇高聲譽的詩人,他對於此類詩歌的產
生,應該有更直接的示範與催生作用。上述詩例的個別手法、字句或
整體語言風格,都與陸詩有相近之處,足以說明陸游田園七律對南宋
後期詩歌產生了一定的影響。他不僅帶動了田園詩中七律體裁的創

〔註 302〕氏著:《江湖詩派研究》(北京:中華書局,1995),頁 118。

〔註 303〕張宏生即指出,江湖詩派一些意境雖不超妙,但布局勻稱,屬對工
　　　　巧的作品「從某種意義上說,這一特色與許渾的創作是頗有淵源
　　　　的,也是與江湖詩人對許詩的主觀體認大有關係的,這只要看後期
　　　　江湖詩派的重要代表之一周弼『惟以許集諄諄誨人』的事例即可看
　　　　出」。詳參前揭氏著:《江湖詩派研究》,頁 178。

作，也開啓了田園七律追求工整明暢風格的先河。

二、元、明、清時期

　　元代以降，士人生活依然是田園詩的重要題材。〔註 304〕值得注意的是，不少和陸游詩韻或學放翁體而寫作的田園詩，也以士人生活為題材的主體，可見陸詩的這個面向受到注意的程度。例如明代魯鐸〈蓮北莊用放翁飲酒近村韻〉；清代尤珍〈南畇小集和放翁秋光行飯韻〉二首；魯之裕〈西莊即事擬放翁〉四首等等。可見，陸游不僅直接開啓了南宋田園詩以士人日常生活為題材的風氣，也對明、清詩人有所啓發。應該可以確定，在田園詩中引入士人生活細節這種創作風尚，陸游是其演進過程中的一個重要環節，並對元代以後之詩產生過一定影響。

　　陸詩對元代以後田園詩影響更明顯的是其中的七律體，以及字句工秀、對偶精緻、平仄和諧、達意明暢的作風。

　　南宋以後，陸游的田園詩中「七律」依然是備受關注、並產生頗大迴響的詩體。選本的選錄狀況、當時詩人仿效的情形、以及陸詩接

〔註 304〕雖然至今尚未出現這些時期的田園詩研究專著，但從相關總集與研究成果已可得知此類題材仍受當時文人的重視。例如古代第一部田園詩總集──《月泉吟社詩》中，第十六名、十九名、第廿二名、第卅一名、第卅六名、第卅九名等人的作品，均為其例。此外，明、清田園詩中也有許多歌詠作者個人的躬耕生活或村居生活之作，可參考參李瑞智：〈論錢澄之田園詩的藝術特色〉，《甘肅高師學報》，13 卷 3 期，2008 年，頁 35～37；馬將偉：〈易堂詩歌的主題取向〉，《西華師範大學學報》，2009 年第 2 期，頁 15～16，以及陸學松：《費密詩歌研究》（揚州大學 2007 年碩士論文，黃強先生指導）；鄭麗霞：《王慎中詩文研究》（漳州師範學院 2008 年碩士論文，胡金望先生指導）；陳瀟：《清初遺民詩人徐夜詩歌研究》（山東大學 2010 年碩士論文，鄒宗良先生指導）唐芳明：《黃生詩歌研究》（安徽師範大學 2012 年碩士論文，魏世民先生指導）；王鵬偉：《文昭及其詩歌研究》（遼寧大學 2014 年碩士論文，柳海松先生指導）；高茜：《清初山左顏山孫氏家族文學研究》（山東大學 2014 年碩士論文，王小舒先生指導）等論著中有關章節。

受者時代延續之久遠與社會階層的分佈之廣，都說明了其田園七律受重視的程度。

首先是選本中「七律」是入選最多的詩體。元初羅椅、劉辰翁、方回等人所選之合刻：《精選陸放翁詩集》前、後、別集，是明末以前絕大部分讀者所能讀到的全部陸詩，選有田園詩共三十一首，其中七律共十六首，超過一半。〔註305〕清初陸詩編選開始進入繁盛期，其中重要者如周之麟、柴升《宋四名家詩鈔‧放翁先生詩鈔》選入田園詩共七十一首，其中七律三十六首；〔註306〕陳訏《宋十五家詩選‧

〔註305〕篇目包括：〈瑞草橋道中作〉、**〈村居書觸目〉**、**〈遊山西村〉**、**〈春行〉**、〈醉題埭西酒家〉（所選的第二首）、**〈東鄉小酌〉**、**〈村居〉**、**〈出縣〉**、**〈初夏道中〉**、**〈小園〉**、〈初夏絕句〉、〈小舟遊近村〉三首、〈浣溪女〉、〈岳池農家〉、〈種桑〉、**〈過野人家〉**、〈雜詠〉（所選第一首）、〈統分稻晚歸〉、〈中春偶書〉、〈舍北搖落景物殊佳有作〉（所選第三、五首）、〈題齋壁〉（所選的第二首）、**〈西村暮歸〉**、〈夏日〉（所選第二首）、**〈村居秋日〉**、**〈舍北行飯書觸目〉**、**〈冬晴閒步東村由故塘還舍作〉**、**〈十二月八日步至西村〉**、**〈耕罷偶書〉**。（以粗體標出者爲七律）

〔註306〕篇目包括：**〈東西家〉**、**〈雨霽出遊書事〉**、〈岳池農家〉、〈浣溪女〉、〈農家秋晚戲詠〉、〈鳥啼〉、〈秋賽〉、〈喜雨歌〉、**〈農事稍間有作〉**、**〈杜門〉**、〈小憩村舍〉、〈泛湖至東涇〉、〈農家〉、**〈山家暮春〉**、**〈幽居〉**、〈春晚雜興〉（所選第二首）、**〈舍北野望〉**、**〈村舍〉**、**〈秋晚村舍雜詠〉** 兩首、〈小立〉、〈出行湖山間雜賦〉、〈秋懷〉（所選第一首）、〈農家〉、〈春老〉、**〈明日復欲出遊而雨再用前韻〉**、**〈出縣〉**、**〈還縣〉**、**〈初夏道中〉**、**〈遊山西村〉**、**〈觀村童戲溪上〉**、**〈過野人家有感〉**、**〈霜天晚興〉**、**〈西村〉**、**〈自上竈過陶山〉**、〈題齋壁〉（所選第二首）、**〈野興〉**、**〈山園雜詠〉**、**〈東關〉**、**〈村居初夏〉**、**〈以事至城南書觸目〉**、**〈春夏之交風日清美欣然有賦〉**、**〈春行〉**、**〈舍北行飯書觸目〉**、**〈夏日〉**、**〈豐歲〉**、**〈菴中獨居感懷〉**、**〈春日小園雜賦〉**、**〈自笑〉**、**〈自詠閒適〉**、**〈西村〉**、**〈村居書喜〉**、**〈村居書事〉**、**〈村居〉**、**〈山行贈野叟〉**、**〈村社禱晴有應〉**、**〈初寒示鄰曲〉**、**〈仲夏風雨不已〉**、〈初夏幽居〉（所選第一首）、**〈南堂晨坐〉**、**〈日暮自大匯村歸〉**、**〈初夏雜興〉**、**〈夜聞鄰家治稻〉**、**〈社日小飲〉**、**〈鄰曲有未飯被追入郭者憫然有作〉**、〈春晚村居雜賦〉二首、**〈秋日郊居〉**、**〈小舟遊近村捨舟步歸〉**、**〈雨晴風日絕佳徙倚門外〉**、〈秋思〉（所選第二首）。（以粗體標出者爲七律）

劍南詩選》則選有田園詩六十六首，其中七律四十八首，均佔半數以上；〔註307〕吳之振《宋詩鈔》則是宋詩選集的經典之作，其中的《劍南詩鈔》也析出單行，成為清中期以後陸詩的主流選本，所選入的陸游田園詩達一二七首，其中七律五十四首，接近一半。〔註308〕

〔註307〕篇目包括：〈遊山西村〉、〈歸耕〉、〈過野人家有感〉、〈浣溪女〉〈霜天晚興〉、**〈杜門〉、〈橫塘〉、〈蔬圃〉、〈寓舍聞禽聲〉、〈湖邊曉行〉、〈村居書觸目〉、〈歲暮〉、〈晨興〉、〈題齋壁〉**（所選第四首）、〈飯罷忽鄰父來過戲作〉、〈村居初夏〉二首、**〈舟過季家山小泊〉、〈山家暮春〉**、〈新晴〉、〈冬晴閒步東村由故塘還舍作〉、〈秋晚閒步鄰曲以予近嘗臥病皆欣然迎勞〉、〈散步東郊〉、**〈步至湖上寓小舟還舍〉、〈春夏之交風日清美欣然有賦〉**、〈野堂〉、〈九里〉、**〈閒身〉、〈舍北搖落景物殊佳有作〉**（所選第二首）、〈春行〉、〈幽居〉、〈夏日〉（所選第一首）、**〈耕罷偶書〉、〈菴中獨居感懷〉**（所選第二首）、**〈春日小園雜賦〉**（所選第二首）、〈村思〉、〈視東皋歸〉、〈自詠閒適〉、〈西村〉、〈自詠〉、〈小立〉、**〈曉晴肩輿至湖上〉、〈村居書喜〉、〈村居書事〉**二首、〈西村勞農〉、**〈村居〉**二首、〈山行贈野叟〉、〈春晚出遊〉、**〈北窗〉、〈寓歎〉、〈遊近村〉**二首、〈宿村舍〉、**〈散策至湖上民家〉、〈自九里平水至雲門陶山歷龍瑞禹廟而歸凡四日〉**（所選第二首）、〈戲書〉、〈山房〉、**〈仲冬書事〉、〈歲未盡前數日偶題長句〉、〈日暮自大匯村歸〉、〈肩輿至湖桑埭〉**、〈初夏書感〉、〈初夏〉、〈種菜〉。（以粗體標出者為七律）

〔註308〕篇目包括：〈出縣〉、〈村居〉、〈初夏道中〉、〈岳池農家〉、**〈社日〉、〈晚登橫溪閣〉**（所選第二首）、〈過野人家有感〉、〈浣溪女〉、〈霜天晚興〉、**〈杜門〉、〈蔬圃〉、〈鄰曲小飲〉、〈賽神曲〉、〈小憩村舍〉**、〈自上竈過陶山〉、〈九月初郊行〉、〈春雨絕句〉（所選二、三首）、〈東關〉二首、〈宿野人家〉、**〈北窗〉、〈示兒〉、〈村居初夏〉**四首、〈蔬圃〉、〈農家〉、**〈山家暮春〉**二首、〈春晚村居雜賦絕句〉六首、〈秋日郊居〉三首、〈新晴〉、〈今年立冬後菊花方盛開小飲〉、〈步至近村〉、〈冬晴閒步東村由故塘還舍作〉、**〈春社〉**、〈秋晚閒步鄰曲以予近嘗臥病皆欣然迎勞〉、〈水村曲〉、**〈賽神曲〉、〈春晚村居〉、〈鳥啼〉**、〈幽居〉、**〈山園雜詠〉**（所選第二首）、〈春晚雜興〉（所選一、三首）、**〈上巳書事〉**、〈舍北搖落景物殊佳有作〉、〈醉中信筆作四絕句既成懼觀者不知野人本心也復作一絕〉（所選一、三首）、**〈春行〉**、〈幽居〉、**〈豐歲〉、〈秋賽〉、〈菴中獨居感懷〉、〈春日小園雜賦〉、〈村舍雜書〉**（所選一、二、三、四首）、**〈種蔬〉、〈讀蘇叔黨汝州北山雜詩次其韻〉**（所選第一首）、〈雨晴風日佳絕徙倚門外〉、**〈西村〉**、〈村舍〉二首、〈賽神〉、**〈小立〉、〈秋晚湖上〉、〈弊廬〉、〈湖村春

　　其次，後人創作田園七律時樂於效仿陸游詩的語言風格。〔註309〕
相較於選本，這種現象更能顯示陸詩受讀者重視的程度。元代以後，
學習、繼承陸游田園七律詩風的作者依然存在，即便在陸詩接受情形
較為冷淡的明代中期，〔註310〕也從未消失。以下即為此段時期借鑒
陸詩所作的田園七律：

　　秦湖隱者邵平孫，舊日生涯不復論。垂釣花間親白鳥，種
　　瓜海上似青門。還知教子書千卷，不願封侯酒一尊。蓴菜
　　鱸魚秋更好，扁舟何處覓桃源。（元‧宋禧〈邵氏秦湖隱居〉）
　　〔註311〕

　　茅屋斜連白板扉，差科未動吏人稀。稻禾高下山重疊，果
　　樹紅黃錦一圍。鵝鴨漚池秋倚睡，牛羊隘巷晚知歸。鄰莊

興〉、〈村居書事〉、〈過鄰家〉、〈鄰曲〉、〈山行贈野叟〉二首、〈門
屋納涼〉、〈農舍〉四首、〈社飲〉、〈秋懷〉（所選第一首）、〈遊近村〉、
〈村興〉、〈初冬絕句〉（所選第二首）、〈山村經行因施藥〉二首、〈初
夏閒居〉（所選四、八首）、〈初夏幽居〉（所選第一首）、〈泛舟至近
村茅徐雨舍勞以尊酒〉、〈秋懷〉（所選第一首）、〈秋夜獨坐聞里中
鼓吹聲〉、〈石堰村〉、〈自九里平水至雲門陶山歷龍瑞禹廟而歸凡四
日〉（所選一、二、四首）、〈春晚即事〉二首、〈南堂晨坐〉、〈閒遊
所至少留得長句〉二首、〈秋思〉（所選第一首）、〈秋日村舍〉、〈秋
冬之交雜賦〉（所選第二首）、〈晚晴出行近村閒詠景物〉、**〈園中晚
飯示兒子〉**、〈初夏書感〉、〈初夏喜事〉、**〈小築〉**、**〈出遊暮歸〉**、〈農
家〉六首、〈初夏〉。（以粗體標出者為七律）

〔註309〕元代以後詩集數量浩繁，難以進行地毯式的搜索，因此我們主要藉
　　　　由《四庫全書總目》與「中國基本古籍庫」先搜索出此段時期學陸
　　　　游詩者，或時人眼中的學陸者，再進一步追索其人對陸游田園詩的
　　　　借鑒面向。
〔註310〕錢鍾書指出陸游「在明代中葉他頗受冷淡」。《宋詩選注》（北京：
　　　　生活‧讀書‧新知三聯書店，2003），頁270。按：從《陸游資料彙
　　　　編》、《中華大典‧宋遼金元文學分典》「陸游」條中歷代評論陸游
　　　　的情形來看，明代的確是陸詩接受的低谷期。但即便如此，依然有
　　　　人模仿陸詩。除了本段詩例中提到的馬中錫以外，下文提及的馮應
　　　　奎亦屬此期詩人。
〔註311〕元‧宋禧：《庸庵集》，卷7，頁443，收入《文淵閣四庫全書》（臺
　　　　北：臺灣商務印書館，1983）。

酒熟田翁醉，稚子雙雙更挽衣。（明‧馬中錫〈村莊秋熟〉）
〔註312〕

梧陰初大竹初成，天氣寒多穩卜晴。野草花鋪紅毯闊，新
秧風熨碧濤平。幾雙山地牛頻叱，一片水田蛙亂鳴。底事
流鶯啼漸嬾，漫無情緒兩三聲。（清‧錢澄之〈初夏〉二首
之一）〔註313〕

宋禧爲元末明初詩人，其詩「出入香山、劍南之間」〔註314〕，其〈邵
氏秦湖隱居〉詩頗得陸詩圓熟流利之致。馬中錫爲明代中期人，亦
爲後人指出「詩格實出入於劍南集中」〔註315〕。其〈村莊秋熟〉
詩偶對工整、鋪敘流暢的作風與陸游頗爲相近。馬中錫還有〈春日
郊行〉、〈村行用韻〉等七律體田園詩，〔註316〕風格與此詩類同。
此外，進士馮應奎爲弘治時人，也屬明代中期詩人，〔註317〕有《和
陸放翁詩》二卷，〔註318〕曾次韻陸游〈初冬從父老飲村酒有作〉詩，

〔註312〕明‧馬中錫：《東田漫稿》，卷 5，頁 449，收入《四庫全書存目叢
　　　　書》（臺南：莊嚴文化，1997），集部第 41 冊。
〔註313〕清‧錢澄之：《田間文集三十卷詩集二十八卷》，田間詩集卷 6，江
　　　　上集，頁 248，收入《四庫禁燬書叢刊》（北京：北京出版社，2000），
　　　　集部第 145 冊。
〔註314〕清‧紀昀編纂：《四庫全書總目》（臺北：藝文印書館，1989），「庸
　　　　庵集提要」，卷 168，集部 21，頁 3365。
〔註315〕清‧紀昀編纂：《四庫全書總目》（臺北：藝文印書館，1989），「東
　　　　田漫稿提要」，卷 175，集部 28，頁 3586。
〔註316〕〈春日郊行〉云：「東郊花柳豁吟眸，攜杖眞成爛熳遊。田舍酒肴
　　　　留客儉，村莊兒女見人羞。漚池水暖先浮鴨，沃野雲開漸試牛。況
　　　　喜昇平無一事，何妨没齒臥林丘。」〈村行用韻〉云：「笑拉南鄰訪
　　　　北翁，葛巾猶帶晉人風。年登酒價偏逢賤，春透花枝不惜紅。隔樹
　　　　一聲鶯轉午，捲簾雙翮燕來東。黃昏歸袖沾雲濕，須就林間尤火烘。」
　　　　均見於《東田漫稿》，卷 5。
〔註317〕其生平概見於清‧胡文學輯：《甬上耆舊詩》，卷 14，頁 296，收入
　　　　《文淵閣四庫全書》（臺北：臺灣商務印書館，1983）；清‧嵇曾筠：
　　　　《浙江通志》，卷 250，頁 677，（臺北：臺灣商務印書館，1983），
　　　　第 525 冊。
〔註318〕清‧錢維喬、錢大昕修纂：《（乾隆）鄞縣志》，卷 22，頁 492，收
　　　　入《中國地方志集成　善本方志輯》（南京：鳳凰出版社，2008）。

〔註319〕亦爲田園七律。錢澄之爲明清之交的遺民詩人，朱彝尊認爲他「深得香山、劍南之神髓而融會之」。錢氏自己也有「床頭憑遣悶，一卷放翁詩」〔註320〕之句，可見對陸詩頗爲喜愛。就上面所引的〈初夏〉二首之一來看，其中精緻的對偶句、明麗的色彩、細密的景物描寫與首句的間接疊用，都可看出借鑒陸游詩的痕跡。

到了清代，陸游詩的接受與影響達到了新的高峰。錢鍾書曾指出，陸游詩包含「悲憤激昂」與「閒適細膩，咀嚼出日常生活的深永的滋味，熨貼出當前景物的曲折的情狀」兩方面，〔註321〕而「除了在明代中葉他很受冷淡以外，陸游全靠那第二方面去打動後世好幾百年的讀者」。〔註322〕在清代讀者視野中，陸游的田園詩主要是作爲《劍南詩稿》中「閒適細膩」類的重要部分被接受的。在其中，「七律」一體依然是最受推崇者。

首先，明言追和、模仿陸游詩，而且繼承其圓熟路數的田園七律越來越多，例如尤珍〈南畇小集和放翁秋光行飯韻〉二首；〔註323〕

〔註319〕詩云：「父老懽歌共舉觴，田功已畢蠶輸糧。野花開處冬無雪，山果紅時夜有霜。世際太平人舉禮，時將寒沍水成梁。年來已入桑榆境，扶醉何妨到夕陽。」載於清‧胡文學輯：《甬上耆舊詩》，卷14，頁297，收入《文淵閣四庫全書》（臺北：臺灣商務印書館，1983）。

〔註320〕清‧錢澄之：《藏山閣集》，藏山閣詩存卷10，〈病〉，頁673，收入《清代詩文集彙編》（上海：上海古籍出版社，2010），第39冊。。

〔註321〕氏著：《宋詩選注》（北京：生活‧讀書‧新知三聯書店，2003），頁270。

〔註322〕同前注。又：此種傾向其實從明末清初錢謙益提倡陸游詩時就已經開始了。相關探討，詳參蔣寅：〈陸游詩歌在明末清初的流行〉，《中國韻文學刊》，20卷1期，2006年3月，頁10～19。

〔註323〕詩云：「病起何妨常飲酒，秋深正好共吟詩。稻田結穗初垂候，蘜圃含英欲放時。交到忘形差近古，客來不遠若爲期。素心晨夕欣相對，談諧無嫌半點癡。」「相依農圃樂閒閒，散步南園邨落間。幽徑徐行因愛竹，小橋久立爲看山。風吹遠樹舒清嘯，日映晴雲放霽顏。薄暮持螯堪痛飲，銜栖直到夜深還。」清‧尤珍：《滄湄詩鈔》，卷5，頁551，收入《四庫未收書輯刊》（北京：北京出版社，2000），第捌輯第23冊。

魯之裕〈西莊即事擬放翁〉四首；〔註 324〕顧景文〈夏日次放翁韻〉二首之二、〈冬晴閒步次放翁韻〉；〔註 325〕邵長蘅〈冬日寓齋雜興戲學放翁體十首末章專呈漫堂先生〉之五等等，〔註 326〕都是詞句工細圓潤、意象豐腴明秀之作。

　　此外，時人「似放翁」、「放翁家數」之類的評語，直接針對效仿其工緻流利詩風的田園七律。例如丁宿章輯《湖北詩徵傳略》云：「（鄒）曾輝負時名而詩不多見，如『風生古樹蟬爭噪，日焰深林鳥亂啼』、『野外衣冠半耆舊，田家風俗自羲皇』二聯，自是放翁家數。」〔註 327〕

〔註 324〕詩云：「綠竹丹楓繡廣原，豐年農唱直黃昏。濃陰坐客搖圓扇，新酒留人酌大盆。薄醉然松煨芋母，閒情篩土壓蘭孫。吾身頓入齾風世，却耻朋尊履縣門。」「賓鴻催起築場功，豚酒招呼慶歲豐。牛角挂書馱釣叟，鹿皮鋪席會田翁。晚雲作雨漫天黑，秋葉經霜遍嶺紅。莫笑農家無禮數，真醇具見古人風。」「半跂芒鞋倒著巾，或醒或醉任吾真。香生桂露當杯落，風奏松濤入調新。偶出逢人皆是侶，欲眠掃葉即為茵。神仙祇在逍遙內，嬴政蚩蚩赴海濱。」「謀生計短却能安，水曲攜童摘芰蘭。但喜秋來簑笠健，渾忘天上雁書寒。篝車幸獲汙邪滿，里社應為酩酊歡。即事詩成深刻竹，千秋留作釣鼇竿。」清・魯之裕：《式馨堂文集十五卷詩前集十二卷詩後集八卷詩餘偶存三卷》，詩前集卷 2，頁 549，收入《四庫禁燬書叢刊》（北京：北京出版社，2000），集部第 150 冊。

〔註 325〕〈夏日次放翁韻〉二首之二：「何用彝猶任所之，園林好是熟梅時。桑村日落蠶眠覺，嶽寺山寒茗到遲。社飲劇知吾樂土，櫂歌先習楚哀辭。范蠡田舍閒墟市，丙舍側有范蠡田舍。長夏幽尋或有期。」〈冬晴閒步次放翁韻〉：「無愁天放與徜徉，經過寒墟老樹傍。已落北潮移蟹市，漸驅西日上魚梁。人逢閏曆占時早，客遇豐年選日狂。欲乞一絲問隣女，槿籬東畔勸栽桑。」分別見於清・顧景文：《顧景行詩集》，卷上，頁 217、卷下，頁 258，收入《四庫未收書輯刊》（北京：北京出版社，2000），第捌輯第 23 冊。

〔註 326〕詩云：「霜落吳田喜歲穰，書來更是說吾鄉。園臍上椴螯如戟，秔稻登場顆帶芒。酒擔纏紅騙嫁娶，人情饒歲有餱糧。邨莊樂事君知不，掠社驅儺處處忙。」《邵子湘全集三十卷》，青門賸稿卷 2，頁 156，收入《四庫全書存目叢書》（臺南：莊嚴文化，1997），集部第 248 冊。

〔註 327〕清・丁宿章輯：《湖北詩徵傳略》，卷 29，頁 577，收入《續修四庫全書》（上海：上海古籍出版社，2002）。

其中第二聯從題材與格律來看，應該出自一首田園七律。又如冷秋江評黃中堅〈竹塢散步〉云：「似陸放翁。」〔註328〕田雯評蕭惟豫〈舟至皇廠河畏江濤之險肩輿赴江浦〉二首之二：「三、四似放翁。」〔註329〕則是指這些田園七律色彩明麗、對偶整飭的作風與陸詩相近。

還有一些被時人目為詩風「近放翁」的詩人，在創作田園詩時，採用的即是與陸詩風格近似的七律體。例如《四庫全書總目》指出雍正諸生周京，其詩「源出劍南」〔註330〕，其〈重九後憶江鄉風物〉〔註331〕工秀而不失自然，正是放翁七律的特徵。鄧顯鶴所輯《沅湘耆舊集》評乾隆時張九鎰詩「近香山、放翁」〔註332〕，其所收錄的張氏〈村北〉一詩，風格與陸游田園七律工緻曉暢的主調相吻合。〔註333〕《晚晴簃詩匯》小傳云陳遹聲「平生雅慕放翁，鐫『陸劍南同鄉人』小印，以明素尚」〔註334〕，並收其〈江村〉一詩，〔註335〕亦與放翁

〔註328〕清・黃中堅《蓄齋集》，卷16，頁298，收入《四庫未收書輯刊》（北京：北京出版社，2000），第捌輯第 27 冊。按：其詩云：「疊嶂彎環石徑斜，碧雲深處有人家。溪橋斷續楓林葉，蘺落蕭疏野草花。閒看兒童捎蛺蝶，喜從父老話桑麻。忘機不用爭盟席，欲結茅盧共採茶。」

〔註329〕詩云：「道經江岸避江險，一帶居人傍水涯。紅葉黃花來雁陣，白魚紫蟹煮江芽。村童放鴨立欹岸，溪女採菱乘短槎。風景看來南北異，我今歸去樂田家。」按：此詩與田雯評評語俱見於清・蕭惟豫：《但吟草》，卷5，頁46，收入《四庫未收書輯刊》（北京：北京出版社，2000），第伍輯第 29 冊。

〔註330〕清・紀昀編纂：《四庫全書總目》（臺北：藝文印書館，1989），「無悔齋集提要」，卷185，集部38，頁3850。

〔註331〕詩云：「竹外柴門接稻畦，草荒烟暝稱幽栖。一湖白露菱絲老，半屋蒼雲橘葉低。芹脆猶沾清澗水，豆生新帶野塍泥。秋來苦憶江鄉好，節物前頭望轉迷。」清・周京《無悔齋集》，卷2，頁176，收入《四庫全書存目叢書》（臺南：莊嚴文化，1997），集部第 277 冊。

〔註332〕清・鄧顯鶴輯：《沅湘耆舊集》，卷82，頁530，收入《續修四庫全書》（上海：上海古籍出版社，2002）。

〔註333〕下文有引。

〔註334〕清・徐世昌輯：《晚晴簃詩匯》，卷 175，頁 156，收入《續修四庫全書》（上海：上海古籍出版社，2002），集部第 1633 冊。

〔註335〕下文有引。

田園七律風調相似。又如丁宿章輯《湖北詩徵傳略》云李中杰「詩學劍南」，並錄其〈杏花村〉詩，爲七律田園詩。〔註336〕

　　再如清初翰林院編修顧圖河，「其詩古體多學眉山，近體多學劍南」〔註337〕，又有〈集放翁詩次藺次太守歸湖韻〉五首，對陸詩頗爲熟稔。他有七律〈田家〉二首，所沿襲的正是陸詩工巧流利的風格。〔註338〕

　　清初著名大臣張英，則不僅「嘗以樂天、放翁自擬」〔註339〕，並且屢次以詩緬懷陸游。〔註340〕他還有一首〈桑下讀放翁集〉，詩云：「手中書是劍南編，來看新犁原上田。坐傍桑陰牛糞讀，故應遠勝水

〔註336〕詩云：「茆店依村面市廛，杏花落盡酒旗懸。樹多爾雅無名鳥，山有茶經未品泉。古驛嶜嵾稱巨鎭，絲林宋代隱高賢。宜人風景都如畫，一片秧鍼綠滿田。」清・丁宿章輯：《湖北詩徵傳略》，卷17，頁 374，收入《續修四庫全書》（上海：上海古籍出版社，2002），集部第 1707 冊。

〔註337〕清・紀昀編纂：《四庫全書總目》（臺北：藝文印書館，1989），「雄雉齋選集提要」，卷184，集部37，頁 3831。

〔註338〕詩云：「麥穗垂垂黍葉齊，柴關開處早鴉啼。粉榆樹杪青旗出，桑苧陰中白屋低。跨港支橋童叱犢，滌場餘粟婦呼雞。人生最有田家樂，莫漫飛揚失故棲。」「細浪鱗鱗瓜蔓水，微香漠漠菜花風。編籬護筍催園叟，脆餌求魚學釣翁。社酒三投春後熟，續燈幾點夜深紅。來朝擬種南山豆，臥聽老雞鳴屋東。」清・顧圖河：《雄雉齋選集》，卷6，頁 431，收入《四庫全書存目叢書》（臺南：莊嚴文化，1997），集部第 264 冊。

〔註339〕清・徐世昌輯：《晚晴簃詩匯》，卷36，頁612，收入《續修四庫全書》（上海：上海古籍出版社，2002），集部第 1629 冊。

〔註340〕例如：〈放翁讀張志和漁歌，因思故山隱居，追擬其意。予讀放翁詩，作此貽湖上仲兄〉六首（卷9，頁 380）；〈讀汲古閣毛子所鐫放翁集有感〉（卷12，頁 400）；〈予擬爲樓壓園梅之顚，曰鶴背樓。偶讀放翁詠梅詩，亦有「洛浦凌波矜絕態，緱山騎鶴想前身」之句〉（卷24，頁 498）；〈放翁有馬上時看擔上花之句賦其意〉（卷28，頁 523）；〈讀渭南集東籬記〉（卷29，頁 526）；〈擬放翁閑中富貴〉（卷33，頁 569）；〈戲擬放翁〉四首（卷34，頁 575）；〈讀放翁詩有作〉（卷34，頁 575）等。按：本文所引張英詩文，均出於氏著：《文端集》，收入《文淵閣四庫全書》（臺北：臺灣商務印書館，1983），第 1319 冊。

沉前。」〔註341〕顯見這位重臣對陸詩鮮活田園情趣的深深共鳴。他又有〈戲擬放翁〉四首之二，認同陸游耕讀傳家的生活。〔註342〕他的多首田園七律更深得放翁清麗圓轉之致，〔註343〕顯示對陸詩這一特點頗有深刻的體會。

綜上所述，無論是讀者從時人的田園七律中認出「似放翁」的特徵；或是明言仿擬、追和陸游的田園七律；或是雖未明言效仿，但確實在整體風格上依循陸詩發展出來的工秀圓熟路線，都可以概見，在陸游卷帙浩繁的詩集中，清人對其中的田園詩是多麼熟稔；對其中七律體的語言風格又是何等樂於接受、模仿。

若仔細體味清人借鑒、仿效陸游此類詩而創作的作品，便可發現它們絕非率意為之或遊戲之作，而是用心揣摩陸詩之形、神而寫出來的。諸如：

> 病起何妨常飲酒，秋深正好共吟詩。稻田結穗初垂候，菊圃含英欲放時。交到忘形差近古，客來不速若為期。素心晨夕欣相對，談諧無嫌半點癡。（尤珍〈南昀小集和放翁秋光行飯韻〉二首之一）〔註344〕

> 賓鴻催起築場功，豚酒招呼慶歲豐。牛角掛書馱釣叟，鹿皮鋪席會田翁。晚雲作雨漫天黑，秋葉經霜遍嶺紅。莫笑農家無禮數，真醇具見古人風。（魯之裕〈西莊即事擬放翁〉四首之二）〔註345〕

〔註341〕卷23，頁493。出處同前注。

〔註342〕詩云：「萬疊青山一水橫，宜來此地學躬耕。谿花盡向堦前轉，雲葉多從棟裏生。秔稻年年觀穫樂，子孫世世讀書聲。令威千載人間語，竹隖松坪尚有情。」（卷34，頁575）（出處同前注。）

〔註343〕諸如：〈之郡城道中望龍山〉三首之三（卷13，頁407）；〈春暮過信臣龍眠草堂〉二首（卷13，頁409）；〈遊曹山〉三首之二（卷15，頁431）；〈山澤〉（卷23，頁492）；〈初夏〉（卷24，頁501）；〈山居即事〉二首（卷24，頁503）等。（出處同前注。）

〔註344〕清·尤珍：《滄湄詩鈔》，卷5，頁551，收入《四庫未收書輯刊》（北京：北京出版社，2000），第捌輯第23冊。

〔註345〕清·魯之裕：《式馨堂文集十五卷詩前集十二卷詩後集八卷詩餘偶

　　步屧農家小憩留，便堪俛仰狎滄洲。不嫌南陌車塵近，苦
　　愛西隣樹色稠。半圃芥菘迎曉露，一川禾黍媚清秋。卻思
　　兄弟躬耕處，萬頃湖田數白鷗。（張英〈步西郊〉）〔註346〕
　　村北村南曲水環，白鬢人住畫圖閒。常營圃事饒貧健，偶
　　覓詩流伴醉閒。三徑鶯花春未老，一家雞犬暮知還。近來
　　添得樓頭景，日日張眸看遠山。（張九鎰〈村北〉）〔註347〕
　　夕陽紅沁蓼花根，楓樹無聲白鳥翻。烏桕人家黃葉寺，青
　　帘酒市綠橙村。蒙莊齊物魚知樂，漁父忘機鷗到門。雞犬
　　聲中人語樂，何須世外問桃源。（陳適聲〈江村〉）〔註348〕

前兩例是明言追和或模仿放翁的作品，後三例是在語言風格上明顯學陸
游七律的田園詩。但不論是哪種情況，都說明當時讀者對陸游此類詩作
的熟悉與喜愛，也透露了此類陸詩對清代田園詩創作的影響。相較於南
宋詩人的作品，清人之作直接襲用陸詩字句、或局部形跡與之相似的情
形雖不明顯，但藝術水平一般較高。這主要因為他們在偶對工整、聲律
和諧、用語平易的同時，更注意造語的凝煉、新麗，或詩聯間的虛實搭
配；或運用點染暗示的筆法；或結尾較富遠韻。因此，前代詩人的此類
作品尚不免拙滯、塵俗之弊，清人之作則更具備陸詩清秀生動、富於情
致的佳處，可謂得陸游田園七律工緻圓熟之風的神髓。

　　從上述陸詩接受者的生活時代與所處社會階層，尤可見陸詩影響
之廣遠。自南宋後期直至清代晚期七百年間，都有效仿陸詩寫作田園
七律者。在社會階層分佈方面，陸詩風靡了從布衣吟士、文壇領袖，
到館閣文臣、朝廷顯宦等階層。南宋部份，劉克莊為晚宋詩壇領袖，

存三卷》，詩前集卷 2，頁 549，收入《四庫禁燬書叢刊》（北京：
　　北京出版社，2000），集部第 150 冊。
〔註346〕清・張英：《文端集》，卷 28，頁 524，收入《文淵閣四庫全書》（臺
　　北：臺灣商務印書館，1983），第 1319 冊。
〔註347〕清・鄧顯鶴輯：《沅湘耆舊集》，卷 82，頁 533，收入《續修四庫全
　　書》（上海：上海古籍出版社，2002），集部第 1691 冊。
〔註348〕清・徐世昌輯：《晚晴簃詩匯》，卷 175，頁 156，收入《續修四庫全
　　書》（上海：上海古籍出版社，2002），集部第 1633 冊。

眾多江湖詩人基本上長期處於民間。元代韓奕，爲元明之際的隱逸詩人。〔註 349〕宋禧，至正十年（1350）中浙江鄉試，補繁昌教諭，尋棄歸。〔註 350〕明代馬中錫，成化十一年（1475）進士，官至左都御史。〔註 351〕錢澄之則爲清初著名遺民詩人。

到了清代，有許多位高望重的大臣或地方官員投入效仿陸詩的行列。如蕭惟豫，順治戊戌（1658）進士，官至翰林院侍讀，典試江右，督學順天。〔註 352〕張英，康熙丁未（1667）進士，官至文華殿大學士兼禮部尙書。雍正初贈太子太傅。〔註 353〕尤珍，康熙壬戌（1682）進士，改庶吉士，授編修，歷官贊善。〔註 354〕顧圖河，康熙己丑（1709）進士，官翰林院編修。〔註 355〕魯之裕，康熙庚子（1720）舉人，官至直隸清河道署布政使。〔註 356〕張九鎰，乾隆丁巳（1737）進士，改庶吉士，授職編修。官至四川川東道。〔註 357〕鄒曾輝爲嘉慶進士，曾官知縣。〔註 358〕陳遹聲，光緒丙戌（1886）進士，改庶吉士，授

〔註 349〕 明・王鏊：《正德姑蘇志》，卷 55，頁 695，收入《天一閣藏明代方志選刊續編》（上海：上海書店，1990）。

〔註 350〕 清・紀昀編纂：《四庫全書總目》（臺北：藝文印書館，1989），「庸庵集提要」，卷 168，集部 21，頁 3364。

〔註 351〕 生平詳見明・雷禮纂輯：《國朝列卿紀》，卷 52，頁 523，收入《四庫全書存目叢書》（臺南：莊嚴文化，1997）。

〔註 352〕 生平詳見清・成瓘：《濟南府志》，卷 56，頁 5380，收入《新修方志叢刊》（臺北：臺灣學生書局，1968）。

〔註 353〕 生平詳見〈張文端公事略〉，清・李元度輯：《國朝先正事略》，卷 7，頁 159～161。

〔註 354〕 生平詳見清・徐世昌：《晚晴簃詩匯》，卷 47，頁 110，收入《續修四庫全書》（上海：上海古籍出版社，2002）。

〔註 355〕 生平詳見清・紀昀編纂：《四庫全書總目》（臺北：藝文印書館，1989），「雄雉齋選集提要」，卷 184，集部 37，頁 3831。

〔註 356〕 生平詳見清・何紹基：《重修安徽通志》，卷 180，頁 359，收入《中國地方志集成・省志輯・安徽》（南京：鳳凰出版社，2011）。

〔註 357〕 生平詳見清・鄧顯鶴：《沅湘耆舊集》，卷 82，頁 530，收入《續修四庫全書》（上海：上海古籍出版社，2002）。

〔註 358〕 生平詳見清・丁宿章：《湖北詩徵傳略》，卷 29，頁 577，收入《續修四庫全書》（上海：上海古籍出版社，2002）。

編修。歷官四川川東道。〔註 359〕當然，宦途不顯的陸詩接受者依然存在，例如邵長蘅爲清初著名布衣詩人、〔註 360〕黃中堅爲乾隆諸生，有聲，屢試不售，遂棄舉子業，肆力古文。〔註 361〕

　　這些學陸者活動時間的跨度之大，以及其身分階層的涵蓋面之廣，正顯示了陸游田園七律長期以來廣受認同與愛好的程度。值得注意的是，在這方面，陸游詩其實不亞於范成大最有名的一組作品——〈四時田園雜興〉六十首。

　　在范成大之後不久，江湖詩人採用與〈四時田園雜興〉基本相同的題材、語言、結構、藝術技巧創作的七絕組詩，就至少有八組之多。元、明兩代，模擬與追和〈四時田園雜興〉的組詩至少有六組；到了清代，追和〈四時田園雜興〉之作流傳至今者也有五組左右。與陸詩類似的是，自南宋至清代，〈四時田園雜興〉仿作與和作者的分布階層隨著時代的遞嬗，也有「由低而高」的趨勢：從南宋的以江湖詩人爲主，到元代以後的地方仕紳、樞臣宰輔、王公貴族。〔註 362〕

　　由於文獻散佚與全面清查的不易等因素，現代研究者追蹤陸游與范成大田園詩在後代影響的情形，已經不可能作到完全還原歷史的真實。但在挖掘、梳理現存文獻，並發現上述的線索之後，以下的判斷應有一定的可信度：陸游田園七律的知名與廣受喜愛的程度，並不遜於范成大的〈四時田園雜興〉六十首，甚至很可能猶有過之。相較之下，在南宋聲譽最高的楊萬里，由於與作爲詩歌美感典型範式的唐音宋調差距都實在太遠，因此元代以後影響反而消歇。即便是到宋詩再

<hr />

〔註 359〕生平詳見清・徐世昌：《晚晴簃詩匯》，卷 175，頁 156，收入《續修四庫全書》（上海：上海古籍出版社，2002）。

〔註 360〕生平詳參清・錢林：《文獻徵存錄》，卷 4，頁 174，收入《續修四庫全書》（上海：上海古籍出版社，2002）。

〔註 361〕生平詳見清・馮桂芬：《同治蘇州府志》，卷 82，頁 190，收入《中國地方志集成・江蘇府縣志輯》（南京：鳳凰出版社，2008）。

〔註 362〕關於范成大〈四時田園雜興〉六十首在後代田園詩創作的接受情形，詳參何映涵：〈范成大〈四時田園雜興〉六十首影響史初探——以借鑒、仿效、追和之作爲切入點〉（未刊稿）。

次被注意的清代，依然頗受冷落。〔註363〕

　　實際上，與現代人主要將陸游視爲「愛國詩人」，而范成大爲「田園詩人」不同的是，自乾隆年間起，就有不少詩評家將陸游與范成大一併視爲田園詩的代表。如王昶（1725～1806）〈偶成〉：「歸來何敢擬淵明，欲傚香山亦未成。范石湖、陸劍南新詩差可繼，興來覓句繞廊行。」〔註364〕所謂「范、陸新詩」指的應是兩人的田園詩或閒居詩。吳省欽（1729～1803）〈澂湖詩序〉：「其他田園風景之作，陶、韋、范、陸，不名一家。」〔註365〕明確將陸游與陶淵明、韋應物、范成大等田園詩大家相提並論。郭麐（1767～1831）評徐紹勛〈詠蘆花〉、〈幽居〉、〈種菊〉、〈田園雜興〉等抒發郊野閒趣、田園幽情的詩爲「風趣在石湖、劍南之間。」〔註366〕單學傅評湯鼎〈田園雜興〉等詩云：「希風范、陸者。」〔註367〕認爲時人的田園詩作追步范、陸。以上種種跡象都顯示在清末以前，陸游與范成大同爲田園詩的著名作者，應爲許多人的共識。陸游在中國古代田園詩史上的地位，實在是值得今人重新認識、並加以重視的。

　　陸游的田園七律之所以影響深遠，就其本身原因而論，至少包括

〔註363〕熊海英指出，清初宗宋者在北宋蘇軾以外，尤其喜愛陸游和范成大，楊萬里影響力遠不如南宋之時。康熙二十年左右詩壇對宋詩的批評達到頂峰，楊萬里又因並非淵源於唐詩宋調之正體而受到嚴屬的貶斥。乾嘉以後，袁枚、趙翼、蔣士銓等人對楊萬里才有正面或比較持平的評價。關於楊萬里詩在清代聲譽的起伏及其詩學觀念方面的原因，詳參氏著：〈經典生成與闡釋範式的流變──以清代對楊萬里詩歌的接受爲中心〉，《江漢大學學報·人文科學版》，30 卷 2 期，2011 年 4 月，頁 52～56。

〔註364〕《春融堂集》，卷 23，頁 603，收入《續修四庫全書》（上海：上海古籍出版社，2002），集部第 1437 冊。

〔註365〕《白華前稿》，卷 12，頁 655，收入《續修四庫全書》（上海：上海古籍出版社，2002），集部第 1447 冊。

〔註366〕《靈芬館詩話》，續卷 1，頁 432，收入《續修四庫全書》（上海：上海古籍出版社，2002），集部第 1705 冊。

〔註367〕《海虞詩話》，卷 6，頁 45，收入《續修四庫全書》（上海：上海古籍出版社，2002），集部第 1706 冊。

以下幾點：一、首度致力於將「七律」一體規矩又不乏變化空間的特性用於經營田園題材；二、平易暢達、雅俗共賞的風格；三、其詩的語言風格對此題材的容納彈性又比其他類型的七律爲高。陸游田園七律的上述特點，對後代田園詩作者深具吸引力與啓發性，因此繼作者不絕。

在近體詩中，七律一體最爲精美，它「有規範而又自由，重法度卻仍靈活，嚴整的對仗增加了審美因素，確定的句型卻包含多種風格的發展變化。」〔註368〕成爲唐代以後人們最爲喜愛並經常使用的詩體之一。也由於七律是各種詩體中最精緻的一種，所以更需要費心琢磨、經營，歷代以七律體聞名者，其詩多半創作於閒居時期。〔註369〕相較之下，五律不惟字寡句短，且字詞組合相對簡單，字詞修飾襯貼空間也較小；〔註370〕五、七絕句則以自然渾成爲上，不以鍛句煉字取勝。〔註371〕它們精巧的程度，均不及七律。

陸游詩則使七律精緻規範的特點得以凸顯。其詩不僅用字遣詞、聲調格律、對仗句法等整麗勻稱，隱含規矩法度，足以爲後人之津梁；

〔註368〕《美的歷程》，收入氏著：《美學三書》（合肥：安徽文藝出版社，1999），頁143。

〔註369〕此論點曾受葉嘉瑩論杜甫七律的啓發。她指出：「杜甫所作七律較多的時期，都是他在生活上較爲安定的時期。……這說明了七律一體在各種詩體中，是更富於藝術性的一種詩體，而寫作七言律詩，也需要更多的藝術上的餘裕，這所謂餘裕乃包括現實與精神兩方面的從容與安定而言，即使所寫的內容是沉痛哀傷，但在創作的階段中，七律一體卻始終需要更多的安排反省的餘裕，那就因爲七律是所有詩體中最精美的一種詩體，因此所需要的藝術技巧也更多，它不像五七言古詩之不受拘執，可以隨物賦形，作自由的抒寫。至於七律與五律相較，則五律雖然也有平仄對偶的限制，但五律畢竟少了兩個字，對於工整與精美的要求，便也相對減少了許多，所以五言律詩的寫作，可以不需要較多的餘裕。」〈論杜甫七律之演進及其承先啓後之研究〉，氏著：《迦陵談詩（一）》（臺北：三民書局股份有限公司，1977），頁96～97。

〔註370〕關於五、七言律詩的句格（即一體造語的總體格致）差異，曾參考前揭《中國詩句法論》，頁259、237。

〔註371〕易聞曉：《中國詩句法論》（濟南：齊魯書社，2006），頁257～258。

而且生動自然，展現了既合律又靈活的境界。更重要的是，他首度昭示了一種兼具工秀與明暢的體式契合田園題材的程度。陸游七律既不像江西詩派的七律以拗澀瘦硬爲主，以致不符田園景物親切凡近的特質；也不像晚唐體七律那樣追求清新細巧的美感，從而能廣納農村生活的百態；又不像部份白體詩人的七律那樣淺滑率易，因此能滿足文人雅士施展寫作技巧的表現欲。〔註372〕總之，陸游的田園七律不僅在語言風格上，較其之前的幾種宋代七律典型更能與田園題材相適應；而且本身既易於接受、又便於學習；在有軌轍可循的同時，還能讓個人有展現創造力的空間。因此只要是精神比較從容、生活比較安定，並且接近田園環境、時受鄉村景物觸發的詩人，都容易對陸游的田園七律產生共鳴與興趣。陸詩在字句、手法乃至整體格調等方面引起他們的借鑒、效仿，也就是很自然的了。

　　綜上所述可知，陸游田園詩在南宋三大家中，無論在取材範疇、主題面向；還是在體裁類型、語言藝術等，都能別開生面，獨樹一幟。而且其詩的內容境界開闊，情感眞摯，具備豐沛廣泛的感染力；體裁的囊括眾體和語言的精美圓熟，又展現詩人富厚的藝術修養。其成就不僅毫不遜於范成大與楊萬里，甚至猶有過之。就影響而言，陸游田園詩的諸多新變之處雖未得到後代較全面的認識與繼承，但在「以士人生活細節入詩」與「圓熟工緻的七律詩風」兩大方面，卻因提供了成功的藝術經驗與美感範式，而對後人多所啓發。其影響之經久不衰、受眾廣大的程度，足以與范成大並駕齊驅。由此可知，陸游在南宋田園詩史上，確實居於極爲重要的地位。其田園詩因此足以與愛國詩篇比肩，同爲《劍南詩稿》中成就突出的代表詩類。

〔註372〕關於北宋白體、晚唐體七律的藝術特徵，詳參張立榮《北宋前期七言律詩研究》（北京：中國社會科學出版社，2014），頁18～63、64～120。

第九章　結論與展望

　　本文將陸游田園詩置於東晉以降田園詩主題與藝術技巧的發展脈絡下加以觀照，釐清陸游對田園詩傳統的創變，並就社會環境、作者思想、藝術見解與詩學淵源、創作心態等方面，說明其特色成因。此外，透過比較陸游、范成大與楊萬里之詩，並探討陸詩對後代的影響，確認爲陸游爲南宋田園詩的重要作者。

　　第二章首先梳理古代與田園詩相關概念和理解，提出以下田園詩義界：以田園風景或生活（可簡稱爲「田園景事」）爲主要題材；且以詩人對田園的觀察體驗、或他由田園體驗直接生發的思想感情爲篇旨的詩，就是田園詩。

　　本章接著梳理了田園詩從東晉至北宋的發展脈絡，爲總論陸詩的繼承與開創提供參照基礎。主要論點如下。中國田園詩創始自陶淵明，陶詩的主題主要包括「體合自然的生活態度」與「躬耕守拙的執著懷抱」兩大類型，從此爲古代田園詩奠定了遠離塵累、追求眞淳、回歸自然的基本旨趣。陶詩的語言風格則以平淡渾厚爲主，此類詩風對古代田園詩亦有甚深影響。

　　到了唐代，田園詩發展出「田園樂」與「田家苦」兩大主題類型。前者的代表詩人爲王、孟、儲、韋，它繼承了陶詩遠離塵累、契合自然的基調，著重於表達詩人閒適淡泊之情趣。此派繼承者甚廣，是中

國古代田園詩之大宗。但陶詩蘊含的對生存價值與生命意義的追求，並未獲得發揚。此派詩人擅長營造興象玲瓏的詩境與清淡的語言美，從而展現雅淡含蓄的語言風格。

後者的代表詩人則為中唐以後的張、王、元、白等新樂府詩人。其詩旨在揭露時弊、關懷民瘼。此派詩人常透過旁觀的敘事角度、聲調流暢的七古與樸素的五古，形成犀利淺切的語言風格。

北宋田園詩的旨趣與內容，既繼承了唐代「田園樂」與「田家苦」並重的格局，又有所發展。在繼承「田園樂」主題之詩裡，以農民真實生活與文士日常通俗生活入詩的情形大增；在繼承「田家苦」主題之詩中，則出現單純悲憐農民疾苦、針砭時政之意圖不明顯；與強調詩人對民生狀況的自責和承擔意識等新變。陶詩在此期的影響，則與唐代類似，仍偏重在閒適淡泊一端。至於其詩中對人生價值的持守與追求，依然罕聞嗣響。

此外，北宋田園詩還有逸出傳統主題的新變。首先是表達零星雜感之詩大增，不少詩有詩意細碎、詩情寡淡的特點。其次是對民生的關懷與政治立場的表達有泛化或多樣化的趨勢。總的來看，北宋田園詩呈現兩種比較明顯的時代特徵：一是題材與詩旨的日常化與通俗化；二是與詩人的政治思想、政治情懷關係更密切。

語言風格方面，北宋田園詩主要體現出「樸素質直」、「清新輕快」、「精巧生新」三種新樣態，以第一類——樸素質直為大宗。它不僅分佈廣泛，而且樸質程度較前人更深一層，從而呈現較明顯的散文化傾向，也失落了詩語含蓄精煉的特點。精巧生新的風格則與田園詩自然天成的傳統有較大區別，但時有偏於奇澀、有句無篇等缺陷，總的來說藝術成就有限。

就總體觀之，北宋田園詩雖然作者眾多，但絕大多數未投注大量心力，所以此期並未出現田園詩的代表詩人，其整體成就也無法與唐詩相比。直到南宋中期，在陸游等詩人的筆下，宋代田園詩才被推上新的藝術高峰。

　　第三章探討陸游生活的時代背景與具體環境、創作時期的大致心態、思想的內容結構與藝術見解等等與其田園詩創作關係密切並產生作用的背景面向，以為深入論述其詩提供必要的基礎。主要論點如下。陸游生活於南宋相對繁榮的時期，並且在農村中度過約三十年的安定時光。長年在田園中安穩生活，從而熟稔農村事物、人情的經歷，是陸游得以創作大量田園詩極為重要的前提。

　　陸游創作田園詩時的心態，也對其詩的基本調性有重要影響。在光宗朝以後，隨著朝政的逐漸惡化與自我對時局的體認，陸游的仕進之志逐漸淡化，與之相應的是，隱逸保全身心的價值得到較深認可；而且修身以成德化民成為新的人生目標。這都使其心靈在一定程度上得到安頓。陸游田園詩有近九成作於此期。此種心態的演變有力地促成了其詩情懷以悅樂為主的特點。

　　此外，陸游的長壽也使他較常人對人生有更多不同的體認。由於看多了盛衰的不斷代謝、榮華的轉瞬成空，並堅持以頑強精神面對憂患，因此他在一定程度上淡化了對個人榮辱的執著，從而能投入當下的美好，創作出大量細膩、明麗的田園詩。

　　陸詩的基本情感調性還與詩人以儒為主，兼容道、禪的思想背景相關。儒家的核心關懷不離社會的倫理關係，而道家與禪宗卻有泯滅物我分別、擺落現實功利的傾向。以儒為主，兼容佛道的心態，一方面幫助陸游在宦途失意的時刻仍能達到閒適自由的心境，或有餘裕體會平凡生活中的詩意；另一方面又使他不過於為小我的窮通所動，而依然能堅持士人的道德操守，保有對社會的關懷與責任感。也因為如此，陸詩中之樂往往帶有入世的色彩，並展現更博厚的襟抱境界，具有更崇高的詩歌品位，而與王、孟等以歌詠自我的安逸悠閒為主的田園詩異趣。

　　陸詩悅樂開朗的基本調性也取決於他的藝術見解。陸游「以詩為娛」與「詩材隨處足」的觀念，使其詩不僅以樂境為主，而且其中之「樂」來源多樣，從而呈現前所未見的開闊豐富的詩境。

　　第四至第六章則以第二章爲參照對象，具體論述了陸詩在旨趣、語言藝術方面對前人的繼承與開拓。第四章主要論點如下。從宏觀來看，陸游田園詩在旨趣方面最主要的繼承對象，是淵源於唐代王、孟一系，並爲北宋田園詩所發揚的、抒發閒適或愉樂之情的傳統。而且，陸游在此基調上發展出「日常生活的愉悅」、「生機蓬勃的美感」、「人情淳古的嚮慕」、「與民同樂的懷抱」等特色顯著的主題。

　　陸詩的「日常生活之悅」主題最具特色的情懷面向，是抒發「疏放自在之感」與「恬適知足之情」的作品。前者經常藉描寫自我的疏懶狂傲標舉逍遙不羈的態度；或藉出遊的即興率性，與審美成見的破除，傳達無往非快的自由自在，凸顯疏放任縱的身心狀態。後者則細膩表達對安居家園的滿足，包括衣食充足之樂、四季節物之美、溫馨的親情與鄰里之情。而且這份家園之樂還經常與其他人、物的安居樂業緊密相繫，並且流露詩人隨遇而安的胸襟。兩者的共同特徵爲：題材雖然平凡，旨趣卻並不庸俗，既彰顯出詩人心靈的寬廣與溫暖，也蘊含個性鮮明的豐厚情味。

　　陸詩中四季風物的活潑樣態與生意盎然的程度也遠過前人，以致「生機蓬勃的美感」成爲其詩又一特色鮮明的主題。他不僅在四季中體會萬物的生意，也彰顯季節交替時不絕的生機；並從不同景物光色動態的聯繫，凸顯它們的相依或互動，展現一片和諧共榮的畫面。陸詩中的鄉村也充斥著熱烈的生活情景。甚至在冬季或夜晚，都流盪著熾熱的生命活力。此外，詩人也揭露體察田園生機之際的身心狀態，從而凸顯個人生意與田園生機的相通，強調知覺向田園開放而獲取的各種美感體驗，將對生機盎然的審美感受表達得更爲深切。陸游對田園生機蓬勃的審美，還包含對其中深層意蘊的領會。其中尤其特別的是，他還認爲田園中的生機蓬勃是時代太平的表徵，從而表露始終心繫社會狀況的性格。

　　陸詩所傾慕的「淳古」人情，則包含「勤儉忠孝、恪守本分」與「與世隔絕、純樸熱情」兩方面的具體內涵。前者從儒家的價值理想

出發體認民情之美，突出其中守禮知義、恪盡本分的特色，並寄託著對以「官場」為代表的惡劣今俗的批判。後者則強調農村遙隔外界和遠離文明，以及農民的古道熱腸，並蘊含對整個因文明而異化的世界與勢利冷酷的人際關係的否棄。

陸游詩中的「與民同樂之懷」，則傳達出與農民的日常之樂、豐年之樂與太平之樂的共鳴。陸游與農人日常之樂的同情共感，展現前所罕見的密切關係與深厚情誼；而在與農民豐年之樂共鳴的詩篇中，詩人經常是情境的深度參與者，因此能展露對農村之樂的深刻關懷與理解。陸詩呈現農村太平之樂，則突出地傳達了承平重現的欣慰感慨，與對社稷安定的關注。總體觀之，陸詩中之「與民同樂」內涵豐美而情味真淳，洋溢著群體之「樂」特有的活潑與溫馨。

綜觀上述眾多主題可知，陸詩的新境在情感基調方面延續唐代以降「田園樂」的傳統，在取材與精神上則對北宋詩有較直接與全面的繼承、開拓。它將北宋開始盛行的「抒情寫景貼近日常生活情事」與「對民生的關懷普泛化」的傾向往廣處、深處發展。不僅題材的廣度與個性的鮮明度大幅超越北宋，也豐富了田園詩的情蘊，並開拓了田園詩的境界。

第五章則指出陸詩藉由三類富於個性的主題：「安於貧窮的志意」、「困頓失意的感觸」與「勤勉耕作的心聲」，發揚了陶詩的詠懷傳統。在「安於貧窮的志意」主題中，陸游表達了由於執守道德理念而獲致的內心安頓，並流露頑強兀傲的意氣，從而一定程度上打破了田園詩情思閒淡的傳統。此外，道家的貴身觀念與對鄉里的歸屬之感也都是陸游安貧的重要憑藉。相較於北宋類似詩作，陸詩因屢次引入自我今昔的對比與觀照，而使情蘊更顯豐厚；又因凸顯鄉里的恬靜氛圍與頤養天年的價值，以及鄰曲情誼的意義，而流露獨特的歸屬意識與溫馨氣息。

陸詩中「困頓失意的感觸」在紹熙元年以前主要是身分落差帶來的荒謬虛無之感與深刻的孤孑感。此後，個人羈窮無聊的悲慨程度略

有減輕，憂時愛國之意開始與自我身世之感相融，使詩的格局有所拓展，也展現詩人心繫國家安危、朝局發展的開闊胸襟。在陸游之前，北宋田園詩的困頓失意主要內容為嘆貧，與陸詩抒發身世滄桑之感有所不同。晚唐僅有陸龜蒙等少數詩人偶而在困窮境況中也關注了社會問題。但是在晚唐詩中，突出刻劃的仍是自我艱困的生活，從而幽憤哀痛之情更甚，並籠罩著濃厚的末世情調。陸游詩則相對比較平和，其中不僅較少激烈的百憂交集之感，甚至透顯著詩人不甘沉淪的意志，與執著的「報國」、「報君」之念。其詩因而仍存在著希望與向上提升的力量，不似晚唐詩那樣流於衰颯。

慶元五年陸游致仕前後，對躬耕的看法明顯轉趨積極，開始肯定躬耕符合先王之教、可為士人報國之途。與此相應的是，其田園力耕之詠流露出勤奮樂觀、堅韌不屈，與以農傳家等個性鮮明的內涵。從而，陸詩既突破唐代田園詩「藉躬耕抒發隱逸自適之樂」或「藉躬耕揭露生計窘迫」的格局，也與陶詩只基於「維持溫飽」和「遠離宦途、守護真性」肯定躬耕有別，洋溢著積極昂揚的情調與充實生命價值的意志。陸詩的力耕之詠也揭示，無論陸游對仕宦是否懷抱希望與熱情，他始終沒有忘卻身為士人對社會的責任感，並企圖以操之在己的生活方式，發揚生命的意義。這份執著的精神也使其詩為「田園詩」這一文學類型，開闢出躍動著行動熱力與奮發意志的新境地。

就總體觀之，陸詩對一般士人真實田園生活的各種困難面，有較全面、深入的反映，從而使田園詩突破了唐代以後「士人歸田等於回歸真淳自然樂土」的傳統範式，成為詩人表達對這些難堪處境的應對之道與相關感懷的載體。此外，陸詩終於使陶詩抒發立身處世懷抱、追求自我價值理想的詠懷精神再度得到發揚。但其詩中的感懷普遍更富於剛毅頑強、不屈不撓的意志，而且與儒家關切社會政治的人生觀仍有緊密聯繫。所以，陸詩並非陶詩精神的單純復歸，而是仍展現了自我濃厚的個性色彩。

論文的第六、七章研究陸詩語言藝術在各個文本層面體現的特

點，並探討它對田園詩藝術傳統的突破。第六章指出，陸詩在字詞、字音經營方面，呈現「巧妙整飭的語音安排」、「生動鮮明的字詞」、「聲義兼備的疊字」等特徵。語音安排部份，律詩奇數句尾遞用四聲，造成高低抑揚的音響變化；以及七律在聲律諧美中略有波折，為陸游詩的兩大特色。唐宋田園律詩中，奇數句尾四聲遞用的情形相當罕見，陸游此類詩作卻有五十首左右，而且在長達五十年的時間中陸續創作，可見他對經營此類有一定程度的興趣，也反映出他對詩歌聲律之美的用心。

　　陸游田園七律的特徵則在於聲律既諧美，又時有規律的拗救之處。其拗救句式絕大多數屬於兩種類型：一，平起仄收句的第五字改平為仄，仄起平收句的第五字則改仄為平，且均出現在頷聯。此種拗救句式，淵源自晚唐許渾的「丁卯句法」。但許渾尚未以此法創作田園詩，陸游則不僅廣泛運用，而且全部施用於頷聯，格式化的痕跡更明顯。二，為仄起仄收句的第五字改平為仄，第六字改仄為平。此類絕大多數出現在頸聯或尾聯。而且，陸游幾乎不會在一首詩中同時使用這兩類拗救句式，彷彿有意避免太明顯地突破格律規範。他只是在一定程度上、有規律地運用拗救手法，使聲情在圓美和諧中微見跌宕。其考究聲律的程度，於此可見一斑。

　　陸詩中生動鮮明的字詞，包括「有力的動詞」與「繽紛的顏色詞」。他善於使用速度迅捷或聲勢浩大的動詞，或透過經營語境使力度本來不明顯的某些動詞煥發突出的力量，藉以表現景物內蘊能量的釋放。他也常藉具有顯著的「改變」力道的及物動詞，表達不同景物間「力」的轉移。因此，其詩經常湧現奔放盛大的氣勢，迥異於前人詩中蔚為主流的、用靜態動詞加以表現的恬靜之景。詩句也因此新奇勁健，不致流於纖巧細膩。

　　陸詩顏色詞的特點，首先在於出現次數的頻繁與色彩種類之多樣。其詩中多數種類色彩詞的數量均高於唐詩，也有許多超過北宋詩的一半。就色彩詞分佈的密度而言，陸詩更是首屈一指。其次，陸游

經常在一句詩中並置不同的色彩詞；或在相鄰兩句中對舉各種補色、鄰近色、或將白色與各色對舉。這種種搭配使陸詩所寫之景既鮮艷多彩，又不失清新明麗。復次，陸詩設色的特點還在於色彩調性的絢麗，而異於王維詩的淡雅，呈現繽紛多彩的美感。

「連續疊字」與「間接疊字」的精彩使用，是陸詩語言藝術的又一特點。連續疊字絕大多數位於對偶句中，形成疊字對。運用疊字時，詩人既注意彼此間聲調的搭配；又使描寫不同性狀的疊字形成對照或補充之勢；摹聲繪形時，也充分作到妥帖精妙。單位名詞的重疊也為陸游所愛用，它有力地型塑了陸詩熱情活潑的氛圍。陸詩中的間接疊字，主要功能在於營造語音的回環呼應之趣，也有使內容相互映襯、補充的效果。總之，陸詩的兩類疊字修辭既使詩富於回環流暢的聲音之美，又使描摹更加豐滿生動，因此與動詞、顏色詞的使用，同為陸詩在運用字詞方面最具特色與藝術價值的技巧。

第七章則發現，在句式營構、辭格與寫作手法方面，陸詩最具個性的是「圓穩整煉的對偶」、「廣博熨貼的用典」與「顯著的敘事性與細膩的寫景」。

陸詩中對偶出現次數之頻繁，與對仗性質的工整兩方面，都達到田園詩史上空前的程度。其中充斥著門類眾多的工對，雙聲疊韻對的大量出現與貼切自然，尤為顯著特色。陸詩的工對不僅種類多樣，而且組織密集。兩組詞的意義在多重層次上形成對偶，或一聯中幾乎字字工對的現象屢見不鮮。陸詩還有大量的當句對，它們廣泛運用於抒寫情景、敘事狀物；且出現於詩句的不同位置，形成多變的節奏，充分顯示詩人運用此法的純熟程度。陸詩的工對之句雖然類型眾多、組織細密，但由於詩人能注意經營彼此在性質、範圍、時空等方面的對比，所以不僅避免了「合掌」或堆砌之弊，更形成詩句間精緻和諧的語言美。

陸游還打破了之前田園詩用典稀疏、手法單純、範圍狹窄的格局，充分展現了用典範圍廣博、密度提高、手法精巧等特點。詩人不

僅廣用史書之典，也喜襲用古人詩詞之句。其用典手法之巧妙更遠過前人：同類之典相對、相對兩典均為反用或正反合用、用典之句分別帶有肯定與否定語氣等情形層出不窮。他還藉由虛字的居間作用，使並用兩典的一聯形成上下相依的整體。如此多變精巧的手法，使陸詩中的熟典煥發出新鮮的藝術魅力。非但如此，陸游還透過將典故融化在現實景事的敘寫；或典故與個人觀點、評價相融合等手法，使用典句遠離堆砌澀滯，顯得曉暢自然。凡此種種，均體現陸游詩藝的高度技巧性。

「顯著的敘事性」與「細膩的寫景」則為陸詩表達方式的兩大特點。陸游不僅在篇幅不拘的五、七言古詩中詳細記敘田園生活，也在短小的七絕裡，使用富於啟發性的片段暗示事件的前因後果或整體。此外，他還採用詳細的詩題記載日期、出遊梗概與相關細節，使題目既具有明顯的敘事性，也使詩中情事更為清晰。

陸詩還開闢出細密精緻的寫景方式。他除了以「一句一景」的模式勾勒特定景物，還以生動巧妙的「條件式」句式呈現豐富多彩的景物關係。詩人也注意到景物畫面的整體性：或將寫景與記事相結合，或以各種感官攝取的意象或「通感」意象構成景境。以上的寫作用心，使陸詩的寫景既精緻又渾成，富於更立體的實境感與豐滿的美感。

以上藝術特徵，使陸游田園詩呈現工緻曉暢的代表性語言風格。「工緻」主要指遣詞造語的用心，「曉暢」指表意的暢達與音節的流利。陸游田園詩最具特色的各種語言藝術技巧，往往工緻而不失平易曉暢。「工緻」與「平易」的結合，使陸詩雖精工而不流於纖巧；親切而不流於淺俗。這種詩風既以較明顯的人工經營痕跡，有別於唐代王、孟等人的清淡自然、興象玲瓏；又以敘事、狀物、達意的詳細明暢，有別於王、孟的含蓄。而且陸詩與北宋詩相較，雖朗暢卻不散漫直率；雖精工卻不生硬奇僻；既清新明快又能包容豐富的經驗感受，從而代表了宋代田園詩藝術的最高水平，更樹立了有別於唐代田園詩的美感典範。

　　這種風格特點的形成，與陸游轉益多師的詩學淵源密不可分。它主要體現了陶淵明、王維、白居易、晚唐詩人、梅堯臣、江西詩派等詩人的影響。陸游對陶、王、白、梅，側重於吸收其詩平易疏淡的一面；對晚唐、江西詩人，則著重於其精工、鍛煉的一面。這種兼取兩端的學習取向，既與陸游反對過度雕琢，又仍注重形式美的詩歌審美觀相通，也是其田園詩形成工緻而曉暢之詩風的重要助力。

　　綜上所述可知，陸詩不僅對前代傳統有一脈相承之處，更能大舉推陳出新，展現自成一家的氣象。本文第八章轉而探討陸游詩與同時田園詩大家范成大與楊萬里之作的異同，從而彰顯其獨特價值，並論及它對後代的影響，以期更全面地認識陸游在田園詩史上的地位。

　　第八章第一節的主要論點如下。范成大與陸游的田園詩在內涵方面分別有「抑制主觀」與「發揚情感」的特點。與之相應的是，其詩在物我關係與時空樣態等方面也有顯著的差別。在物我關係上，范詩凸顯的是對景物純客觀的觀察，且幾乎沒有主觀態度或情感的流露，其中詩人的形象是潛隱的。陸詩觀物時透過主觀感受把握物象的痕跡則比較明顯，且詩人對事物的欣賞態度、盎然意興與深厚情感往往相當突出，其個人形象更成為難以令人忽視的存在。

　　在時空樣態方面，范詩的時空基本上不出於「此時此地」的範圍。陸詩的時空則因與主觀經驗感受的聯繫更緊密，而具有開闊、流動，以及朝過去與未來延伸的特徵，其中「想像」的作用與成分也比較明顯。物我關係與時空樣態的差異，也導致范詩與陸詩產生了「以實為主，餘韻有限」與「虛實相輔相成，豐厚詩歌意蘊」的區別。

　　在語言風格方面，范詩的特點在於雅俗的兼容與適度，從而體現出精工穩健的格調。而且范詩主要使用的是清爽樸素的白描筆法。相較之下，陸詩更重視詞采的修飾、形象的彰顯與典故的運用，從而具有更明顯的工秀雅麗之美。

　　在詩歌的感染力方面，范詩之魅力主要在鮮活細膩的景物描寫，但它不以情蘊的深長打動讀者。陸詩則在精彩的寫景之外，還表達了

博厚、崇高與真誠的情感體驗，因此更具感染人心的力量。

　　第八章第二節的主要論點如下。在南宋三大家中，楊萬里與陸游都屬於主觀較明顯的詩人。但他們的田園詩依然有比較大的區別。楊、陸之詩在旨趣方面有「強調心靈慧智及其發現之趣」與「彰顯情感體驗」的差異。與此相應的是，楊詩在觀物時往往大肆發揮創造性的想像，它或賦予萬物擬人化的知覺與情感，或對景物作種種奇特的揣摩、解釋、調侃或誇張，使詩充滿個性化的奇思妙想。陸詩的觀物方式基本上是對外物的受動、感應，而很少像楊詩那樣以主觀對景物進行大膽強制的誇張與變形，其詩境也因而更接近普遍印象，並顯得親切近人。

　　在語言風格方面，楊萬里擅長運用活潑不羈的語言，包括大量口頭俗語、民歌句法與變幻多端的結構，創造新鮮且充滿機趣的境界。陸游則較講究規矩，不僅口語俗詞較少、結構平正穩重，還具備奇數句尾四聲遞用、聲律諧美中微見拗折、對仗細緻精美、用典縝密貼切等特色，其詩因而往往帶有整飭的美感。此外，楊詩之弊在「冗弱」，而陸詩之弊在「俗熟」。具體來說，就是楊詩有時過於活潑跳脫，以致忽略詩語的經營或提煉；陸詩則有過於規範化或套路化的現象，導致其詩既容易為大眾喜愛與模仿，也降低了清新度，從而與「雅」拉開了距離，而帶有「俗」的氣味。

　　在詩歌的感染力方面，楊詩的魅力主要來自透脫的胸襟與新穎風趣的詩思，但難以引起深遠的回味與感動。相較於楊詩，陸詩不僅依然顯出情感博厚、崇高、真誠等特點，更具備溫情、友善的特質。其中既流露詩人對萬物平等親睦的態度，也充滿和諧的人際關係與倫理之美，這兩方面交織成濃郁的人情味，並反映出詩人對生活的樂觀與對社會的熱愛，從而更能貼近人心的嚮往，也更能引起廣泛的共鳴與深遠的感動。

　　綜觀三大家田園詩不難發現，陸詩不僅是其中題材包羅最廣的，也以旨趣、內涵的情真意足、感染力強的特徵，在范、楊之外獨樹一

格。在體裁和語言風格方面，陸詩也不同於范、楊以七絕爲主，以及流露較濃厚的「尙俗」趣味。它以整飭的七律爲主要體裁，而且詩風明顯偏向於工緻秀麗。

　　陸、范、楊之詩的各具特色，與他們的經歷背景、詩學思想都有關聯。范成大的仕宦最爲顯達，且有「以筆記爲詩」的興趣，因此其詩的情感表現較爲斂抑，態度偏於旁觀，語言也雅俗參半，具有穩健折中的特點。再者，他深受中唐張籍、王建等人薰陶，故其詩有取材民俗、語尙質實等明顯傾向。楊萬里強調從自然界獲取靈感與詩材，又受到理學觀物方式的影響，並深具自成一家的自覺，因此其詩致力表現對自然景物的獨特觀照與新奇詮釋，語言和意境新鮮創闢的程度也遠過范、陸。

　　陸游在三人中宦途最爲坎坷，政治地位也最低，因此其詩的情感流露也更加充沛且較無顧忌。在藝術見解方面，陸游對自然、社會與人生的體驗同樣重視，因此其詩在三家中題材與詩思的類型最爲豐富。他又有「文章關治道」的觀念，故其詩較范、楊更具倫理意識與社會關懷。再者，陸詩受王維、梅堯臣、江西詩派與晚唐詩人等較重視鍛鍊或修飾的詩人影響甚深，而且沒有追求新異的強烈自覺，因此詩語較爲工麗，也最接近傳統的詩歌審美趣味。

　　第八章第三節論及陸游對後代的影響，我們發現，陸詩以自我生活細節入詩的創作路線，與工緻曉暢的七律詩風，影響之深遠不僅不遜於范成大〈四時田園雜興〉，甚至猶有過之。學習陸游這兩方面的詩人，從時間來看，從南宋後期延續到清末；從社會階層分佈來看，則風靡了從布衣吟士、文壇領袖，到館閣文臣、朝廷顯宦等階層。陸詩首度揭露了兼具工秀與明暢的七律詩風與田園題材契合的程度，且其詩軌轍清晰可學、風格雅俗共賞，因此仿效者眾多。

　　總而言之，陸游田園詩的各方面在南宋三大家中都能獨樹一格，具有極高的藝術價值，其影響更足以與范成大並駕齊驅，並遠勝楊萬里。由此可見，陸游在南宋田園詩史上確實爲足以與范、楊相頡頏的

傑出作者。而綜觀本章所述與第四至七章的研究成果可知，陸游田園詩不僅在傳統的基礎上有大幅度且多方面的開拓，也對南宋以後的田園詩產生了深遠的影響。因此陸游在中國古代田園詩史上，也的確居於不容忽視的地位。

在較全面地探索陸游田園詩的創闢與特色之後，至少帶給我們三方面的啟示與思考。

一，古今公認的南宋大詩人陸游，其詩別開生面之處，應遠不僅在於「愛國詩」這一方面。雖然陸詩取廣泛且駕馭自如的特點早已為古人所認識，〔註1〕但相關討論始終偏於一隅或片段零碎。而今人的研究又往往在清末民初以來高揚其愛國詩的格局中陳陳相因，以致難以彰顯陸詩在多方面因革開創的大家氣象。藉由研究陸游田園詩之創變，已可見其別出機杼之一斑。若能再追蹤放翁其他題材、甚至其它體裁詩歌的承傳與新變，應也能有所斬獲，並深化我們對陸詩總體成就的理解。

二，陸游與前代詩人的關係，值得進一步思索。本論文聚焦於陸游田園詩在內容旨趣與語言藝術方面的獨特面貌，藉以凸顯陸詩為田園詩傳統開闢的新境，與其在「感激憂憤」以外的詩類的成就，所以較少論及其對前代的繼承。這主要是考量到對數量如此繁多的陸詩而言，細論這個問題將是一項巨大的工作。因為詩歌的淵源通常不是一目了然，而是「一個非常複雜模糊乃至近於渾沌的現象」〔註2〕；詩歌的鮮明個性更來自融通眾家之長，「如蜂採百花而成蜜，蠶食柔桑而為絲，要在取長棄短，汲神髓而遺皮毛而已。兼取眾妙，出以變化，如此，始能別鑄一真我，自成一家數。」〔註3〕所以，陸詩的淵源問

〔註1〕例如趙翼云：「凡一草、一木、一魚、一鳥，無不裁剪入詩。」《甌北詩話》，郭紹虞編選，富壽蓀校點：《清詩話續編》（上海：上海古籍出版社，1999），卷6，頁1220。

〔註2〕董乃斌：〈中國詩學之淵源論〉，《文學遺產》，2003年第4期，頁7。

〔註3〕張高評：《宋詩之新變與代雄》（臺北：洪葉文化事業有限公司，1995），頁35。

題細究起來，將佔據大量的篇幅，從而很可能使整本論文失焦。因此本文在第七章第四節主要只是結合陸游較顯著的師法對象與學習取向，論述陸游田園詩風格特徵的淵源，以說明其總體特色的出現與轉益多師有關，而並未企圖追索它每一種特點的每一個可能來源。

從另一個角度來看，淵源的研究若要作到宏觀、全局性的程度，不僅要從一些具體而細微的要素，如字面、詞藻、語意、句式、立題、選材、設色等方面來判斷，還必須深入到創作動機或審美理念的層面進行探尋。〔註4〕這就需要設計新的視角，對陸詩進行另一番仔細的審視。而這些，都是在本論文的架構下不便展開的。

但是，陸游與前人的關係仍值得深入探討。論者指出：「宋詩發展的最基本的主題，就是通而能變，變而能復。」〔註5〕如果跳出「田園詩研究」的框架，轉而探討陸游如何「創造性地」繼承運用傳統的詩語、詩法、意象、句式等，應該能有許多發現。這種探索也有助於更深入地把握陸游創作時的審美意識、審美趣味、思維特色，甚至是在其他詩人接受史上的特殊位置。

本文對陸詩作了較細緻的微觀分析，部份發現或可發展為相關論題。例如，第六章指出陸游「田園詩」中七律體繼承了許渾丁卯詩法的拗救規則。可以追問的是：陸游的「其他」七律是否也有類似現象？相關細節如何？它是否屬於「丁卯體」影響史上的特殊現象？〔註6〕又如，第七章中指出陸詩存在大量用典，與正用、反用典故的情形。

〔註4〕詳參董乃斌前揭文，頁11～12。

〔註5〕見於錢志熙：〈宋詩與宋代詩學概談〉，《古典文學知識》，2011年第3期，頁54。

〔註6〕根據徐國能的研究，後人對許渾詩體的效仿的一個突出現象，就是不再「出現以『仄平仄』、『平仄平』收尾的『丁卯句法』。」「『丁卯句法』僅在少數詩人中偶然使用。」詳參氏著：〈許渾詩和「許渾體」考論〉，《中國學術年刊》，第37期（春季號），2015年3月，頁14。因此，如果此點是陸游七律的常見現象，那麼陸游在許渾詩歌接受史上很可能是一個特殊的存在。又，呂輝《陸游七言律詩研究》（陝西師範大學2008年博士論文，馬歌東先生指導）並無相關討論。

若能再進一步探究陸游在所有詩中的用典偏好、用典規律、及其發展演變情形，甚至是在宋詩用典史的特色所在，應能對陸游的創作思維特性有更深入的理解。

陶詩與陸詩的關係，更是饒富趣味的話題。雖然就詩歌整體格調來看，陸詩與陶詩存在較大差異，陸游在早年也曾對陶淵明的人生抉擇不以為然，但其田園詩又存在不少襲用、化用或反用淵明詩語或典故的情形。這是否蘊含了他對陶之心境的某種共鳴或反思？此種共鳴、反思在整部《劍南詩稿》中，是否有階段性的演變？在陶學盛行的宋代，身為愛國詩人的陸游對陶淵明的接受是否有其特殊性？〔註7〕

三，北宋以後田園詩依然處於發展之中，這透露了南宋詩歌在詩史上的重要性。聞一多對中國古代文學的發展有過一段著名論述：「詩的發展到北宋實際也就完了。……就詩本身說，連尤楊范陸和稍後的元遺山似乎都是多餘的、重複的，以後的更不必提了。……本來從西周唱到北宋，足足二千年的工夫也夠長的了，可能的調子都已唱完了。……是的，中國文學史的路線南宋起便轉向了，從此以後是小說戲劇的時代。」〔註8〕

聞氏的說法並非一家之言，其影響頗為深遠。或許由於處在唐詩、北宋詩等詩歌高峰之後，南宋詩經常被認為無法與北宋相提並論，因此古代詩歌研究「重北宋，輕南宋」的情形長期存在，而南宋詩的研究也始終比較薄弱。〔註9〕但是，透過研究陸游田園詩可以發

〔註7〕 李劍鋒：《元前陶淵明接受史》（濟南：齊魯書社，2002），頁374～
384 從技巧借鑒、推崇並學習陶詩平淡自然風格、肯定陶之氣節、認為陶詩流露悲憤之情等方面，論述陸游接受陶詩的特色。相關問題應還有進一步探索的空間。

〔註8〕 〈文學的歷史動向〉，氏著：《神話與詩》（北京：中華書局，1959），頁203。

〔註9〕 少數學者為南宋文學鳴不平，指出它的「繁榮與整體成就可與北宋比肩」，並指出，「南宋文學是一份厚重的文學遺產，目前存在的『重北宋、輕南宋』的研究現與之是不相稱的。」詳參王水照、熊海英：《南宋文學史·前言》（北京：人民出版社，2009），頁1～3。

現，雖然作為田園詩典範的陶詩或唐詩，始終對後代產生有力的引導作用，但北宋之後田園詩依然或隱或顯地有所創新，而且發展到一定程度就會促成質變。北宋田園詩的部份特點被陸詩發揚光大，就是明顯的例子。而陸詩對傳統的接受仍然是選擇性的，並在傳統的基礎上發展出獨特的個性，從而開闢出新的表現對象與表現形式，對後人甚具啓迪之功。總而言之，宋代之後田園詩的變化不僅仍在持續，而且這些變化對後代田園詩依然造成影響。

　　由此可見，即便只就田園詩而言，南宋也絕非是以往典範的複製，而是該詩類發展過程中不可忽略的一環。但田園詩應該不是特例，因此南宋詩的價值與詩史意義仍存在廣大的研究空間。本文嘗試過的思路，亦即探討某種傳統詩類在南宋的新變與對後代的啓發，應是展開相關研究時可以嘗試的方向。

參考與引用書目舉要

壹、陸游研究（依作者姓名筆劃排列，外國學者排列於後）

一、專書

1. 于北山：《陸游年譜》（上海：上海古籍出版社，2006）。
2. 中國陸游研究會編：《陸游與越中山水》（北京：人民出版社，2006）。
3. 中國陸游研究會編：《陸游與鑒湖》（北京：人民出版社，2011）。
4. 中國陸游研究會編：《陸游與漢中》（上海：上海古籍出版社，2013）。
5. 朱東潤：《陸游研究》（北京：中華書局，1962）。
6. 朱東潤：《陸游傳》（西安：陝西師範大學出版社，2009）。
7. 邱鳴皋：《陸游評傳》（南京：南京大學出版社，2002）。
8. 李建英《陸游閒適詩研究》（北京：首都師範大學出版社，2012）。
9. 張毅：《陸游詩歌傳播、閱讀研究》（上海：復旦大學出版社，2014）。
10. 鄒志方：《陸游研究》（北京：人民出版社，2008）。
11. 歐明俊：《陸游研究》（上海：三聯書店，2007）。
12. 【韓】李致洙：《陸游詩研究》（臺北：文史哲出版社，1991）。

二、學位論文

（一）碩士論文

1. 王敘黃：《論陸游暮年的詩歌創作》，安徽大學 2009 年碩士論文，湯華泉先生指導。

2. 白金花：《陸游詩歌的地域文化研究——以紹興、漢中爲中心》，陝西理工學院 2014 年碩士論文，李銳先生指導。

3. 邢瑞：《陸游民俗詩初探》，華僑大學 2009 年年碩士論文，徐華先生指導。

4. 宋淑敏：《陸游民俗詩研究》，華中科技大學 2008 年碩士論文，雷家宏先生指導。

5. 李慶龍：《陸游七言古詩研究》，安徽師範大學 2014 年碩士論文，余恕誠、郭自虎先生指導。

6. 姜春霞：《陸游農事詩研究》，曲阜師範大學 2010 年碩士論文，張玉璞先生指導。

7. 查澤澈：《陸游田園詩綜論》，安徽大學 2009 年碩士論文，湯華泉先生指導。

8. 孫科麗：《陸游思想研究》，西北師範大學 2009 年碩士論文，劉建麗先生指導。

9. 張媛：《陸游山陰閒適詩歌研究》，內蒙古大學 2010 年碩士論文，楊新民先生指導。

10. 黃英：《陸游詩歌五十首經典名篇的考察》，江西師範大學 2011 年碩士論文，杜華平先生指導。

11. 楊昇：《陸游的鄉居生活與「鏡湖詩」創作》，浙江師範大學 2004 年碩士論文，陳國燦先生指導。

12. 農邊林：《陸游晚年閒適詩研究》，福建師範大學 2007 年碩士論文，歐明俊先生指導。

13. 管舒：《論陸游鄉居詩中的「太平氣象」》，安徽師範大學 2012 年碩士論文，胡傳志、葉幫義先生指導。

14. 劉雅嫻：《陸游山水行旅詩論》安徽大學 2012 年碩士論文，葉華先生指導。

15. 劉勁文：《陸游、王維山水田園詩之比較》，上海財經大學 2007 年碩士論文，朱迎平先生指導。

16. 謝進昌:《陸游鄉居詩研究》,汕頭大學 2005 年碩士論文,高利華、張惠民先生指導。

（二）博士論文

1. 呂輝:《陸游七言律詩研究》,陝西師範大學 2008 年博士論文,馬歌東先生指導。

2. 徐丹麗:《陸游詩歌研究》,南京大學 2005 年博士論文,莫礪鋒先生指導。

三、期刊論文或專書論文

1. 王志清:〈陸游山水田園詩:狂與逸的交滲協和〉,《徐州師範學院學報・哲學社會科學版》,1993 年第 3 期。

2. 王致涌、陳永建:〈陸游與三山故居〉,《浙江師大學報・社會科學版》1996 年第 2 期。

3. 王水照、熊海英:〈陸游詩歌取境探源──錢鍾書論陸游之一〉,《中國韻文學刊》,20 卷 1 期,2006 年 3 月。

4. 伍聯群:〈論陸游的佛教思想〉,《船山學刊》,2007 年第 2 期。

5. 呂肖奐:〈地域文化的文學書寫──陸游關於梁益地區的創作〉,《紹興文理學院學報》,33 卷 2 期。

6. 余德余:〈沉雄蒼涼的崇高感與平淡恬靜的優美感的統一──論陸游後期詩歌創作的美學風格〉,《紹興師專學報・社會科學版》,1989 年第 2 期。

7. 沈家莊:〈論放翁氣象〉,《文學遺產》,1999 年第 2 期。

8. 沈重麗〈陸游與陶淵明田園詩比較〉,《浙江社會科學》,2009 年第 11 期。

9. 邱鳴皋:〈陸游師從曾幾新論〉,《文學遺產》,2002 年第 2 期。

10. 肖養蕊:〈從陸游詩作看南宋時期紹興的農業發展〉,《紹興文理學院學報》,26 卷 1 期,2006 年 2 月。

11. 李建華、李繼紅:〈論陸游晚年田家詩語言風格的形成〉,《黑龍江教育學院學報》,27 卷 11 期,2008 年 11 月。

12. 李建華:〈從晚年田家詩看陸游詩歌創作的藝術個性〉,《佳木斯大學社會科學學報》,27 卷 5 期,2009 年 10 月。

13. 李建英:〈陸游詩研究綜述〉,《新疆師範大學學報・哲學社會科學版》,30 卷 3 期,2009 年 9 月。

14. 李亮偉:〈論陸游在榮州的處境與悲情〉,《西南民族大學學報‧人文社科版》,26 卷 6 期。

15. 呂肖奐:〈「不得體」的社交表達:陸游的人際關係詩歌論析〉,《四川大學學報‧哲學社會科學版》,2016 年第 1 期。

16. 李建華:〈淺談陸游田家詩中的農本思想〉,《黑龍江教育學院學報》,31 卷 9 期,2012 年 9 月。

17. 周汝昌:〈從《劍南詩稿》中的農村詩說到「俗氣」〉,氏著:《詩詞賞會》(廣州:廣東人民出版社,1987)。

18. 胡明:〈陸游詩歌主題瑣議〉,《煙台師院學報‧社會科學版》,1987 年第 2 期。

19. 姚大勇:〈娛悲舒憂:陸游文學思想之核心〉,《新疆大學學報‧社會科學版》,29 卷 1 期,2001 年 3 月。

20. 高利華:〈陸游詩歌研究中的幾個問題〉,《浙江學刊》,2002 年第 4 期。

21. 徐丹麗:〈歸來偶似老淵明──論陸游對陶淵明的接受過程〉,《湖北社會科學》,2005 年第 2 期。

22. 莫礪鋒:〈陸游「讀書」詩的文學意味〉,《浙江社會科學》,2003 年第 2 期。

23. 莫礪鋒:〈陸游詩中的生命意識〉,《江海學刊》,2003 年第 5 期。

24. 莫礪鋒:〈陸游詩中的學者自畫像〉,《南京師範大學文學院學報》,2003 年 6 月,第 2 期。

25. 莫礪鋒:〈論陸游對儒家詩學精神的實踐〉,《學術月刊》,47 卷 8 期,2015 年 8 月。

26. 陸應南:〈陸游的田園詩淺探〉,《廣州師院學報》,1984 年第 2 期。

27. 張展:〈陸游農村詩初讀〉,《河北師院學報》,1982 年第 4 期。

28. 許文軍:〈論陸游英雄主義詩歌的幻想性質〉,《陝西師大學報‧哲學社會科學版》,23 卷 1 期,1994 年 3 月。

29. 麻天祥:〈陸游與松源崇岳交游簡考〉,《中國政法大學學報》,2013 年第 5 期。

30. 張福勛:〈白首爲農信樂哉──論陸游的農村詩〉,《內蒙古師大學報‧哲學社會科學漢文版》,1988 年第 3 期。

31. 曾維剛:〈典範確立:論陸游的當世接受〉,《江海學刊》,2014 年第 3 期。

32. 葉幫義：〈二十世紀對陸游和楊萬里詩歌研究綜述〉，《南京師範大學文學院學報》，第 3 期，2004 年 9 月。

33. 鄒志方、章生建：〈陸游三山別業考信錄〉，《紹興師專學報》，15卷 3 期，1995 年。

34. 傅經順：〈論陸游〈遊山西村〉〉，《語文學習》，1980 年第 5 期。

35. 楊昇：〈陸游晚年農村詩的藝術風格及特徵〉，《揚州教育學院學報》，28 卷 3 期，2010 年 9 月。

36. 蔣寅：〈陸游詩歌在明末清初的流行〉，《中國韻文學刊》，20 卷 1期，2006 年 3 月。

37. 鄭永曉：〈《管錐編》論陸游舉隅〉，《南都學壇·人文社會科學學報》，31 卷 3 期，2011 年 5 月。

38. 劉蔚：〈論陸游田園詩的「太平」書寫〉，《東岳論叢》，33 卷 10期，2012 年 10 月。

39. 歐明俊：〈從齋名變更看陸游的心態歷程〉，《安慶師範學院學報·社科版》，26 卷 2 期，2007 年 3 月。

40. 劉蔚：〈陸游的村居心態及其田園詩風的嬗變〉，《浙江社會科學》，2009 年第 11 期。

41. 墙峻峰、張遠林：〈陸游詩歌的效果史——兼論「中興四大家」〉，《江漢論壇》，2007 年第 2 期。

42. 駱小倩、楊理論：〈陸游養氣說的詩學闡釋〉，《西南大學學報·社會科學版》，34 卷 3 期，2008 年 5 月。

43. 戴干明：〈剖析陸游詩詞中的田園自然思想〉，《哈爾濱師範大學社會科學學報》，2014 年第 1 期。

貳、田園詩研究（依作者姓名筆劃排列）

一、專書

1. 王凱：《自然的神韻——道家精神與山水田園詩》（北京：人民出版社，2006）。

2. 周秀榮：《唐代田園詩研究》（北京：中國社會科學出版社，2013）。

3. 葛曉音：《山水田園詩派研究》（瀋陽：遼寧大學出版社，1997）。

4. 劉蔚：《宋代田園詩研究》（北京：人民文學出版社，2012）。

二、學位論文

（一）碩士論文

1. 王赫延：《文學變革大潮中的田園詩——漢晉之際田園題材作品的走勢》，東北師範大學 2009 年碩士論文，高長山先生指導。
2. 李晶：《唐宋山水田園詩之比較》，西北大學 2010 年碩士論文，李浩先生指導。
3. 李曉娜：《唐代田園詩主題曲——「田園樂」到「田家苦」的轉變》，西南大學 2007 年碩士論文，劉明華先生指導。
4. 李曉璐：《方回田園詩研究》，河北大學 2010 年碩士論文，王素美先生指導。
5. 陶明香：《中唐田園詩新變及其原因探析》，曲阜師範大學 2010 年碩士論文，曹志平先生指導。

（二）博士論文

1. 孟祥光：《唐代賦役制度與田家詩》，華東師範大學 2010 年博士論文，朱玉麒先生指導。

三、期刊論文或專書論文

1. 王步高：〈歷代田園詩略論〉，《溫州師院學報・哲學社會科學版》，1988 年第 4 期。
2. 王熙元：〈田園詩派的形成與陶淵明田園詩的風格〉，《幼獅學誌》，14 卷 2 期，1977 年 5 月。
3. 王文進：〈陶謝並稱對其文學範型流變的影響——兼論陶、謝「田園」、「山水」詩類空間書寫的區別〉，《東華人文學報》，第 9 期，2006 年 7 月。
4. 朱小枝：〈貶謫人生中的田園——論蘇軾〈和陶詩〉中的田園詩〉，《文學界（理論版）》，2011 年第 7 期。
5. 李伯齊：〈田園詩瑣議〉，《山東師大學報・社會科學版》，1988 年第 5 期。
6. 李曉湘：〈王維田園詩漫論〉，《中國文學研究》（大陸），1997 年第 2 期。
7. 李朝軍：〈論晁補之的農事詩〉，《求索》，2007 年第 9 期。
8. 李瑞智：〈論錢澄之田園詩的藝術特色〉，《甘肅高師學報》，13

卷 3 期，2008 年。

9. 花志紅：〈「上饒二泉」筆下的田園〉，《文教資料》，2007 年第 27 期。

10. 何映涵：〈范成大〈四時田園雜興〉六十首影響史初探——以借鑒、仿效、追和之作爲切入點〉（未刊稿）。

11. 周秀榮：〈唐代田園詩興盛原因之探析〉，《湖北師範學院學報・哲學社會科學版》，第 29 卷第 4 期，2009 年。

12. 周秀榮：〈從文人雅趣到泥土氣息——唐宋田園詩之比較〉，《湖北社會科學》，2003 年第 5 期。

13. 金在龍：〈中國古典山水田園詩的品格〉，《天津大學學報・社會科學版》，2009 年第 1 期。

14. 林繼中：〈試論盛唐田園詩的心理依據〉，《文史哲》，1989 年第 4 期。

15. 周錫韠：〈中國田園詩之研究〉，《中山大學學報》，1991 年第 3 期。

16. 林繼中：〈田園夕照話晚唐〉，《漳州師範學院學報・哲學社會科學版》，1994 年第 3 期。

17. 林繼中：〈田園詩：人與自然的對話——「唐文化與文學」研究之一〉，《中州學刊》，1993 年第 6 期。

18. 林繼中：〈人的精神面貌在田園詩中的位置——兼論中唐田園詩蛻變之意義〉，《人文雜志》，1993 年第 3 期。

19. 林繼中：〈變遷感：中唐士大夫的心理壓力——中唐田園詩的透視〉，《暨南學報・哲學社會科學版》，1993 年第 3 期。

20. 周秀榮：〈唐五代田園詩創作情形之定量分析〉，《社會科學輯刊》，2011 年第 6 期。

21. 洪順隆：〈田園詩論——由「詩經」到陶淵明暨其餘響看「田園詩」的發展及其特色〉，《華學月刊》，101～105 期，1980 年 5～9 月。

22. 胡迎建、呂榮榮：〈論朱熹的田園農事詩〉，《農業考古》，2011 年第 4 期。

23. 侯敏：〈隱者・耕耘者・歌唱者——田園詩人的文化心理透視〉，《北方論叢》，1999 年第 6 期。

24. 郭軼卿：〈宋代田園詩的新特色——回歸眞實〉，《大眾文藝・理論版》，2009 年 11 期。

25. 孫靜：〈談陶淵明田園詩的浪漫主義〉，《北京大學學報・哲學社會

科學版》，1980 年第 4 期。

26. 孫瑩瑩：〈論林逋山水田園詩中的隱逸情懷〉，《宜春學院學報》，2007 年 S1 期。

27. 孫超：〈論李之儀《路西田舍示虞孫小詩二十四首》〉，《文學遺產》，2005 年第 4 期。

28. 孫超：〈論李之儀的田園詩〉，《中國韻文學刊》，24 卷 4 期，2010 年 12 月。

29. 張震英：〈姚賈與山水田園詩歌審美主題的嬗變〉，第 31 卷，2006 年 1 月。

30. 許結：〈從京都賦到田園詩──對詩賦文學創作傳統的思考〉，《南京大學學報・哲學社會科學版》，2005 年第 4 期。

31. 童強：〈論韋應物山水田園詩的寫實傾向〉，《文學遺產》，1996 年第 1 期。

32. 葛曉音：〈論山水田園詩派的藝術特徵〉，氏著：《詩國高潮與盛唐文化》（北京：北京大學出版社，1998）。

33. 葛曉音：〈盛唐田園詩和文人的隱居方式〉，《學術月刊》，1989 年第 11 期。

34. 曾明：〈著壁成繪──試探王維山水田園詩的藝術特點〉，《西南民族大學學報・人文社科版》，1981 年第 1 期。

35. 單啓新：〈王孟山水田園詩別略論〉，《社會科學輯刊》，1990 年第 5 期。

36. 童強：〈論韋應物山水田園詩的寫實傾向〉，《文學遺產》，1996 年第 1 期。

37. 楊德才：〈王維的山水田園詩所折射的文化心態〉，《華中師範大學學報・人文社會科學版》，1993 年第 3 期。

38. 楊玉成：〈田園組曲：論《歸園田居五首》〉，《國文學誌》，第 4 期，民國 89 年 12 月。

39. 蔡瑜：〈試從身體空間論陶詩的田園世界〉，《清華學報》，新 34 卷第 1 期，2004 年。

40. 漆俠：〈關於南宋農事詩──讀《南宋六十家集》兼論江湖派〉，《河北學刊》，1988 年第 5 期。

41. 廖美玉：〈「歸田」意識的形成與虛擬書寫的至樂取向〉，《成大中文學報》，第 11 期，民國 92 年 11 月。

42. 蔡瑜：〈陶淵明的吾廬意識與園田世界〉，《中國文哲研究集刊》，第 38 期，2011 年 3 月。

43. 劉文剛：〈繁榮美奐的宋代田園詩〉，《四川大學學報‧哲學社會科學版》，2001 年第 2 期。

44. 劉蔚：〈論梅堯臣田園詩的集成與開山意義〉，《寧夏社會科學》，2012 年第 6 期。

45. 劉蔚：〈從言情志到觀民風——論田園詩創作旨趣在宋代的新變〉，《蘇州大學學報‧哲學社會科學版》，2005 年第 3 期。

46. 劉蔚：〈宋代田園詩的政治因緣〉，《文學評論》，2011 年第 6 期。

47. 劉蔚：〈新世紀古代田園詩研究綜述〉，《南通大學學報‧社會科學版》，29 卷 3 期，2013 年 5 月。

48. 劉蔚：〈田園與山水合流——論王維、孟浩然田園詩的突破〉，《江蘇社會科學》，2002 年第 3 期。

49. 盧曉河：〈唐代山水田園詩的道教文化意蘊〉，《貴州社會科學》，2006 年第 6 期。

50. 霍松林：〈白居易的田園詩〉《陝西師範大學學報‧哲學社會科學版》，1982 年第 3 期。

51. 蕭馳：〈陶淵明藉田園開創的詩歌美典〉，氏著：《中國思想與抒情傳統　第一卷　玄智與詩興》（臺北：聯經出版事業股份有限公司，2011）。

52. 霍然：〈論南宋田園題材作品的美學意蘊〉，《殷都學刊》，2006 年第 3 期。

53. 韓梅、孫旭：〈宋代農事詩的文化闡釋〉，《赤峰學院學報‧漢文哲學社會科學版》，33 卷 5 期，2012 年 5 月。

54. 蘭翠：〈論盛唐田園詩人心態的轉換〉，《煙臺大學學報‧哲學社會科學版》。

參、古代典籍及其箋注（含資料彙編）

一、陸游撰著

1. 陸游撰，錢仲聯校注：《劍南詩稿校注》（上海：上海古籍出版社，1985）。

2. 陸游撰：《渭南文集》（臺北：臺灣商務印書館，1965 年，四部叢刊初編影印明華氏活字印本）。

3. 陸游撰，夏承燾、吳熊和箋注；陶然訂補：《放翁詞編年箋注（增訂本）》（上海：上海古籍出版社，2012）。

4. 陸游撰，錢仲聯、馬亞中主編：《陸游全集校注》（杭州：浙江教育出版社，2011）。

二、其他（依年代順序排列）

1. 南朝宋·陶淵明撰，袁行霈箋注：《陶淵明集箋注》（北京：中華書局，2003）。

2. 逯欽立輯校：《先秦漢魏晉南北朝詩》（北京：中華書局，1998）。

3. 唐·孟浩然撰，佟培基箋注：《孟浩然詩集箋注》（上海：上海古籍出版社，2000）。

4. 唐·王維撰，清·趙殿成箋注：《王摩詰全集箋注》（臺北：世界書局，1962）。

5. 唐·韋應物撰，陶敏、王友勝校注：《韋應物集校注》（上海：上海古籍出版社，1998）。

6. 唐·王建撰，尹占華校注：《王建詩集校注》（成都：巴蜀書社，2006）。

7. 唐·白居易撰，朱金城箋校：《白居易集箋校》（上海：上海古籍出版社，1988）。

8. 唐·元稹撰，周相錄校注：《元稹集校注》（上海：上海古籍出版社，2011）。

9. 唐·皮日休撰，蕭滌非、鄭慶篤整理：《皮子文藪》（上海：上海古籍出版社，1981）。

10. 清·馮定求等編：《全唐詩》（北京：中華書局，2003）。

11. 宋·蘇軾撰，傅成、穆儔標點：《蘇軾全集》（上海：上海古籍出版社，2000）。

12. 宋·魏慶之：《詩人玉屑》，吳文治主編：《宋詩話全編》（南京：江蘇古籍出版社，1998），第九冊。

13. 宋·陳師道《後山詩話》，清·何文煥輯：《歷代詩話》（臺北：藝文印書館，1991）。

14. 宋·惠洪：《冷齋夜話》，吳文治主編：《宋詩話全編》（南京：江蘇古籍出版社，1998），第三冊。

15. 宋·陳彭年等撰：《新校宋本廣韻》（臺北：洪葉文化，2001）。

16. 宋·黃澈:《碧溪詩話》,《歷代詩話續編》本,臺北:藝文印書館,1983。

17. 宋·蔡正孫:《詩林廣記》(《中國詩話珍本叢書》本,北京:北京圖書館出版社,2004)。

18. 宋·王讜撰,崔文印、謝方評注:《唐語林(插圖本)》(北京:中華書局,2007)。

19. 宋·梅堯臣撰,朱東潤編年校注:《梅堯臣集編年校注》(上海:上海古籍出版社,2006)。

20. 宋·范成大撰,孔凡禮輯:《范成大佚著輯存》(北京:中華書局,1983)。

21. 宋·范成大撰,富壽蓀標校:《范石湖集》(上海:上海古籍出版社,2006)。

22. 宋·楊萬里撰,薛瑞生校箋:《誠齋詩集箋證》(西安:三秦出版社,2011)。

23. 宋·朱熹撰:《四書章句集注》(臺北:大安出版社,1996)。

24. 宋·朱熹:《清邃閣論詩》,吳文治主編:《宋詩話全編》(南京:江蘇古籍出版社,1998),第六冊。

25. 宋·姜夔撰,夏承燾校輯:《白石詩詞集》(北京:人民文學出版社,1959)。

26. 宋·嚴羽撰,郭紹虞校釋:《滄浪詩話校釋》(北京:人民文學出版社,1961)。

27. 宋·王應麟撰:《經學紀聞》(上海:上海古籍出版社,2008)。

28. 傅璇琮主編:《全宋詩》(北京:北京大學出版社,1991～1999)。

29. 錢鍾書:《宋詩選注》(北京:生活、讀書、新知三聯書店,2003)。

30. 元·方回選評,李慶甲集評校點:《瀛奎律髓彙評》(上海:上海古籍出版社,2005)。

31. 明·唐汝詢編,王振漢點校:《唐詩解》(保定:河北大學出版社,2001)。

32. 明·許學夷撰:《詩源辨體》(北京:人民文學出版社,1987)。

33. 明·鍾惺:《古詩歸》,《續修四庫全書》,集部,第1589冊。

34. 明·胡應麟:《詩藪》,吳文治主編:《明詩話全編》(南京:江蘇古籍出版社,1997),第五冊。

35. 明・黃文煥：《陶詩析義》，《四庫全書存目叢書》（台南：莊嚴文化，1997），集部，第 3 冊。

36. 明・鍾惺、譚元春輯：《古詩歸》，《續修四庫全書》（上海：上海古籍出版社，2002），集部，第 1589 冊。

37. 清・沈德潛：《說詩晬語》，王夫之等撰：《清詩話》（上海：上海古籍出版社，1999）。

38. 清・李重華撰：《貞一齋詩說》，王夫之等撰：《清詩話》（上海：上海古籍出版社，1999）。

39. 清・賀裳：《載酒園詩話》，郭紹虞編選，富壽蓀校點：《清詩話續編》（上海：上海古籍出版社，1999）。

40. 清・潘德輿：《養一齋詩話》，郭紹虞編選，富壽蓀校點：《清詩話續編》（上海：上海古籍出版社，1999）。

41. 清・喬億撰：《劍谿說詩》，郭紹虞編選，富壽蓀校點：《清詩話續編》（上海：上海古籍出版社，1999）。

42. 清・翁方綱撰：《石洲詩話》，郭紹虞編選，富壽蓀校點：《清詩話續編》（上海：上海古籍出版社，1999）。

43. 清・張謙宜：《絸齋詩談》，郭紹虞編選，富壽蓀校點：《清詩話續編》（上海：上海古籍出版社，1999）。

44. 清・葉矯然《龍性堂詩話續集》，郭紹虞編選，富壽蓀校點：《清詩話續編》（上海：上海古籍出版社，1999）。

45. 清・趙翼：《甌北詩話》，郭紹虞編選，富壽蓀校點：《清詩話續編》（上海：上海古籍出版社，1999）。

46. 清・吳嵩梁《石溪舫詩話》，張寅彭選輯，吳忱、楊焄點校：《清詩話三編》（上海：上海古籍出版社，2014），第四冊。

47. 清・沈其光：《瓶粟齋詩話（初編)》，張寅彭主編：《民國詩話叢編》（上海：上海書店，2002），第五冊。

48. 清・王士禛：《帶經堂詩話》（北京：人民文學出版社，1963）。

49. 清・吳景旭編：《歷代詩話》（臺北：新文豐出版公司，1989）。

50. 清・方東樹：《昭昧詹言》（臺北：漢京文化事業有限公司，2004）。

51. 清・沈德潛撰，王宏林箋注：《說詩晬語箋注》（北京：人民文學出版社，2011）。

52. 清・劉熙載撰，袁津琥校注：《藝概校注》（北京：中華書局，2009）。

53. 清・陳衍：《石遺室詩話》（北京：人民文學出版社，2010）。

54. 清·徐松輯:《宋會要輯稿》(北京:中華書局,2006),第 101 冊。

55. 清·袁仁林撰,解惠全注:《虛字說》(北京:中華書局,1989)。

56. 孔凡禮、齊治平編:《古典文學研究資料彙編·陸游資料彙編》(北京:中華書局,1962)。

57. 程千帆主編:《中華大典·文學典·宋遼金元文學分典》(南京:江蘇古籍出版社,1999)。

肆、近人論著 (依作者姓名筆劃排列,外國學者排列於後)

一、專書

1. 于年湖:《杜詩語言藝術研究》(濟南:齊魯書社, 2007)。

2. 王力:《漢語詩律學》(上海:上海教育出版社,2002)。

3. 王水照、熊海英:《南宋文學史》(北京:人民出版社,2009)。

4. 王錫九:《皮陸詩歌研究》(合肥:安徽大學出版社,2004)。

5. 王建生:《通往中興之路:思想文化視域中的宋南渡詩壇》(上海:上海古籍出版社,2011)。

6. 王順娣:《宋代詩學平淡理論研究》(成都:巴蜀書社,2009)。

7. 王運熙、楊明:《隋唐五代文學批評史》(上海:上海古籍出版社,1994)。

8. 王水照主編:《宋代文學通論》(高雄:復文圖書出版社,2000)。

9. 王琦珍:《黃庭堅與江西詩派》(南昌:江西高校出版社,2006)。

10. 王守國:《誠齋詩研究》(鄭州:中州古籍出版社,1992)。

11. 王鏤:《唐宋筆記語辭滙釋》(北京:中華書局,2001)。

12. 王立:《中國古代文學十大主題:原形與流變》(台北:文史哲出版社,1994)。

13. 王國瓔:《古今隱逸詩人之宗:陶淵明論析》(臺北:允晨文化,1999)。

14. 王國瓔:《中國山水詩研究》(臺北:聯經出版事業股份有限公司,1986)。

15. 毛妍君:《白居易閒適詩研究》(北京:中國社會科學出版社,2010)。

16. 孔凡禮:《范成大年譜》(濟南:齊魯書社,1985)。

17. 孔凡禮：《孔凡禮文存》（北京：中華書局，2009）。

18. 中華書局編輯部編：《詩詞曲語辭辭典》（北京：中華書局，2014）。

19. 付長珍：《宋儒境界論》（上海：上海三聯書店，2008）。

20. 古遠清：《留得枯荷聽雨聲：詩詞的魅力》（北京：生活‧讀書‧新知三聯書店，1997）。

21. 朱剛：《唐宋「古文運動」與士大夫文學》（上海：上海古籍出版社，2013）。

22. 朱承平：《詩詞格律教程》（廣州：暨南大學出版社，2004）。

23. 朱承平：《對偶辭格》（長沙：岳麓書社，2003）。

24. 朱良志：《中國藝術的生命精神》（合肥：安徽教育出版社，2006）。

25. 池萬興、劉懷榮：《夢逝難尋——唐代文人心態史》（石家莊：河北教育出版社，2001）。

26. 吳戰壘：《中國詩學》（臺北：五南圖書出版有限公司，1993）。

27. 李澤厚：《美學三書》（合肥：安徽文藝出版社，1999）。

28. 李劍鋒：《元前陶淵明接受史》（濟南：齊魯書社，2002）。

29. 李浩：《唐代園林別業考論》（西安：西北大學出版社，1996）。

30. 李浩：《唐代園林別業考錄》（上海：上海古籍出版社，2005）。

31. 李劍鋒：《元前陶淵明接受史》（濟南：齊魯書社，2002）。

32. 李元洛：《詩美學》（臺北：東大圖書公司，1990）。

33. 沈松勤：《南宋文人與黨爭》（北京：人民出版社，2005）。

34. 余英時：《朱熹的歷史世界：宋代士大夫政治文化研究》（臺北：允晨文化，2003）。

35. 吳相洲：《唐詩創作與歌詩傳唱關係研究》（北京：北京大學出版社，2004）。

36. 呂肖奐：《宋詩體派論》（成都：四川民族出版社，2002）。

37. 何忠禮：《南宋全史‧政治軍事和民族關係卷》（上海：上海古籍出版社，2011）。

38. 何忠禮：《南宋政治史》（北京：人民出版社，2008）。

39. 宋緒連、趙乃增、董維康主編：《唐詩藝術技巧分類辭典》（北京：中國人民大學出版社，1996）。

40. 尚永亮：《元和五大詩人與貶謫文學考論》（臺北：文津出版社，1993）。

41. 周正：《繪畫色彩學概要》（西安：陝西人民美術出版社，1986）。

42. 周劍之：《宋詩敘事性研究》（北京：中國社會科學出版社，2013）。

43. 周裕鍇《宋代詩學通論》（上海：上海古籍出版社，2007）。

44. 易聞曉：《中國詩句法論》（濟南：齊魯書社，2006）。

45. 周維權：《中國古典園林史》（北京：清華大學出版社，1993）。

46. 范淑芬：《元稹及其樂府詩研究》（臺北：文津出版社，1984）。

47. 佴榮本：《文學史理論》（北京：社會科學文獻出版社，2012）。

48. 柳詒徵：《中國文化史》（北京：中國社會科學出版社，2008）。

49. 侯迺慧：《詩情與幽境：唐代文人的園林生活》（臺北：東大圖書股份有限公司，1991）。

50. 胡雲翼：《宋詩研究》（上海：上海商務印書館，1930）。

51. 胡曉明：《中國詩學之精神》（南昌：江西人民出版社，2001）。

52. 胡雲翼：《宋詩研究》（上海：上海商務印書館，1930）。

53. 胡懷琛：《中國八大詩人》（上海：商務印書館，1927）。

54. 胡明：《南宋詩人論》（臺北：臺灣學生書局，1990）。

55. 姚文放：《現代文藝社會學》（北京：社會科學文獻出版社，2007）。

56. 柯慶明：《文學美綜論》（臺北：長安出版社，1986）。

57. 段曹林：《唐詩修辭論》（北京：中國社會科學出版社，2014）。

58. 陶文鵬、韋鳳娟主編：《靈境詩心——中國古代山水詩史》（南京：鳳凰出版社，2004）。

59. 陳貽焮：《唐詩論叢》（長沙：湖南人民出版社，1980）。

60. 陳鐵民：《王維論稿》（北京：人民文學出版社，2006）。

61. 陳望道：《修辭學發凡》（臺北：文史哲出版社，1989）。

62. 陳素貞：《北宋文人的飲食書寫——以詩歌為例的考察》（臺北：大安出版社，2007）。

63. 陳大齊：《平凡的道德觀》（臺北：臺灣中華書局，1971）。

64. 陳平原：《小說史：理論與實踐》（北京：北京大學出版社，1999）。

65. 陳伯海：《唐詩學引論》（上海：知識出版社，1988）。

66. 陳國燦、方如金：《宋孝宗》（長春：吉林文史出版社，2004）。

67. 陳才智：《元白詩派研究》（北京：社會科學文獻出版社，2007）。

68. 陳軍：《文類基本問題研究》（北京：北京大學出版社，2013）。

69. 孫力平：《杜詩句法藝術闡釋》（南昌：江西教育出版社，2001）。

70. 孫力平：《中國古典詩歌句法流變史略》（杭州：浙江大學出版社，2011）。

71. 孫康宜：《抒情與描寫：六朝詩歌概論》（臺北：允晨文化，2001）。

72. 唐君毅：《中華人文與當今世界》（臺北：臺灣學生書局，1975）。

73. 袁行霈主編：《中國文學史》（北京：高等教育出版社，2010）。

74. 袁行霈：《陶淵明研究》（北京：北京大學出版社，2009）。

75. 馬強才：《中國古代詩歌用事觀念研究》（北京：中國社會科學出版社，2014）。

76. 馬自力：《清淡的歌吟──中國古代清淡詩風與詩人心態》（蘇州：蘇州大學出版社，1995）。

77. 莫礪鋒：《唐宋詩歌論集》（南京：鳳凰出版社，2007）。

78. 許伯卿：《宋詞題材研究》（北京：中華書局，2007）。

79. 許總：《唐詩史》（南京：江蘇教育出版社，1994）。

80. 許總：《宋詩史》（重慶：重慶出版社，1997）。

81. 章培恒、駱玉明主編：《中國文學史新著》（上海：復旦大學出版社、上海文藝出版社，2007）。

82. 張煜：《新樂府辭研究》（北京：北京大學出版社，2009）。

83. 張志平：《情感的本質與意義：舍勒的情感現象學概論》（上海：上海人民出版社，2006）。

84. 張宏：《秦漢魏晉遊仙詩的淵源流變論略》（北京：宗教文化出版社，2009）。

85. 張廷銀：《魏晉玄言詩研究》（臺北：文史哲出版社，2003）。

86. 張高評：《宋詩之新變與代雄》（臺北：洪葉文化事業有限公司，1995）。

87. 張榮翼、李松：《文學史哲學》（武漢：武漢大學出版社，2014）。

88. 張興武、王小蘭：《唐宋詩文藝術的漸變與轉型》（北京：中國社會科學出版社，2014）。

89. 張瑞君：《楊萬里評傳》（南京：南京大學出版社，2001）。

90. 張繼禹主編：《道法自然與環境保護──兼論道教濟世貴生思想》（北京：華夏出版社，1998）。

91. 張毅主編：《宋代文學研究》（北京：北京出版社，2003）。

92. 張榮翼、李松:《文學史哲學》(武漢:武漢大學出版社,2014)。

93. 張宏生:《江湖詩派研究》(北京:中華書局,1995)。

94. 張立榮:《北宋前期七言律詩研究》(北京:中國社會科學出版社,2014)。

95. 張健:《知識與抒情:宋代詩學研究》(北京:北京大學出版社,2015)。

96. 黃永武:《中國詩學:設計篇》(臺北:巨流圖書公司,1999)。

97. 葛兆光:《漢字的魔方》(上海:復旦大學出版社,2008)。

98. 葛兆光:《中國思想史》(上海:復旦大學出版社,2001)。

99. 葛金芳:《中國經濟通史・第五卷》(長沙:湖南人民出版社,2002)。

100. 馮振:《詩詞作法舉隅》(濟南:齊魯書社,1986)。

101. 傅道彬:《晚唐鐘聲:中國文學的原型批評》(北京:北京大學出版社,2007)。

102. 葉嘉瑩:《陶淵明飲酒詩講錄》(臺北:桂冠圖書股份有限公司,2000)。

103. 程杰:《北宋詩文革新研究》(臺北:文津出版社,1996)。

104. 程杰:《宋詩學導論》(天津:天津人民出版社,1999)。

105. 蒙培元:《人與自然——中國哲學生態觀》(北京:人民出版社,2004)。

106. 褚斌杰:《白居易評傳》(北京:北京大學出版社,1994)。

107. 楊理論:《中興四大家詩學研究》(北京:中華書局,2012)。

108. 楊春時:《文學理論新編》(北京:北京大學出版社,2007)。

109. 趙謙:《唐七律藝術史》(臺北:文津出版社,1992)。

110. 蔣紹愚:《唐詩語言研究》(鄭州:中州古籍出版社,1990)。

111. 蔣濟永:《過程詩學》(北京:中國社會科學出版社,2002)。

112. 蔣朝君:《道教生態倫理思想研究》(北京:東方出版社,2006)。

113. 蔣寅:《大歷詩風》(南京:鳳凰屋出版社,2009)。

114. 趙齊平:《宋詩臆說》(北京:北京大學出版社,1994)。

115. 趙志軍:《作為中國古代審美範疇的自然》(北京:中國社會科學出版社,2006)。

116. 趙紅玲:《六朝擬詩研究》(上海:上海辭書出版社,2008)。

117. 趙榮蔚：《晚唐士風與詩風》（上海：上海古籍出版社，2004）。

118. 蔡毅：《創造之祕：文學創作發生論》（北京：人民文學出版社，2002）。

119. 劉學鍇：《李商隱詩歌接受史》（合肥：安徽師範大學出版社，2004）。

120. 劉亮：《晚唐樂府詩研究》（北京：中國社會出版社，2010）。

121. 劉寧：《唐宋詩學與詩教》（北京：中國社會科學出版社，2012）。

122. 劉紹瑾：《復古與復元古》（北京：中國社會科學出版，2001）。

123. 劉孟達、章融：《越地經濟文化論》（北京：人民出版社，2011）。

124. 黎運漢、張維耿編著：《現代漢語修辭學》（臺北：書林出版有限公司，1991）。

125. 黎運漢：《漢語風格學》（廣州：廣東教育出版社，2000）。

126. 衛紹生：《六言詩體研究》（北京：社會科學文獻出版社，2010）。

127. 潘富俊：《唐詩植物圖鑑》（臺北：貓頭鷹出版社，2001）。

128. 劉雨：《寫作心理學》（高雄：麗文文化公司，1994）。

129. 錢健狀：《南宋初期的文化重組與文學新變》（廈門：廈門大學出版社，2006）。

130. 錢志熙：《魏晉詩歌藝術原論》（北京：北京大學出版社，1993）。

131. 錢鍾書：《七綴集》（北京：生活‧讀書‧新知三聯書店，2007）。

132. 錢鍾書：《談藝錄》（北京：中華書局，1999）。

133. 錢鍾書：《錢鍾書手稿集‧容安館札記》（北京：商務印書館，2003）。

134. 錢鍾書：《管錐編》（北京：中華書局，1999）。

135. 龍潛庵編著：《宋元語言辭典》（上海：上海辭書出版社，1985）。

136. 龍榆生：《詞曲概論》（上海：上海古籍出版社，1980）。

137. 霍建波：《宋前隱逸詩研究》（北京：人民出版社，2006）。

138. 薛天緯：《唐代歌行論》（北京：人民文學出版社，2006）。

139. 謝思煒：《白居易集綜論》（北京：中國社會科學出版社，1997）。

140. 謝思煒：《禪宗與中國文學》（北京：中國社會科學出版社，1993）。

141. 韓立平：《南宋中興詩風演進研究》（上海：華東師範大學出版社，2013）。

142. 鍾優民：《新樂府詩派研究》（瀋陽：遼寧大學出版社，1997）。

143. 魏耕原：《唐宋詩詞語詞考釋》（北京：商務印書館，2006）。

144. 繆鉞等撰：《宋詩鑑賞辭典》（上海：上海辭書出版社，2002）。

145. 顏崑陽：《李商隱詩箋釋方法論》（臺北：里仁書局，2005）。

146. 蘇狀：《「閒」與中國古代文人的審美人生》（上海：復旦大學出版社，2013）。

147. 譚君強：《敘事理論與審美文化》（北京：中國社會科學出版社，2002）。

148. 譚汝爲：《詩歌修辭句法與鑑賞》（澳門：澳門語言學會，2003）。

149. 羅積勇：《用典研究》（武漢：武漢大學出版社，2005）。

150. 羅宗強：《隋唐五代文學思想史》（北京：中華書局，2003）。

151. 羅時進：《晚唐詩歌創作格局中的許渾創作論》（西安：太白文藝出版社，1998）。

152. 顧易生、蔣凡、劉明今：《宋金元文學批評史》（上海：上海古籍出版社，1996）。

153. 顧隨講，葉嘉瑩筆記：《中國古典詩詞感發》（北京：北京大學出版社，2012）。

154. 顧友澤：《宋代南渡詩歌研究》（北京：北京大學出版社，2014）。

155. 龔斌：《陶淵明傳論》（上海：華東師範大學出版社，2000）。

156.【日】小尾郊一著，邵毅平譯：《中國文學所表現的自然與自然觀——以魏晉南北朝文學爲中心》（上海：上海古籍出版社，1989）。

157.【日】前野直彬主編，駱玉明、賀聖遂等譯：《中國文學史》（上海：復旦大學出版社，2012）。

158.【日】吉川幸次郎撰，章培恒等譯：《中國詩史》（上海：復旦大學出版社，2001）。

159.【日】吉川幸次郎撰，李慶、駱玉明等譯：《宋元明詩概說》（上海：復旦大學出版社，2012）。

160.【日】吉川幸次郎著，鄭清茂譯：《宋詩概說》（臺北：聯經出版事業股份有限公司，2012）。

161.【美】梅祖麟、高友工著，李世耀譯：《唐詩的魅力——詩語的結構主義批評》（上海：上海古籍出版社，1990）。

162.【美】魯道夫・阿恩海姆（Rudolf Arnheim）著，滕守堯譯：《視覺思維：審美直覺心理學》（成都：四川人民出版社，1998）。

163.【美】René Wellek and Austin Warren 著，劉象愚等譯：《文學概論》（南京：江蘇教育出版社，2005）。

164.【美】Michael J. Parsons and H. Gene Blocker 著，李中澤譯：《美學與藝術教育》（成都：四川人民出版社，2005）。

165.【美】阿諾德・伯林特（Arnold Berleant）著，張敏、周雨譯：《環境美學》（長沙：湖南科學技術出版社，2006）。

二、學位論文

1. 王鵬偉：《文昭及其詩歌研究》，遼寧大學 2014 年碩士論文，柳海松先生指導。

2. 朱我芯：《詩歌諷諭傳統與唐代新樂府研究》，東海大學民國 93 年博士論文，李立信先生指導。

3. 李忠飛：《南宋四大家詩學之文化闡釋——從吟詠情性、胸次與清美追求三方面談》，淮北師範大學 2011 年碩士論文，張兆勇先生指導。

4. 李紅霞：《唐代隱逸風尚與詩歌研究》，陝西師範大學 2002 年博士論文，楊恩成先生指導。

5. 李霜琴：《杜甫兩川詩研究》，福建師範大學 2004 年博士論文，林繼中、陶新民先生指導。

6. 宋志軍：《范成大詩歌新探》，河北大學 2001 年碩士論文，張瑞君、李蹊、韓成武先生指導。

7. 季品鋒：《錢鍾書與宋詩研究》，復旦大學 2006 年博士論文，王水照先生指導。

8. 胡建次：《中國古代文論「趣」範疇研究》，上海師範大學 2004 年博士論文，曹旭先生指導。

9. 陸學松：《費密詩歌研究》，揚州大學 2007 年碩士論文，黃強先生指導。

10. 陳瀟：《清初遺民詩人徐夜詩歌研究》，山東大學 2010 年碩士論文，鄔宗良先生指導。

11. 陳文苑：《宋代梅堯臣接受研究》，廣西師範大學 2008 年碩士論文，王德明先生指導。

12. 唐芳明：《黃生詩歌研究》，安徽師範大學 2012 年碩士論文，魏世

民先生指導。

13. 高茜：《清初山左顏山孫氏家族文學研究》，山東大學 2014 年碩士論文，王小舒先生指導。

14. 張震英：《姚賈詩論》，河北大學 2003 年博士論文，劉崇德、詹福瑞先生指導。

15. 崔英超：《南宋孝宗朝宰相群體研究》，暨南大學 2004 年歷史系博士論文，張其凡先生指導。

16. 鄭麗霞：《王慎中詩文研究》，漳州師範學院 2008 年碩士論文，胡金望先生指導。

三、期刊論文或專書論文

（一）期刊論文

1. 王曉磊：〈「社會空間」的概念界說與本質特徵〉，《理論與現代化》，2010 年第 1 期。

2. 王錦：〈歸屬感探析〉，《西安文理學院學報·社會科學版》，14 卷 4 期，2011 年 8 月。

3. 王禮卿：〈詩齛風恉釋〉，《孔孟學報》，第 56 期，1988 年 9 月。

4. 王立增：〈白居易《新樂府》的「歌辭造型」──兼論其藝術性的評價問題〉，《三峽大學學報·人文社會科學版》，第 29 卷第 6 期，2007 年 11 月。

5. 王琦珍：〈中興四大詩人比較論〉，《江西師範大學學報·哲學社會科學版》，1990 年第 4 期。

6. 王群麗：〈論詩歌史上以前人詩句爲題創作模式的形成〉，《中國韻文學刊》，21 卷 3 期，2007 年 9 月。

7. 王運熙：〈諷諭詩和新樂府的關係和區別〉，《復旦學報》，1991 年第 6 期。

8. 王兆鵬：〈建構靈性的自然──楊萬里「誠齋體」別解〉，《文學遺產》，1992 年第 6 期。

9. 王星琦：〈「誠齋體」與「活法」詩論〉，《南京師範大學文學院學報》，第 3 期，2002 年 9 月。

10. 王次澄：〈宋初遺民詩人的桃花源──月泉吟社及其詩〉，《河北學刊》，1995 年第 6 期。

11. 方如金：〈試評宋孝宗的統治〉，《浙江師大學報·社會科學版》，

2000 年第 6 期。

12. 方立天：〈洪州宗心性論思想述評〉，《中國社會科學》，1994 年第 2 期。

13. 尹占華：〈論張耒的詩〉，《西北師大學報・社會科學版》，41 卷 4 期，2004 年 7 月。

14. 左東嶺：〈歷史研究中的文獻闡釋與文人心態研究──羅宗強先生《明代後期士人心態研究》序〉，《長江學術》，2006 年第 4 期。

15. 朱安群：〈中唐新樂府運動的歷史經驗〉，《江西師範大學學報・哲學社會科學版》，1980 年第 4 期。

16. 朱我芯：〈唐代新樂府之發展關鍵──李白開創之功與杜甫、元結之雙線開展〉，《政大中文學報》，第 7 期，2007 年 6 月。

17. 朱剛：〈從類編詩集看宋詩題材〉，《文學遺產》，1999 年第 5 期。

18. 朱竑、劉博：〈地方感、地方依戀與地方認同等概念的辨析及研究啟示〉，《華南師範大學學報・自然科學版》，2001 年第 1 期。

19. 任秀芹：〈論古典詩詞疊字的妙用〉，《雲南師範大學學報》，32 卷 6 期，2000 年 11 月。

20. 向世陵：〈易之「生」意與理學的生生之學〉，《周易研究》，2007 年第 4 期。

21. 沈金浩：〈宋代文人自稱「老子」的文學文化學解析〉，《求是學刊》，33 卷 2 期，2006 年 2 月。

22. 吳建民：〈「發憤」與「自娛」：古代作家創作的基本動力形式〉，《曲靖師範學院學報》，22 卷 5 期，2003 年 9 月。

23. 吳承學：〈論古詩制題制序史〉，《文學遺產》，1996 年第 5 期。

24. 沈松勤、姚紅：〈「崇寧黨禁」下的文學創作趨向〉，《文學遺產》，2008 年第 2 期。

25. 呂肖奐、張劍：〈兩宋家族文學的不同風貌及其成因〉，《文學遺產》，2007 年第 4 期。

26. 花志紅：〈古詩中的時間意識〉，《西昌師範高等專科學校學報》，14 卷 1 期，2002 年 3 月。

27. 李景白：〈孟浩然詩歌藝術風格的再思考〉，《西南師範大學學報・哲學社會科學版》，1989 年第 3 期。

28. 金立鑫：〈句法結構的功能解釋〉，《外國語》，1995 年第 1 期。

29. 門立功：〈談詩詞中疊字的運用〉，《山東師範大學學報》，1983 年

第 2 期。

30. 周裕鍇：〈中國古典詩歌的三種審美範型〉，《學術月刊》，1989 年第 9 期。

31. 周劍之：〈宋詩記事的發達及宋代詩學的敘事性轉向〉，《文學遺產》，2012 年第 5 期。

32. 周偉：〈借鑒　仿效　創新──寫作枝談〉，《南都學壇・社會科學版》，1989 年第 4 期。

33. 范立舟：〈宋儒對理想社會的構思〉，《杭州大學學報》，27 卷 3 期，1997 年 9 月。

34. 郝樸寧：〈論宋詩模式的構創〉，《雲南師範大學學報・哲社版》，1989 年第 3 期。

35. 胡雄：〈道教生態倫理的哲學涵蘊〉，《湖北廣播電視大學學報》，18 卷 1 期，2001 年 3 月。

36. 胡建升：〈南宋「中興四大詩人」來歷考〉，《中國典籍與文化》，2006 年第 4 期。

37. 胡克森：〈「重農抑商」：一個儒法相融的歷史案例──以戰國秦漢作爲分析範本〉，《邵陽學院學報・社會科學版》，9 卷 1 期，2010 年 2 月。

38. 姚兆余：〈論宋孝宗〉，《北方工業大學學報》，5 卷 4 期，1993 年。

39. 胡傳志：〈日課一詩論〉，《文學遺產》，2015 年第 1 期。

40. 段江麗：〈從家庭倫理到政治倫理──《孝經》在儒家孝道思想史上的意義〉，《中國文化研究》，2010 年秋之卷。

41. 陳蕾：〈試論元結五言詩的敘事性結構與散文化句法〉，《今日南國》，總第 160 期，2010 年 6 月。

42. 陳允鋒：〈詩樂合一觀與白居易的諷諭詩創作〉，《寧夏大學學報・人文社會科學版》，2004 年第 4 期。

43. 陳增杰：〈論唐人七律藝術的發展風貌〉，《浙江社會科學》，1999 年第 2 期。

44. 陳來：〈仁學本體論〉，《文史哲》，2014 年第 4 期。

45. 陳望衡：〈神仙境界與中國人的審美理想〉，《社會科學戰線》，2012 年第 2 期。

46. 陳增杰〈論唐人七律藝術的發展風貌〉，《浙江社會科學》，1999 年第 2 期。

47. 陶文鵬：〈化用典故 如鹽融水〉,《古典文學知識》, 2002 年第 1 期。

48. 陶文鵬：〈在物與物關係中融入感覺情思〉,《文學遺產》, 2010 年第 3 期。

49. 陶文鵬：〈疊字摹狀的藝術〉,《中華詩詞》, 2011 年第 1 期。

50. 袁曉薇：〈從王維到賈島：元和後期詩學旨趣的轉變和清淡詩風的發展〉,《中國韻文學刊》, 第 21 卷第 2 期, 2007 年 6 月。

51. 袁莉敏、王斐、許燕：〈樂觀的本土化內涵初探與測量〉,《中國特殊教育》, 2009 年第 12 期。

52. 孫維城：〈唐詩人孟浩然與宋詞人張先比較及其文化意義〉,《文學評論》, 2004 年第 3 期。

53. 馬德富：〈杜詩色彩的表現藝術〉,《社會科學研究》, 2000 年第 6 期。

54. 馬德富：〈杜詩動詞的力度〉,《天府新論》, 2004 年第 5 期。

55. 馬將偉：〈易堂詩歌的主題取向〉,《西華師範大學學報》, 2009 年第 2 期。

56. 馬自力：〈中國古代清淡詩風與清淡詩派〉,《文學遺產》, 1994 年第 6 期。

57. 席居哲、左志宏等：〈心理韌性研究諸進路〉,《心理科學進展》, 20 卷 9 期, 2012 年。

58. 徐國能：〈許渾詩和「許渾體」考論〉,《中國學術年刊》, 第 37 期（春季號）, 2015 年 3 月。

59. 徐禮節、余恕誠：〈張王與元白新樂府創作關係考論〉,《安徽師範大學學報‧人文社會科學版》, 第 33 卷第 4 期, 2005 年 7 月。

60. 徐永靜：〈「化用」修辭手法例化及其魅力釋微〉,《徐州教育學院學報》, 21 卷 3 期, 2006 年 9 月。

61. 高軍青：〈從色彩看王維詩的空靜之美及其文化蘊含〉,《遼寧大學學報‧哲學社會科學版》, 2002 年第 5 期。

62. 高峰：〈姜夔詞的感官意象及其幽冷詞風〉,《江海學刊》, 2011 年第 6 期。

63. 張仲謀：〈詩壇風會與詩人際遇──尤袤詩論略〉,《文學遺產》, 1994 年第 2 期。

64. 張鳴：〈誠齋體與理學〉,《文學遺產》, 1987 年第 3 期。

65. 張煜：〈張王樂府與元白新樂府創作關係再考察〉，《文學評論》，2007 年第 4 期。

66. 張哲俊：〈詩歌爲史的模式：日記化就是歷史化——以白居易的詩歌爲例〉，《文化與詩學》，2010 年第 2 輯。

67. 張萬民：〈陶淵明的人生觀和玄學人生觀〉，《九江師專學報·哲學社會科學版》，1998 年第 4 期。

68. 張晶：〈中國古典詩詞中的審美空間〉，《文學評論》，2008 年第 4 期。

69. 張明華：〈試論元結詩歌的散文化〉，《阜陽師範學院學報·社會科學版》，2001 年第 4 期。

70. 張海鷗：〈蘇軾外任或謫居時期的疏狂心態〉，《中國文化研究》，2002 年夏之卷。

71. 張西寧：〈論王維詩中的「動」與「靜」〉，《廣西大學學報·哲學社會科學版》，1983 年第 2 期。

72. 梁庚堯：〈南宋的貧士與貧宦〉，《國立臺灣大學歷史學系學報》，第 16 期，1991 年 8 月。

73. 許總：〈論南宋理學極盛與宋詩中興的關聯〉，《社會科學戰線》，2000 年第 6 期。

74. 舒志武：〈杜詩疊音對仗的藝術效果〉，《武漢大學學報·人文科學版》，60 卷，3 期，2007 年 5 月。

75. 程杰：〈詩可以樂——北宋詩文革新中「樂」主題的發展〉，《中國社會科學》，1995 年第 4 期。

76. 葛兆光：〈唐代詩人札記——孟浩然·王維·李白·儲光羲·杜甫〉，《文學評論》，1991 年第 4 期。

77. 葉桂桐：〈五律與七律之平仄比較〉，《山東師大學報》，1985 年第 6 期。

78. 馮乾：〈近二十年來江湖詩派研究綜述〉，《文史知識》，1998 年第 1 期。

79. 賀秀明：〈論李白山水詩的飛動特徵及其他〉，《廈門大學學報·哲學社會科學版》，1989 年第 4 期。

80. 鄔西禮：〈韋應物詩歌淵源及影響〉，《陝西師範大學學報·哲學社會科學版》，第 28 卷第 1 期，1999 年 3 月。

81. 游任遠：〈論曾幾的詩〉，《溫州師專學報·社會科學版》，1984 年

第 2 期。

82. 黃寶華：〈從「透脫」看誠齋詩學的理學意蘊〉，《文學遺產》，2008 年第 4 期。

83. 董乃斌：〈古典詩詞研究的敘事視角〉，《文學評論》，2010 年第 1 期。

84. 董乃斌：〈中國詩學之淵源論〉，《文學遺產》，2003 年第 4 期。

85. 鄔化志：〈「歸去來分」辨〉，《文藝研究》，2001 年第 3 期。

86. 楊柳：〈玄言詩定義新探〉，《南京師範大學文學院學報》，第 1 期，2008 年 3 月。

87. 寧松夫：〈孟浩然求仕新論〉，《湖北大學學報‧哲學社會科學版》第 30 卷第 4 期，2003 年 6 月。

88. 鄧大情：〈論「歌行則學流蕩於張籍」〉，《信陽師範學院學報‧哲學社會科學版》，第 25 卷第 6 期，2005 年 12 月。

89. 鄧牛頓：〈說趣〉，《南開學報》，1994 年第 1 期。

90. 蔡瑜：〈陶淵明的「自然」〉，《中國語文論譯叢刊》，第 21 輯，2007 年 8 月。

91. 蔡毅：〈文學感染力特性描述〉，《雲南社會科學》，2004 年第 6 期。

92. 鄭永曉：〈南宋四大家與江西詩派之關係〉，《南都學壇‧人文社會科學學報》，25 卷 1 期，2005 年 1 月。

93. 熊海英：〈詩歌審美範疇的全新開拓──論「誠齋體」主於「趣」〉，《江南大學學報‧人文社會科學版》，11 卷 3 期，2012 年 5 月。

94. 熊海英：〈古典詩歌審美傳統的大突破──論「誠齋體」的變雅爲俗〉，《太原理工大學學報‧社會科學版》，29 卷 4 期，2011 年 12 月。

95. 熊海英：〈師法自然的自由創作──對「誠齋體」之「自然」特質的深層闡析〉，《中南大學學報‧社會科學版》，18 卷 3 期，2012 年。

96. 熊海英：〈楊萬里詩歌創作進階與「誠齋體」的成型〉，《南昌大學學報‧人文社會科學版》，43 卷 1 期，2012 年 1 月。

97. 熊海英：〈經典生成與闡釋範式的流變──以清代對楊萬里詩歌的接受爲中心〉，《江漢大學學報‧人文科學版》，30 卷 2 期，2011 年 4 月。

98. 潘竟翰：〈張籍繫年考證〉，《安徽師範大學學報‧哲學社會科學

版》，1981 年第 2 期。

99. 劉紹瑾：〈論陶淵明的遠古情結〉，《江蘇社會科學》，1998 年第 5 期。

100. 劉明華：〈拗體三論〉，《漳州師院學報》，1998 年第 3 期。

101. 魯克兵、陳正敏：〈論疊詞和聯綿詞對陶淵明詩文整體風格的影響〉，《修辭學習》，2000 年第 5、6 期合刊。

102. 錢志熙：〈宋詩與宋代詩學概談〉，《古典文學知識》，2011 年第 3 期。

103. 駱小所：〈試析疊字及其修辭功能〉，《楚雄師專學報》，1999 年第 2 期。

104. 鮑鵬山：〈中國古典詩歌內在結構之變遷──兼論「詩中有畫」問題〉，《文史哲》，1997 年第 3 期。

105. 韓成武：〈試論七律的定型與成熟〉，《河北大學學報‧哲學社會科學版》，22 卷 1 期，1997 年 3 月。

106. 戴武軍：〈「誠齋體」的形成原因初探〉，《湘潭大學學報‧社會科學版》，16 卷 4 期，1992 年 10 月。

107. 魏耕原：〈論陶淵明詩的散文美〉，《文學遺產》，2008 年第 6 期。

108. 褰長春：〈白居易諷諭詩的人道理想〉，《西北師大學報‧社會科學版》，1983 年第 1 期。

109. 謝思煒：〈從張王樂府詩體看元白的「新樂府」概念〉，《北京師範大學學報‧社會科學版》，1999 年第 5 期。

110. 謝思煒：〈白居易諷諭詩的詩體與言說方式〉，《陝西師範大學學報‧哲社版》，第 33 卷第 3 期，2004 年 5 月。

111. 謝思煒：〈從張王樂府詩體看元白的「新樂府」概念〉，《北京師範大學學報‧社會科學版》，1999 年第 5 期。

112. 謝琰：〈子學復興、史學通俗化和程式化對宋詩生活化題材的擴展〉，《南京師範大學文學院學報》第 2 期，2001 年 6 月。

113. 謝宇衡：〈宋詩臆說〉，《文學遺產》，1986 年第 3 期。

114. 顏崑陽：〈從應感、喻志、緣情、玄思、遊觀到興會──論中國古典詩歌所開顯「人與自然關係」的歷程及其模態〉，《輔仁國文學報》，第 29 期，2009 年 10 月。

（二）專書論文

1. 李豐楙：〈山水詩傳統與中國詩學〉，收入羅宗濤等著：《中國詩歌研究》（臺北：中央文物供應社，1985）。

2. 李軍：〈論作家精神個性對語言風格的影響〉，氏著：《語用修辭探索》（廣州：廣東教育出版社，2005）。

3. 呂正惠：〈元和新樂府運動及其政治意義〉，氏著：《抒情傳統與政治現實》（臺北：大安出版社，1989）。

4. 金中樞：〈宋代公教人員退休制度研究（五）〉，氏著：《宋代的學術和制度研究》（臺北：稻鄉出版社，2009），第 6 冊。

5. 侯迺慧：〈唐代郡齋詩所呈現的文士從政心態與困境轉化〉，氏著：《唐詩主題與心靈療養》（臺北：三民書局，2005）。

6. 高友工：〈文學研究中的美學問題（下）：經驗材料的意義與解釋〉，氏著：《中國美典與文學研究論集》（臺北：臺大出版中心，2004）。

7. 陸灝：〈讀《容安館札記》的札記〉，氏著：《東寫西讀》（上海：上海書店，2006）。

8. 陶東風：〈自然的世俗化——心物論〉，氏著：《中國古代心理美學六論》（天津：百花文藝出版社，1999）。

9. 陳華昌：〈唐畫的色彩運用和唐詩的色彩描寫〉，氏著：《唐代詩與畫的相關性研究》（西安：陝西人民美術出版社, 1993）。

10. 陳伯海：〈釋「意象」〉，氏著：《中國詩學之現代觀》（上海：上海古籍出版社，2006）。

11. 張巍：〈溫李詩的對仗、聲律、用典技巧——兼論類書和駢文對溫李詩的影響〉，氏著：《杜詩及中晚唐詩研究》（濟南：齊魯書社，2011）。

12. 張海鷗：〈中國文化中的「疏狂」傳統與宋代文人的疏狂心態〉，收入黃天驥主編：《中國古代戲曲與古代文學研究論集》（北京：中華書局，2001）。

13. 張鳴：〈即物即理　即境即心——略論兩宋理學家詩歌對物與理的觀照把握〉，陳平原、陳國球主編：《文學史》（北京：北京大學出版社，1996），第三輯。

14. 葉維廉：〈中國古典和英美詩中山水美感意識的演變〉，氏著：《飲之太和——葉維廉文學論文二集》（臺北：時報文化出版事業有限

公司，1980）。

15. 葉嘉瑩：〈論杜甫七律之演進及其承先啓後之研究〉，氏著：《迦陵談詩（一）》（臺北：三民書局股份有限公司，1977）。

16. 賀麟：〈樂觀與悲觀〉，氏著：《文化與人生》（北京：商務印書館，2002）。

17. 聞一多：〈文學的歷史動向〉，氏著：《神話與詩》（北京：中華書局，1959）。

18. 蔣寅：〈清：詩美學的核心範疇〉，氏著：《古典詩學的現代闡釋》（北京：中華書局，2003）。

19. 蔣寅：〈古典文學研究三「執」〉，氏著：《學術的年輪》（南京：鳳凰出版社，2010）。

20. 錢穆：〈論春秋時代人之道德精神〉，氏著：《中國學術思想史論叢》（臺北：東大圖書股份有限公司，2005），第一冊。

21. 錢穆：〈再論中國傳統文化中之士〉，氏著：《宋代理學三書隨箚》（臺北：東大圖書股份有限公司，1996）。

22.【日】柳田節子著，游彪譯：〈宋代的父老——關於宋代專制權力對農民的支配〉，收入《漆俠先生紀念文集》編委會編：《漆俠先生紀念文集》（保定：河北大學出版社，2002）

附錄：陸游田園詩創作時間表

年代與歲數	時事與生平事蹟簡述	田園詩創作篇目
徽宗 宣和七年 1125 一歲	出生。	
欽宗 靖康元年 1126 二歲	靖康之禍。 范成大、周必大生。	
高宗 建炎元年 1127 三歲	楊萬里生。	
建炎二年 1128 四歲		
建炎三年 1129 五歲		
建炎四年 1130 六歲	朱熹生。	
紹興元年 1131 七歲		
紹興二年 1132 八歲		

紹興三年 1133 九歲		
紹興四年 1134 十歲		
紹興五年 1135 十一歲		
紹興六年 1136 十二歲		
紹興七年 1137 十三歲		
紹興八年 1138 十四歲		
紹興九年 1139 十五歲		
紹興十年 1140 十六歲	赴臨安應試。	
紹興十一年 1141 十七歲		
紹興十二年 1142 十八歲	始從曾幾學詩。	
紹興十三年 1143 十九歲		
紹興十四年 1144 二十歲	與唐氏結婚。	
紹興十五年 1145 廿一歲		

紹興十六年 1146 廿二歲	與唐氏仳離。	
紹興十七年 1147 廿三歲		
紹興十八年 1148 廿四歲	長子子虡生。	
紹興十九年 1149 廿五歲		
紹興二十年 1150 廿六歲	次子子龍生。	
紹興二一年 1151 廿七歲	三子子修生。	
紹興二二年 1152 廿八歲		
紹興二三年 1153 廿九歲		
紹興二四年 1154 卅歲	試禮部，鎖廳薦送第一，以論恢復而語觸秦檜，幾得禍。	
紹興二五年 1155 卅一歲		
紹興二六年 1156 卅二歲	四子子坦生。	
紹興二七年 1157 卅三歲		
紹興二八年 1158 卅四歲	多，始出仕，爲福州寧德縣主簿。	

紹興二九年 1159 卅五歲	調官爲福州決曹。	〈出縣〉（卷1，頁32）、 〈還縣〉（卷1，頁32）
紹興三十年 1160 卅六歲	北上臨安，除敕令所刪定官	
紹興三一年 1161 卅七歲	1. 七月，以筋令所刪定官爲大理司直。 2. 冬，再爲史官。 3. 完顏亮侵宋。憂慮主和亡國，面請北征。	
紹興三二年 1162 卅八歲	1. 九月，除樞密院編修官兼類編聖政所檢討官。 2. 蒙孝宗召見，特賜進士出身。	
孝宗 隆興元年 1163 卅九歲	1. 正月與二月，分別代樞密史陳康伯、史浩、張浚作〈與夏國主書〉、〈蠟彈省札〉等最高機密文件。 2. 代史浩作〈代乞分兵取山東札子〉，主張固守江淮，然後進兵山東。 3. 〈上二府論都邑札子〉，建議定都建康。（印象深刻，日後詩中一再提到。） 4. 三月，除鎮江府通判。（因爲反對曾覿、龍大淵而被斥。）	〈村居〉（卷1，頁64）、 〈幽居〉（卷1，頁70）
隆興二年 1164 四十歲	1. 二月，到鎮江通判任。 2. 張浚以右丞相督視江淮兵馬，駐節鎮江，陸游頗受顧遇。	
乾道元年 1165 四一歲	七月，改任隆興通判（在江西）。	

乾道二年 1166 四二歲	1. 春，以「力說張浚用兵」的罪名免歸。 2. 遷入三山新居。 3. 五子子約生。 4. 曾幾卒。	〈初夏道中〉（卷1，頁98）、〈示兒子〉（卷1，頁98）
乾道三年 1167 四三歲	1. 曾、龍外黜，虞允文、王炎、陳俊卿等入朝任要職。 2. 在山陰。	〈遊山西村〉（卷1，頁102）、〈觀村童戲溪上〉（卷1，頁103）、〈雨霽出遊書事〉（卷1，頁104）、〈統分稻晚歸〉二首（卷1，頁112）、〈十月苦蠅〉（卷1，頁114）
乾道四年 1168 四四歲	在山陰。	
乾道五年 1169 四五歲	1. 三月，王炎任四川宣撫使，徵聘陸游入幕。 2. 年底，陸游被差通判夔州。	
乾道六年 1170 四六歲	閏五月離山陰，十月到夔州。	
乾道七年 1171 四七歲	在夔州。	
乾道八年 1172 四八歲	1. 夔州通判任滿。王炎聘爲幕賓。二月啓程赴南鄭，三月到達，任四川宣撫使司幹辦公事兼檢法官。是陸游首次，也是唯一一次投入抗金戰爭的最前線。 2. 十一月，王炎被召回京，幕僚星散，陸游離南鄭赴成都。 3. 歲末，到成都，任成都府路安撫司參議官。	〈岳池農家〉（卷3，頁218）

乾道九年 1173 四九歲	1. 春，代理蜀州（四川 崇慶）通判。 2. 夏，代理嘉州（四川 樂山）知州。	〈癸巳夏旁郡多苦旱惟漢嘉數得雨然 未足也立秋夜三鼓雨至明日晡後未止 高下霑足喜而有賦〉（卷4，頁319）
淳熙元年 1174 五十歲	1. 三月，代理蜀州（四 川崇慶）通判。 2. 九月，代理榮州（四 川榮縣）知州。 3. 除夕，受命回成都任四 川制置使司參議官。 4. 六子子布生。（或非王 氏所生）	〈瑞草橋道中作〉（卷4，頁391）、 〈登城望西崦〉（卷6，頁503）、 〈晚登橫溪閣〉二首之二（卷6，頁506）
淳熙二年 1175 五一歲	1. 正月，回到成都。 2. 六月，范成大任成都 府知州，權四川制置 使。（陸游成爲范氏僚 屬。）	
淳熙三年 1176 五二歲	1. 三月，以與范成大「以 文字交，不拘禮法， 人譏其頹放」的罪 名，被劾免官。 2. 九月，罷知嘉州新命。 改奉祠桐柏山。	〈歸耕〉（卷7，頁569）、 〈過野人家有感〉（卷7，頁574）
淳熙四年 1177 五三歲	十月，得都下書，任敘 州（四川宜賓）知州， 上任之期在明年冬。	〈浣溪女〉（卷8，頁657）、 〈雜詠〉四首之三（卷8，頁664）
淳熙五年 1178 五四歲	1. 春，奉召東歸，秋抵 臨安，受命任提舉福 建常平茶事。 2. 八月，暫返山陰，九 月赴閩，十一月至閩。 3. 幼子子聿生。（或非王 氏所生）	
淳熙六年 1179 五五歲	1. 五月，決定辭職。 2. 九月，孝宗再度召對， 但途中又命無須入京 奏對，改任提舉江南西 路常平茶鹽公事。 3. 十二月，到達任所撫 州。	〈病中懷故廬〉（卷11，頁889）

淳熙七年 1180 五六歲	十一月，被召還朝，但十二月在途中又命：免於入奏，仍除外官（提舉淮南東路常平茶鹽公事）。	〈春雨〉（卷 12，頁 946）、 〈觀蔬圃〉（卷 12，頁 965）、 〈小憩前平院戲書觸目〉 （卷 12，頁 967）、 〈贈西山老人〉（卷 13，頁 1016）
淳熙八年 1181 五七歲	1. 正月，回山陰過年。 2. 閏三月，新任又被罷黜，（以臣僚論游不自檢飭，所爲多越於規矩，屢遭物議故也。）只好留在山陰。	〈小園〉四首（卷 13，頁 1043）、 〈舟過樊江憩民家具食〉 （卷 13，頁 1059）、 〈霜天晚興〉（卷 13，頁 1061）、 〈西村〉（卷 13，頁 1065）、 〈初冬〉（卷 13，頁 1071）、 〈督下麥雨中夜歸〉 （卷 13，頁 1072）、 〈杜門〉（卷 13，頁 1073）、 〈橫塘〉（卷 13，頁 1073）、 〈十月旦日至近村〉（卷 13，頁 1077）、 〈蔬圃絕句〉七首（卷 13，頁 1078）、 〈蔬圃〉（卷 13，頁 1079）、 〈灌園〉（卷 13，頁 1081）、 〈蔬園雜詠〉五首（卷 13，頁 1090）、 〈乍晴風日已和泛舟至扶桑埭徘徊西村久之〉（卷 14，頁 1113）
淳熙九年 1182 五八歲	四、五月間奉祠成都府玉局觀。 在山陰。	〈步至西村〉（卷 14，頁 1147）
淳熙十年 1183 五九歲	在山陰。	〈寓舍聞禽聲〉（卷 14，頁 1152）、 〈春晚〉（卷 14，頁 1153）、 〈湖邊曉行〉（卷 14，頁 1155）、 〈梅雨陂澤皆滿〉（卷 14，頁 1155）、 〈飲村店夜歸〉二首（卷 15，頁 1172）、 〈鄰曲小飲〉（卷 15，頁 1174）、 〈夜聞鄰家治稻〉（卷 15，頁 1177）、 〈晚霽〉二首之二（卷 15，頁 1183）、 〈示客〉（卷 15，頁 1184）、 〈甲子晴〉（卷 15，頁 1185）、 〈後一日復雨〉（卷 15，頁 1185）、 〈雨中遣懷〉（卷 15，頁 1188）、 〈舟過南莊呼村老與飲示以詩〉二首 （卷 15，頁 1197）、 〈晚步〉（卷 15，頁 1213）、 〈村舍〉（卷 15，頁 1213）

淳熙十一年 1184 六十歲	在山陰。	〈雨中宿石帆山下民家〉 （卷 16，頁 1258）、 〈小園〉（卷 16，頁 1260）、 〈春夏雨暘調適頗有豐歲之望喜而有作〉 （卷 16，頁 1270）、 〈村居書觸目〉（卷 16，頁 1275）、 〈賽神曲〉（卷 16，頁 1283）、 〈農家秋晚戲詠〉（卷 16，頁 1287）、 〈歲暮〉（卷 16，頁 1292）、 〈晨興〉（卷 16，頁 1292）
淳熙十二年 1185 六一歲	在山陰。	〈六峰項里看采楊梅連日留山中〉 （卷 17，頁 1316）、 〈豐年行〉（卷 17，頁 1320）
淳熙十三年 1186 六二歲	春，受命爲知嚴州軍事。 七月，赴嚴州。	〈小憩村舍〉（卷 17，頁 1367）、 〈自上竈過陶山〉（卷 17，頁 1371）
淳熙十四年 1187 六三歲	在嚴州。	〈社日小飲〉二首之二 （卷 18，頁 1441）、 〈新晴〉（卷 18，頁 1442）、 〈九月初郊行〉（卷 19，頁 1457）、 〈蕎麥初熟刈者滿野喜而有作〉 （卷 19，頁 1474）、 〈屢雪二麥可望喜而作歌〉 （卷 19，頁 1516）
淳熙十五年 1188 六四歲	1. 四月，任期將滿，乞祠養疴故山。 2. 七月，任期已滿，回鄉待召。 3. 十月，任軍器少監。	〈飯罷忽鄰父來過戲作〉 （卷 20，頁 1539）、 〈訪野人家〉（卷 20，頁 1552）
淳熙十六年 1189 六五歲	1. 初春，孝宗親自任命爲禮部郎中。 2. 十一月底，罷官（「以諫議大夫何澹論游前後屢遭白簡，所至有污穢之跡。……故有是命」），回故鄉山陰。	
光宗 紹熙元年 1190 六六歲	在山陰。 孝宗父子矛盾逐漸加深。	〈秋夜風雨暴至〉（卷 21，頁 1622）、 〈鄰曲有未飯被追入郭者憫然有作〉 （卷 21，頁 1623）

紹熙二年 1191 六七歲	在山陰。 領祠祿。年底，「決意不 復仕宦」。	〈春雨絕句〉六首之二、之三 （卷22，頁1641）、 〈東關〉二首（卷22，頁1649）、 〈宿野人家〉（卷22，頁1651）、 〈平水道中〉（卷22，頁1655） 〈泛湖至東涇〉三首之一、之二 （卷22，頁1657）、 〈北窗〉（卷22，頁1659）、 〈示兒〉（卷22，頁1663）、 〈村居初夏〉五首 （卷22，頁1663～1665）、 〈江村初夏〉（卷22，頁1666）、 〈六七月之交山中涼甚〉 （卷22，頁1675）、 〈村圃〉（卷22，頁1680）、 〈秋社〉二首（卷23，頁1689）、 〈以事至城南書觸目〉 （卷23，頁1692）、 〈舍西夕望〉（卷23，頁1693）、 〈晚秋農家〉八首（卷23，頁1696）、 〈紹熙辛亥九月四日雨後白龍挂西北 方復雨三日作長句記之〉 （卷23，頁1704）、 〈蔬圃〉（卷23，頁1704）、 〈農家〉（卷23，頁1705）、 〈初冬從父老飲村酒有作〉 （卷23，頁1716）、 〈野步晚歸〉（卷24，頁1727）、 〈農家〉（卷24，頁1731）
紹熙三年 1192 六八歲	在山陰。	〈舟過季家山小泊〉 （卷24，頁1740）、 〈山家暮春〉二首 （卷24，頁1745～1746）、 〈春晚村居雜賦絕句〉六首 （卷24，頁1756）、 〈戲詠村居〉二首（卷24，頁1757）、 〈夜與兒子出門閒步〉（卷24，頁1759）、 〈老景〉（卷24，頁1759）、 〈自詠〉（卷24，頁1767～1768）、 〈藥圃〉（卷25，頁1775）、 〈秋日郊居〉八首之二、之三、之五、 之六、之七（卷25，頁1781～1783）、

		〈晚晴〉（卷 25，頁 1789）、 〈新晴〉（卷 25，頁 1792）、 〈西鄰亦新葺所居復與兒曹過之〉 （卷 25，頁 1800）、 〈秋晚歲登戲作〉二首 （卷 25，頁 1804）、 〈今年立冬後菊方盛開小飲〉 （卷 25，頁 1817）、 〈步至近村〉（卷 25，頁 1819）、 〈白髮〉（卷 26，頁 1828）、 〈冬日觀漁獵者〉（卷 26，頁 1830）、 〈歲暮風雨〉（卷 26，頁 1839）、 〈冬晴閑步東村由故塘還舍作〉二首 （卷 26，頁 1846）、 〈十二月八日步至西村〉 （卷 26，頁 1847）、 〈晚步門外書觸目〉（卷 26，1849）、 〈壬子除夕〉（卷 26，頁 1860）
紹熙四年 1193 六九歲	在山陰。	〈稽山農〉（卷 26，1862）、 〈牧牛兒〉（卷 26，1862）、 〈早春〉三首之二、之三 （卷 27，頁 1877）、 〈蓬門〉（卷 27，頁 1880）、 〈春社〉四首 （卷 27，頁 1883～1884）、 〈五月一日作〉（卷 27，頁 1891）、 〈喜雨〉（卷 27，頁 1899）、 〈題齋壁〉（卷 27，頁 1906）、 〈秋晚閑步鄰曲以予近嘗臥病皆欣然 迎勞〉（卷 27，頁 1912）、 〈晚寒自東村步歸〉（卷 28，頁 1929）、 〈幽居〉五首之四、之五 （卷 28，頁 1935）、 〈野興〉四首之四（卷 28，頁 1937）、 〈水村曲〉（卷 29，頁 1972）、 〈賽神曲〉（卷 29，頁 1974）、 〈江村道中書觸目〉（卷 29，頁 1977）
紹熙五年 1194 七十歲	在山陰。 孝宗病逝。	〈正旦後一日〉（卷 29，頁 1986）、 〈舟行過梅市〉（卷 29，頁 2009）、 〈夏四月渴雨恐害布種代鄉鄰作插秧歌〉 （卷 29，頁 2012）、 〈閔雨〉二首（卷 29，頁 2014）、

		〈喜雨〉（卷29，頁2015）、 〈鳥啼〉（卷29，頁2016～2017）、 〈農舍〉（卷29，頁2018）、 〈五月得雨稻苗盡立〉（卷29，頁2020）、 〈時雨〉（卷29，頁2024）、 〈示客〉（卷30，頁2024）、 〈散步東邨〉（卷29，頁2031）、 〈步至湖上寓小舟還舍〉五首之二 （卷29，頁2036）、 〈雨夕排悶〉二首（卷29，頁2043）、 〈大風雨中作〉（卷30，頁2047）、 〈秋晚〉（灑脫之懷）之二 （卷30，頁2050）、 〈春晚村居〉（卷30，頁2003）、 〈村舍〉（卷30，頁2016）、 〈山村書所見〉二首（卷30，頁2051）、 〈幽居〉二首之二（卷31，頁2087）
寧宗 慶元元年 1195 七一歲	在山陰。 韓侂冑、趙汝愚政爭開始。	〈春耕〉（卷31，頁2116）、 〈春行〉（卷31，頁2120）、 〈山園雜詠〉五首之二、之五 （卷31，頁2123）、 〈春晚書齋壁〉（卷32，頁2129～2130）、 〈春晚雜興〉六首之二 （卷32，頁2131）、 〈春晚雜興〉六首之四 （卷32，頁2132）、 〈上巳書事〉（卷32，頁2136）、 〈窮居有感〉（卷32，頁2138）、 〈春夏之交風日清美欣然有賦〉 （卷32，頁2138）、 〈農家歎〉（卷32，頁2140）、 〈三月十一日郊行〉（卷32，頁2140）、 〈初夏〉十首之一、之二、之三、之四、 之八（卷32，頁2147）、 〈倚杖〉（卷32，頁2149）、 〈野步〉（卷32，頁2150）、 〈梅天〉（卷32，頁2161）、 〈野堂〉五首之四（卷33，頁2175）、 〈縱步近村〉（卷33，頁2184）、 〈題齋壁〉（卷33，頁2185） 〈贈湖上父老十八韻〉 （卷33，頁2189）、

		〈小舟遊近村舍舟步歸〉四首（卷33，頁2193）、〈十月〉（卷33，頁2195）、〈閑趣〉（卷33，頁2211）
慶元二年 1196 七二歲	在山陰。	〈豐年行〉（卷34，頁2248～2249）、〈舟中詠落景餘清暉，輕橈弄溪渚之句蓋孟浩然耶溪泛舟詩也因以其句為韻賦詩〉十首之二、之三（卷34，頁2268）、〈林居秋日〉（卷35，頁2274）、〈舍北搖落景物殊佳有作〉之三、之五（卷35，頁2284）、〈北園雜詠〉十首之一、之二、之四、之五、之六（卷35，頁2289）、〈醉中信筆作四絕句，既成，懼觀者不識野人本心也，復作一絕〉五首之一、之三（卷35，頁2296）、〈北園籬外放步〉（卷35，頁2299）
慶元三年 1197 七三歲	在山陰。 「慶元黨禁」發生。 繼配王氏卒。	〈晚步〉（卷35，頁2311）、〈春行〉（卷35，頁2314）、〈九里〉（卷36，頁2320）、〈村居〉（卷36，頁2329）、〈舍北行飯書觸目〉二首之二（卷36，頁2344）、〈明日復得五字〉二首之二（卷36，頁2344）、〈閒身〉（卷36，頁2324）
慶元四年 1198 七四歲	在山陰。 十月，奉祠歲滿，不復請。	〈幽居〉（卷37，頁2372）、〈與子虡子坦坐龜堂後東窗偶書〉（卷37，頁2373）、〈東窗小酌〉二首（卷37，頁2374）、〈夏日〉五首之一、之五（卷37，頁2376）、〈書喜〉（卷37，頁2383）、〈有年〉（卷37，頁2388）、〈秋思〉之四（卷37，頁2395）、〈豐歲〉（卷37，頁2401）、〈東西家〉（卷37，頁2389）、〈村居〉（卷37，頁2401）、〈秋賽〉（卷37，頁2402～2403）、〈龜堂雜題〉四首之三（卷37，頁2406）、

		〈書喜〉三首之二、之三 （卷37，頁2417）、 〈秋穫歌〉（卷37，頁2420）、 〈季秋已寒節令頗正喜而有賦〉 （卷37，頁2426） 〈舍北行飯〉（卷38，頁2431）、 〈過鄰家〉（卷38，頁2436）、 〈舍北野望〉四首之二、之三 （卷38，頁2437）、 〈耕罷偶書〉（卷38，頁2451）、 〈舍北晚步〉（卷38，頁2460）、 〈三山卜居今三十有三年矣屋陋甚而地有餘數世之後當自成一村今日病少間作詩以示後人〉之一（卷38，頁2466）
慶元五年 1199 七五歲	在山陰。 五月七日，致仕退休。 該年冬起，拒領半俸。	〈庵中獨居感懷〉三首之三 （卷38，頁2470）、 〈戲作貧詩〉二首（卷38，頁2471）、 〈春日小園雜賦〉之二 （卷38，頁2474）、 〈春晴自雲門歸三山〉 （卷39，頁2483）、 〈晚自北港泛舟還家〉 （卷39，頁2484）、 〈喜雨〉（卷39，頁2487）、 〈晨起〉（卷39，頁2487）、 〈致仕後即事〉六首之三、之四、之六 （卷39，頁2501）、 〈望霽〉（卷39，頁2506）、 〈散步至三家村〉（卷39，頁2507）、 〈致仕後歲事有望欣然賦詩〉 （卷39，頁2509）、 〈村東晚眺〉之一（卷39，頁2508）、 〈村舍雜書〉十二首之一至之六 （卷39，頁2512）、 〈予讀元次山與瀼溪鄰里詩意甚愛之取其間四句各作一首亦以示予幽居鄰里〉〈峰谷互回映〉、 〈誰家無泉源〉、〈夾路多修竹〉、 〈扁舟皆到門〉（卷39，頁2518）、 〈喜雨〉（卷39，頁2519）、 〈得故人書偶題〉（卷39，頁2520）、 〈喜雨歌〉（卷39，頁2520～2521）、

		〈雜興〉四首之二（卷40，頁2533）、 〈遣興〉四首之三（卷40，頁2540）、 〈野興〉（卷40，頁2543）、 〈村飲〉之一至之四（卷40，頁2547）、 〈薪米偶不繼戲書〉（卷40，頁2547）、 〈牧牛兒〉（卷40，頁2548）、 〈與兒子至東村遇父老共語因作小詩〉 （卷40，頁2548）、 〈村思〉（卷40，頁2549）、 〈村鄰會飲〉（卷40，頁2557）、 〈九月七日子坦子聿俱出歛租穀雞初 鳴而行甲夜始歸勞以此詩〉 （卷40，頁2564）、 〈醉題埭西酒家〉之二 （卷40，頁2565）、 〈步至東莊〉（卷40，頁2567）、 〈東村步歸〉二首（卷41，頁2583）、 〈種蔬〉（卷41，頁2586）、 〈東村〉二首（卷41，頁2594）、 〈冬晴與子坦子聿遊湖上〉之一、之二 （卷41，頁2595）、 〈己未冬至〉（卷42，頁2617）
慶元六年 1200 七六歲	在山陰。	〈視東皋歸〉（卷42，頁2635）、 〈東村〉（卷42，頁2657）、 〈投老〉（卷42，頁2659）、 〈書適〉（卷43，頁2674）、 〈幽居初夏〉四首之一至之三 （卷43，頁2674）、 〈野步至村舍暮歸〉（卷43，頁2679）、 〈自笑〉（卷43，頁2682）、 〈項里觀楊梅〉（卷43，頁2684）、 〈夜歸〉（卷43，頁2685）、 〈自詠閒適〉（卷43，頁2705）、 〈讀何斯舉黃州秋居雜詠次其韻〉之八 （卷44，頁2711）、 〈讀蘇叔黨汝州北山雜詩次其韻〉十首 之一、之八（卷44，頁2713）、 〈西村〉（卷44，頁2723）、 〈幽居〉（卷44，頁2731）、 〈農事休小憩東園十韻〉 （卷44，頁2736）、 〈稻飯〉（卷45，頁2758）

嘉泰元年 1201 七七歲	在山陰。	〈春日雜題〉六首之三 （卷45，頁2776）、 〈雨晴風日絕佳徙倚門外〉之二 （卷45，頁2785）、 〈甲子日晴〉（卷45，頁2796）、 〈三月二十日兒輩出謁孤坐北窗〉二首 之一（卷45，頁2797）、 〈孟夏方渴雨忽暴熱雨遂大作〉 （卷46，頁2803）、 〈夏雨〉（卷46，頁2807）、 〈晨雨〉（卷46，頁2809）、 〈南堂納涼〉（卷46，頁2831）、 〈小集〉（卷46，頁2835）、 〈西村〉（卷46，頁2812）、 〈村居書事〉（卷46，頁2821）、 〈過村舍〉（卷46，頁2828）、 〈出門與鄰人笑談久之戲作〉四首之 二、之四（卷46，2836）、 〈自詠〉（卷47，頁2860）、 〈村舍〉二首（卷47，頁2867）、 〈秋晚村舍雜詠〉二首 （卷47，頁2886）、 〈村興〉（卷48，頁2891）、 〈賽神〉（卷48，頁2890）、 〈小立〉（卷48，頁2892）、 〈述野人語〉之一、之二 （卷48，頁2893）、 〈秋晚湖上〉（卷48，頁2899）、 〈雨後至近村〉二首之二 （卷48，頁2901）、 〈弊廬〉（卷48，頁2904）、 〈雨過行視舍北菜圃因望北村久之〉二 首（卷48，頁2908）、 〈曉晴肩輿至湖上〉（卷48，頁2909）、 〈居三山時方四十餘今三十六年久已 謝事而連歲小稔喜甚有作〉（卷48，頁 2908）、 〈戲作野興〉（卷48，頁2911）、 〈自適〉（卷48，頁2917）、 〈園中作〉二首之二（卷48，頁2916）、 〈飲牛歌〉（卷48，頁2922）、 〈牧羊歌〉（卷48，頁2923）、

		〈邠風〉（卷 48，頁 2930）、 〈客至〉（卷 49，頁 2949）、 〈自勉〉四首之四（卷 49，頁 2953）、 〈雪晴步至舍傍〉（卷 49，頁 2966）、 〈訪隱者〉（卷 49，頁 2966）、 〈晚晴閒步隣曲間有賦〉 （卷 49，頁 2974）
嘉泰二年 1202 七八歲	「慶元黨禁」弛。 五月，除秘書監，入都 修史。	〈過東鄰歸小憩〉（卷 50，頁 2996）、 〈村居書喜〉（卷 50，頁 3002）、 〈中春偶書〉（卷 50，頁 3003）、 〈湖村春興〉（卷 50，頁 3009）、 〈鄰餉〉（卷 50，頁 3010）、 〈村居書事〉二首（卷 50，頁 3012）、 〈春晚書村落間事〉（卷 50，頁 3012）、 〈春欲盡天氣始佳作詩自娛〉 （卷 50，頁 3019）、 〈自詠〉（卷 50，頁 3019）、 〈西村勞農〉（卷 50，頁 3020）、 〈西村暮歸〉（卷 51，頁 3025）、 〈舍外彌望皆青秧白水喜而有賦〉 （卷 51，頁 3025）、 〈夏初湖村雜題〉之四、之七 （卷 51，頁 3033）、 〈晨起〉（卷 51，頁 3039）、 〈過鄰家〉（卷 51，頁 3040）、 〈苦雨〉之二（卷 51，頁 3044）、 〈五月初作〉（卷 51，頁 3045）、 〈遊西村贈隱者〉（卷 51，頁 3045）、 〈村居〉（卷 51，頁 3049）
嘉泰三年 1203 七九歲	韓侂冑開始挑啓邊釁。 五月，修史工作結束， 立即回山陰。	〈春社日效宛陵先生體〉四首 （卷 53，頁 3134）（作於臨安）、 〈村居〉四首（卷 54，頁 3182）、 〈治圃〉（卷 54，頁 3195）、 〈黃犢〉（卷 54，頁 3198）、 〈飯飽晝臥戲作短歌〉 （卷 54，頁 3202）、 〈野步〉（卷 54，頁 3205）、 〈鄉居〉（卷 54，頁 3209）、 〈記東村父老言〉（卷 55，頁 3211）、 〈農家歌〉（卷 55，頁 3217）、 〈灌園〉（卷 55，頁 3219）、 〈舍北晚眺〉（卷 55，頁 3228）、

		〈冬初法雲〉卷 55，頁 3229）、 〈記老農語〉卷 55，頁 3230）、 〈村舍〉（卷 55，頁 3230）、 〈若耶村老人〉（卷 55，頁 3235）、 〈山澤〉（卷 55，頁 3236～3237）、 〈晚行舍北〉（卷 55，頁 3244）、 〈雪後〉二首之二（卷 56，頁 3268）、 〈鄰曲〉（卷 56，頁 3273）（作於山陰）
嘉泰四年 1204 八十歲	在山陰。 春，再度致仕。（領半俸）	〈初春紀事〉（卷 56，頁 3280）、 〈山行贈野叟〉二首（卷 56，頁 3294）、 〈春晚出遊〉六首之三 （卷 56，頁 3299）、 〈北窗〉（卷 57，頁 3300）、 〈幽居雜題〉之三（卷 57，頁 3301）、 〈出行湖山間雜賦〉四首之一、之三、 之四（卷 57，頁 3303）、 〈晚行湖上〉（卷 57，頁 3307）、 〈野興〉（卷 57，頁 3311）、 〈野步至近村〉（卷 57，頁 3318）、 〈初夏出遊〉（卷 57，頁 3323）、 〈農事稍間有作〉（卷 57，頁 3324）、 〈村社禱晴有應〉（卷 57，頁 3334）、 〈湖塘夜歸〉（卷 57，頁 3339） 〈村酒〉（卷 57，頁 3341）、 〈門屋納涼〉（卷 57，頁 3343）、 〈卜居三山已四十年矣暇日有感聊賦 五字〉之二（卷 58，頁 3349）、 〈閔雨〉（卷 58，頁 3364）、 〈書志〉（卷 58，頁 3367）、 〈秋夜感遇十首以孤村一犬吠殘月幾 人行爲韻〉之二、之五（卷 58，頁 3374）、 〈村居遣興〉三首之三 （卷 58，頁 3389）、 〈甲子秋八月偶思出遊往往累日不能 歸或遠至傍縣凡得絕句十有二首雜錄 入稿中亦不復詮次也〉之十一（卷 58， 頁 3392）、 〈舍北行飯〉（卷 59，頁 3399）、 〈過鄰家〉（卷 59，頁 3402）、 〈暮秋〉六首之四（卷 59，頁 3410）、 〈農舍〉四首（卷 59，頁 3411）、 〈雜興〉七首之三（卷 59，頁 3424）

		〈初寒示鄰曲〉（卷59，頁3426）、 〈鉏菜〉（卷59，頁3429）、 〈太息〉三首之二、之三 （卷59，頁3432）、 〈菜羹〉（卷59，頁3437）、 〈與兒孫小飲〉（卷60，頁3445）、 〈與村鄰聚飲〉二首 （卷60，頁3446～3447）、 〈書喜〉二首之二（卷60，頁3454）、 〈村舍書事〉（卷60，頁3458）、 〈冬至〉（卷60，頁3459）、 〈村飲〉（卷60，頁3469）、 〈社飲〉（卷60，頁3469）、 〈雪夜〉（卷60，頁3471）、 〈歲暮與鄰曲飲酒用前輩獨酌韻〉 （卷60，頁3479）
開禧元年 1205 八一歲	在山陰。	〈示鄰曲〉（卷61，頁3487）、 〈乍晴行西村〉（卷61，頁3500）、 〈殘春〉（卷61，頁3514）、 〈聞山步有虎〉（卷61，頁3515）、 〈久雨初霽〉（卷61，頁3515～3516）、 〈杜宇行〉（卷61，頁3520）、 〈村居〉（卷62，頁3551）、 〈仲夏風雨不已〉（卷62，頁3535）、 〈村飲〉（卷62，頁3562）、 〈秋懷〉（卷62，頁3565）、 〈秋思絕句〉六首之四 （卷63，頁3588）、 〈寓歎〉（卷63，頁3589）、 〈讀王摩詰詩愛其散髮晚未簪道書行 尚把之句因用為韻賦古風十首亦皆物 外事也〉之十（卷63，頁3597）、 〈貧居即事〉之四（卷63，頁3601）、 〈蝸舍〉（卷63，頁3601）、 〈遊近村〉二首（卷63，頁3614）、 〈刈穫後書事〉二首 （卷64，頁3623～3624）、 〈視東皋歸小酌〉二首 （卷64，頁3632）、 〈初冬絕句〉二首之二 （卷64，頁3638）、 〈村居書事〉（卷64，頁3643）、

		〈村居書事〉（卷 64，頁 3643）、 〈湖堤暮歸〉（卷 64，頁 3644）、 〈山村經行因施藥〉五首 （卷 65，頁 3674）、 〈獨行過柳橋而歸〉（卷 65，頁 3678）
開禧二年 1206 八二歲	在山陰。 「開禧北伐」發動，隨 即失敗。	〈東村〉（卷 65，頁 3688）、 〈村店〉（卷 65，頁 3697）、 〈農桑〉四首（卷 66，頁 3712）、 〈出遊〉四首之二、之四 （卷 66，頁 3715）、 〈自詠〉（卷 66，頁 3716）、 〈雜興〉（卷 66，頁 3717）、 〈禽聲〉（卷 66，頁 3717）、 〈初夏閒居〉八首之四、之八 （卷 66，頁 3736）、 〈初夏幽居〉四首之一 （卷 66，頁 3746）、 〈泛舟至近村茅徐兩舍勞以尊酒〉 （卷 66，頁 3748）、 〈入梅〉（卷 66，頁 3749～3750）、 〈賽神〉（卷 67，頁 3774）、 〈秋稼漸登識喜〉（卷 67，頁 3787）、 〈野渡用前韻〉（卷 67，頁 3787）、 〈秋詞〉三首（卷 67，頁 3791）、 〈日用〉之二（卷 67，頁 3796）、 〈秋懷〉（卷 68，頁 3801）、 〈出遊〉之二（卷 68，頁 3805）、 〈荷鋤〉（卷 68，頁 3806）、 〈秋夜獨坐聞里中鼓吹聲〉 （卷 68，頁 3807）、 〈草堂〉（卷 68，頁 3808）、 〈埭北〉（卷 68，頁 3816）、 〈農家〉（卷 68，頁 3819）、 〈種麥〉（卷 68，頁 3822）、 〈秋穫後即事〉二首（卷 68，頁 3823）、 〈九月下旬即事〉（卷 69，頁 3835）、 〈初冬步至東村〉（卷 69，頁 3840）、 〈自法雲回過魯墟故居〉 （卷 69，頁 3847）、 〈夜投山家〉四首（卷 69，頁 3852）、 〈東村〉（卷 69，頁 3855）、 〈宿村舍〉（卷 69，頁 3858）、

		〈石堰村〉（卷69，頁3855）、 〈村老留飲〉（卷69，頁3863）、 〈夜坐聞鼓聲〉（卷69，頁3866）、 〈泛舟過金家埭贈賣薪王翁〉之二、之四（卷69，頁3872）
開禧三年 1207 八三歲	在山陰。 韓侂冑爲史彌遠所害。	〈題野人壁〉（卷70，頁3885）、 〈書村落間事〉（卷70，頁3891）、 〈近村〉（卷70，頁3895）、 〈出遊歸臥得雜詩〉之五、之七 （卷70，頁3899）、 〈茅舍〉（卷70，頁3907）、 〈散策至湖上民家〉（卷70，頁3911）、 〈自九里平水至雲門陶山歷龍瑞禹祠而歸凡四日〉八首之二、之三、之六 （卷70，頁3914）、 〈春早得雨〉之一、之二 （卷70，頁3917）、 〈春晚即事〉四首之一、之四 （卷70，頁3920～3921）、 〈幽居〉二首（卷71，頁3927～3928）、 〈蠶麥〉（卷71，頁3934）、 〈題門壁〉（卷71，頁3944）、 〈南堂晨坐〉（卷71，頁3947）、 〈雷雨〉（卷71，頁3949）、 〈起晚自嘲〉（卷71，頁3954）、 〈晚步湖塘少休民家〉 （卷71，頁3955）、 〈閒遊所至少留得長句〉五首之二、之三（卷72，頁3968）、 〈入夏多雨雖止復作六月甲寅始大晴〉 （卷72，頁3971）、 〈南堂雜興〉之六（卷72，頁3982）、 〈訪野老〉（卷72，頁3988）、 〈生涯〉四首之三（卷72，頁3991）、 〈對食作〉（卷72，頁3991）、 〈戲書〉（卷72，頁3992）、 〈書意〉（卷72，頁3995）、 〈秋思〉九首之一、五、七 （卷72，頁4001）、 〈秋日村舍〉二首之二（卷73，頁4010）、 〈秋冬之交雜賦〉六首之五 （卷73，頁4022）、

		〈雜賦〉之五（卷73，頁4031）、 〈山房〉（卷73，頁4033）、 〈窮居〉（卷73，頁4041）、 〈仲冬書事〉（卷73，頁4044）、 〈十一月十一日聞雨聲〉 （卷74，頁4052）、 〈鄰曲相過〉（卷74，頁4059）、 〈累日濃雲作雪不成遂有春意〉 （卷74，頁4075）、 〈晚晴出行近村閒詠景物〉 （卷74，頁4076）、 〈歲末盡前數日偶題長句〉五首之一、 二（卷74，頁4080）、 〈舟中作〉（卷74，頁4087）
嘉定元年 1208 八四歲	1. 在山陰。 2. 春，遭到「落職」。半俸被停發。 3. 宋、金簽訂「嘉定和議」。	〈新春感事八首終篇因以自解〉之三 （卷74，頁4089）、 〈初春〉（卷74，頁4091）、 〈郊行〉（卷74，頁4095）、 〈與兒孫同舟泛湖至西山旁憩酒家遂遊任氏茅菴而歸〉（卷75，頁4107）、 〈日暮自大匯村歸〉（卷75，頁4107）、 〈園中晚飯示兒子〉（卷75，頁4112）、 〈近村〉（卷75，頁4118）、 〈閒中戲賦村落景物〉二首 （卷75，頁4120）、 〈肩輿至湖桑埭〉（卷75，頁4134）、 〈畦桑〉（卷75，頁4137）、 〈晚春〉二首（卷75，頁4141）、 〈山行〉（卷76，頁4144）、 〈稻陂〉（卷76，頁4144）、 〈初夏書感〉（卷76，頁4153）、 〈初夏喜事〉（卷76，頁4156）、 〈初夏〉二首之二（卷76，頁4158）、 〈過鄰曲〉（卷76，頁4160）、 〈幽居記今昔事十首以詩書從宿好林園無俗情為韻〉之一（卷76，頁4167）、 〈喜雨〉（卷76，頁4173）、 〈初夏雜興〉六首之三（卷76，頁4174）、 〈得雨沾足遂有豐年意欣然口占〉 （卷77，頁4184）、 〈小築〉（卷77，頁4203）、 〈農家〉（卷77，頁4219）、

		〈出遊暮歸〉（卷77，頁4224）、 〈故里〉（卷78，頁4234）、 〈野意〉（卷78，頁4234）、 〈意行至神祠酒坊而歸〉 （卷78，頁4235）、 〈訪村老〉（卷78，頁4235）、 〈南塘晚步記鄰里語〉（卷78，頁4237）、 〈喜晴〉（卷78，頁4246）、 〈閒行至西山民家〉（卷78，頁4259）、 〈農家〉六首（卷78，頁4247）、 〈鄰人送蔊菜〉（卷78，頁4250）、 〈村舍〉七首之一至之五（卷78，頁4259） 〈村女〉（卷78，頁4263）、 〈舍傍晚步〉二首之一（卷79，頁4272）、 〈自詠〉二首之二（卷79，頁4273）、 〈道上見村民聚飲〉（卷79，頁4283）、 〈夜坐〉（卷79，頁4289）、 〈雜賦〉十二首之四、之十一、之十二 （卷79，頁4296）、 〈湖邊小聚〉（卷79，頁4303）、 〈湖山〉九首之三（卷80，頁4315）、 〈幽居歲暮〉五首之三、之五 （卷80，頁4319）、 〈遣興〉（卷80，頁4325）、 〈春近〉（卷80，頁4327）、 〈夜雨寒甚〉（卷80，頁4328）
嘉定二年 1209 八五歲	1. 開始「嘉定更化」。 2. 卒。	〈開歲連日大雪〉（卷80，頁4342）、 〈春日雜興〉十二首之二 （卷81，頁4358）、 〈肩輿歷湖桑堰東西過陳灣至陳讓堰 小市抵暮乃歸〉（卷81，頁4361）、 〈午炊〉（卷81，頁4363）、 〈肩輿至石堰村〉（卷81，頁4364）、 〈出遊〉二首（卷81，頁4382） 〈春老〉（卷81，頁4392）、 〈閒咏〉五首之二、之四（卷82，頁4397）、 〈初夏〉二首之一（卷82，頁4401）、 〈郊行〉（卷82，頁4403）、 〈埭西小聚〉（卷82，頁4415）、 〈種菜〉四首（卷82，頁4424）、 〈夏日〉（卷82，頁4427）、 〈雨中作〉（卷82，頁4430）、

		〈明日復欲出遊而雨再用前韻〉 （卷 82，頁 4434）、 〈閑詠〉（卷 83，頁 4453）、 〈羸老〉（卷 83，頁 4459）、 〈門外追涼〉（卷 83，頁 4454）、 〈書歎〉（卷 83，頁 4463）、 〈村居即事〉三首（卷 84，頁 4487）、 〈幽居即事〉二首之一 （卷 84，頁 4513）、 〈病中雜詠〉十首之一 （卷 85，頁 4535）、 〈仲秋書事〉十首之二 （卷 78，頁 4230）、 〈租稅〉（卷 85，頁 4527）